Susanne Rüster Landjäger

Susanne Rüster arbeitet als Richterin in Potsdam. Weil sie literarische Fremdgänge liebt, entstanden etliche in Zeitschriften und Anthologien veröffentlichte Kriminalgeschichten. Für ihren Kurzkrimi *Einladung zum Dinner* erhielt sie 2011 den Karo-Krimipreis. Sie ist Mitglied der »Mörderischen Schwestern« und des Syndikats. Sie lebt in Berlin. Zuletzt erschien bei Bild und Heimat: *Abgedreht* (2015). Mehr unter www.susanneruester.de

Susanne Rüster

Landjäger

Ein Potsdam-Krimi

Bild und Heimat

Von Susanne Rüster liegt bei Bild und Heimat außerdem vor:
Abgedreht. Ein Potsdam-Babelsberg-Krimi (2015)

ISBN 978-3-95958-112-7

1. Auflage

Umschlaggestaltung: fuxbux, Berlin
Umschlagabbildung: © fotolia
Druck und Bindung: GGP Media GmbH, Pößneck

Ein Verlagsverzeichnis schicken wir Ihnen gern:
BEBUG mbH / Verlag Bild und Heimat
Alexanderstr. 1
10178 Berlin
Tel. 030 / 206 109 – 0

www.bild-und-heimat.de

Sonntagnacht

I

Abends gegen zehn, nachdem sich die letzten Badegäste durchs Drehkreuz nach außen gezwängt hatten, war die schönste Zeit. Als Hausmeisterin würde sie jetzt liegengebliebene Latschen, Uhren, Schlüssel in die Kiste mit den Fundsachen legen, auch ein Ehevertrag lagerte mittlerweile darin, dann würde sie prüfen, ob die Sauna-Anlage abgestellt war, und die Wasserqualität messen, die insbesondere am Nacktbadetag zu wünschen übrig ließ. Aber die halbe Stunde, bevor sie all diese Pflichten erfüllen würde, gönnte sie sich. Dann war sie die Königin aller Nixen, konnte auch an den Textiltagen nackt ins sechsunddreißig Grad warme, türkisfarbene Wasser steigen, von drinnen durch den Plastikvorhang ins Außenbecken schwimmen, das sich jetzt in dunklem Graugrün unter dem Nachthimmel ausbreitete. Unter dem Massagepilz ließ sie Wasser auf Kopf und Schultern prasseln. Das Schönste in diesem Bad aber war die Jetstream-Anlage. In den letzten Minuten ihres heimlichen Badens ließ sie sich im Strömungskanal im Kreis um eine Insel mit einer künstlichen Palme treiben. In diesem Augenblick gehörte die Schwimmanlage nur ihr und nicht dem profitgeilen Investor, der daraus eine Luxus-Thermenanlage bauen wollte, für die Geldleute aus Potsdam und Berlin, die nichts als Relaxen im Sinn hatten.

Umso mehr war die Hausmeisterin erstaunt und empört, als sie zu ihrer privaten halben Stunde ins Becken glitt und plötzlich noch einen weiteren Badegast im Jetstream sah, dem es anscheinend ebensolches Vergnügen bereitete, sich im Kreis herum treiben zu lassen. Sie stieg aus dem Wasser, ging zur Glaskabine des Bademeisters und stellte die Scheinwerfer an, um dem späten Gast klarzumachen, dass Feierabend sei, nun aber endgültig. Im Licht der weißen Scheinwerferkegel sah sie, dass es eine Frau war, die im Kreis trieb, das lange blonde Haar wie ein Fächer um den Kopf ausgebreitet. Die starre Bauchlage war ungewöhnlich, die meisten Badenden machten leichte Schwimmbewegungen, um vom Wasserstrom nicht gegen den Beckenrand gepresst zu werden. Ungewöhnlich war auch, dass die Frau sich nicht durch das Aufflammen des hellen Scheinwerferlichts gestört fühlte.

Die Hausmeisterin entschloss sich, die Dame mit sanfter Gewalt herauszulotsen. Sie schwamm hin und sah einen weißen Körper im schwarzen Bikini, der vorbeiglitt, ohne die geringste Bewegung auszuführen, das Gesicht unter Wasser. Noch einmal glitt der Körper vorbei. Hatte sich jemand einen Spaß gemacht und eine Schaufensterpuppe in die Gegenstromanlage gelegt?

Die Frau kreiselte noch weitere Male an der Hausmeisterin vorbei, die sich am Beckenrand festhielt und nicht verstand, was sie da sah. Dann löste sich aus ihrer Kehle ein schriller lang anhaltender Schrei.

2

Es hätte ein guter Feierabend werden können für Kriminalhauptkommissar Uwe Wolff. Pünktlich raus aus der Polizeidirektion Potsdam in der Henning-von-Tresckow-Straße, noch ein Feierabend-Bierchen im *Schluckspecht,* seiner Altstadt-Kneipe. Wolff pflegte Kontakte zu den Bürgern der Landeshauptstadt, manchmal privat, manchmal dienstlich, plauderte hier, becherte da und hatte sich über die Jahre ein gutes Netz von Informanten und Tippgebern verschafft.

Er beließ es bei einem Hellen, verabschiedete sich vom Wirt mit Handschlag und freute sich auf seine neueste Märklin-Elektro-Lokomotive, original nach Baureihe 110 der Deutschen Bundesbahn. Heute Vormittag eingetroffen, das wusste er von der Hauswartsfrau, die das Paket entgegengenommen und ihn dann angerufen hatte.

Mann, fährt die schnell, dachte Wolff begeistert, während er versuchte, auf den Knien seiner in verschlungenen Bahnen ratternden Lok hinterherzurutschen. Seit einer Jagd durch ein Babelsberger Filmstudio, bei der er eine wagemutige Rechtsanwältin vom Messer eines Geiselnehmers befreit hatte und dabei schwer gestürzt war, war das Knie nicht mehr so einsatzfähig. Wird schon wieder, sagte sich Wolff, und die kleine Delle in der Kniescheibe stört ja nicht wirklich. Der Mörder war überführt, die Anwältin gerettet und die errungenen Beweise würden das Strafgericht schon überzeugen. Dessen war sich Wolff sicher, sonst würde er seinen Beruf als sinnlos empfinden.

Die Lok ratterte durch einen Tunnel unter einem baumbestandenen Berg hindurch und hielt an einem Bahnhofshäuschen. Wolff gab der Stellanlage, jetzt digital betrieben, Kommando, einen Intercity durchfahren zu lassen. Gerade als er einen Personenwagen anhängen wollte, ertönte ein durchdringendes Geräusch, das nicht von der Lok stammte. Schrill wie ein Wecker, der zur Unzeit anschlägt. Wolff erhob sich aufstöhnend, wobei er sich sagte, dass dieser Ton in direktem Zusammenhang stand mit dem Beruf, den er sich ausgewählt hatte. Das Display seines Diensthandys zeigte die Nummer seines Kommissars Sven Noack. Das wunderte Wolff, denn eigentlich hatte die Kollegin Katja Eickelbaum mit ihm gemeinsame Rufbereitschaft.

»Was ist denn?«

Sven, mit frischer Bachelor-Urkunde und viel Sozialkompetenz ausgestattet, konterte nicht mit *Alles Leiche, oder was?*, sondern berichtete in gestochenem Polizeischuldeutsch: »Anruf von der Hausmeisterin eines Schwimmbades in …« Wolff hörte den Kollegen blättern. »… Alt-Stolzendorf.«

»Wo ist das denn?«

»Du fährst über Schwielowsee, Glindow, Plötzin, Damsdorf, Netzen, Rotscherlinde …«

»Ist gut. Was ist passiert?«

»Gegen zehn Uhr hat die Hausmeisterin in der Jetstream-Anlage eine weibliche Leiche entdeckt. Alter geschätzt zwischen dreißig und vierzig. Die Kollegen von der Schutzpolizei und vom Kriminaldauerdienst sind vor Ort. Die Spurensicherung ist unterwegs.«

»Was ist mit Katja?«

Sven druckste ein wenig. »Sie hat mich gebeten, die Bereitschaft für sie zu übernehmen. Es geht ihr nicht gut.«

Wolff fragte nicht weiter. Ihm war aufgefallen, dass Katja ihre frische, engagierte Art in letzter Zeit verloren hatte und nur noch blass und mit Ringen unter den grünen Augen ihre Pflicht tat.

»Soll ich dich abholen, Uwe?«

Wolff überlegte. Bis der Kollege hier wäre, könnte er noch Gleise anbauen. Für die Spur-1-Baureihe im Maßstab eins zu zweiunddreißig brauchte man schon ein ganzes Zimmer. Vorbei die Zeiten, in denen er die Anlage auf dem zugigen Dachboden aufbauen musste oder, wenn seine Exfrau Hannelore gnädig war, sie platzsparend unter dem Tisch entlanglaufen ließ.

»Ich komme in die Direktion.« Wolff hatte das Gefühl, dass Märklin-Eisenbahnen in Svens Generation nahezu unbekannt waren, und sein jüngster Kommissar brauchte nicht seinen begeistert mit der neuen digitalen Steuerung spielenden Vorgesetzten zu sehen.

Wolff probierte schnell noch einen Signalton aus, ließ die

Lämpchen an der Bahnstation aufflammen und erhob sich dann seufzend. Das Schwimmbad lag irgendwo weit südwestlich von Potsdam. Er schätzte die Fahrstrecke auf mindestens eine Stunde und als alter Hase wusste er, dass große Eile nicht geboten war, denn zunächst musste der *erste Zugriff*, das waren Schutzpolizei, polizeilicher Dauerdienst, Spurensicherung, fertig sein. Erst dann würde er an die Leiche herankommen.

Wolff ging in die Küche, wo sein Fall-Koffer stand, bestückt mit einem Laptop, einem Mini-Drucker, damit Protokolle vor Ort ausgedruckt und unterschrieben werden konnten, DNA-Stäbchen, Handschuhen, Fotoapparat. Da war er eisern sorgfältig. Ein Griff, und der Koffer musste bereit sein. Wolff packte seine Notration Essen ein, die in seinen Vierundzwanzig-Stunden-Diensten ebenfalls bereitstand und diesmal aus tiefgefrorenen Brezeln und einer polnischen Dauerwurst bestand. Bis er zum Essen käme, wäre alles aufgetaut. Während er Kaffee in die Thermoskanne füllte, dachte er an Katja und was sie wohl für Probleme hatte. Es war untypisch für die temperamentvolle Mittdreißigerin, dass sie während ihres Dauerdienstes einen Kollegen bat, sie zu vertreten. Und er hatte sich gefreut, dass sie wieder einmal gemeinsam Rufbereitschaft hatten.

Überhaupt denkst du in letzter Zeit ein bisschen zu viel an Katja, sagte Wolff zu sich und griff energisch seinen Fall-Koffer.

3

Die Frau lag mit dem Gesicht nach unten. Ihr Körper schaukelte sacht am Rand des Beckens und ihr helles Haar schlängelte sich in einer absonderlich anmutenden Lebendigkeit im türkisfarbenen Wasser.

Die Kollegen vom *ersten Zugriff* hatten ihre Arbeit getan. Der Tatort war mit Absperrband gesichert, der Polizeifotograf hatte seine Lampen und Geräte aufgestellt. Zwei Kollegen von der Spurensicherung waren in ihren weißen Schutzanzügen ins Wasser gestiegen und nahmen Proben von Haaren, Haut, Nägeln der Leiche für die Rechtsmedizin.

»Rausziehen?«, fragte einer.

Wolff nickte. Eine Badehose war in seinem Tatort-Koffer nicht enthalten. Die beiden Kollegen nahmen die Tote unter die Achseln, zogen sie aus dem Wasser und drehten ihren Körper herum. Mit leichtem Schmatzlaut glitt die Leiche auf die Fliesen.

Wolff hockte sich neben die Tote. Er hielt kurz inne. Ein Mensch war tot. Egal, ob er jung gewesen war oder alt, ob gut oder schlecht, einen Augenblick war man still. Er berührte die tote Frau. Ihre Haut wirkte bereits ein wenig schwammig. Wolff spürte, wie alles in ihm auf Wahrnehmung schaltete. Der Auftakt seiner Arbeit: Der Blick auf die Leiche, der erste prägende Eindruck, der motivierte für die mühsame Ermittlungsarbeit.

Sie war eine gutaussehende Frau in den Dreißigern gewesen, schlank, mit langen Gliedmaßen, die trainiert wirkten. Das Oberteil ihres knappen schwarzen Bikinis war verrutscht und gab runde wohlgeformte Brüste frei. Die Leiche wies keine äußeren Zeichen eines Kampfes oder Verletzungen auf. Einzig das Gesicht mit den weit aufgerissenen hellblauen Augen zeugte von den Schrecken des Todes. Wolff spürte eine Aufwallung von Zorn und Mitleid, auch wenn er immer versuchte, sich innerlich von einem Toten zu distanzieren.

»Sie hat was mit dem Herz, nicht?« Eine athletisch gebaute Frau im Trainingsanzug mit lilarotem Bürstenschnitt kam am Schwimmbecken entlang und blieb in größerem Abstand von der Leiche stehen.

»Wer sind Sie?«, fragte Wolff unwirsch.

Im Augenblick gehörte die Leiche ihm. Er hatte keine Lust,

seinen ersten Eindruck mit jemand zu teilen, der nicht zur Kripo gehörte. Er berührte kurz den Arm der Toten, eine persönliche Geste. Dann erhob er sich und ging zu der Frau.

»Slavica Kaczmarek, Hausmeisterin.« Sie sprach auf die gedehnte Weise und mit dem rollenden R von Menschen osteuropäischer Muttersprache. Ihre Kinnlade zitterte.

Wolff war sich nicht sicher, ob sich das Entsetzen der Hausmeisterin auf den Tod dieses Badegastes bezog oder ob sie befürchtete, der Ruf des Schwimmbads würde leiden.

»Kennen Sie diese Frau?«

Die Zeugin hob das Kinn und blickte ins Weite. Wolff beschloss, eine härtere Gangart einzulegen. Er nahm die Hausmeisterin am tätowierten Unterarm und führte sie zu der Toten.

»Kam die Frau öfter hierher zum Baden?«

Die Augen der Kaczmarek glitten über die leeren Liegen, die Wasserfläche, den Massagepilz, aus dem es gerade wieder sprudelte. »Da … da …«, sie deutete auf die Insel mit der künstlichen Palme, die noch immer vom Wasser umkreist wurde.

Die ist so durcheinander, dass sie den Jetstream nicht abgestellt hat, dachte Wolff. »Weiter.«

»Dachte, sie hat den Gong nicht gehört, 'ne Viertelstunde, bevor wir zumachen. Waren heute sowieso kaum Leute da, na ja, Sonntagabend. Aber die Frau treibt immer weiter im Kreis …« Ein Schauer durchfuhr sie. »Denn bin ich hin und sehe, sie ist tot. Und denn bin ich sofort aus dem Wasser, Polizei rufen.«

»Sie haben meine Frage noch nicht beantwortet. Kennen Sie die Frau?« Wolff hielt die Hausmeisterin am Handgelenk gepackt.

Die Zeugin zwang ihren Blick auf die Tote. Wolff merkte, wie viel Überwindung es sie kostete. Ihre Lippen zitterten, als wolle sie losweinen oder schreien. Dann atmete sie tief aus und zuckte mit den Achseln.

»Weiß nicht … Sieht so anders aus …«

»Anders als wer?«

»Gibt so eine blonde Frau, die kommt öfters, meist abends, geht in die Sauna und trinkt so 'nen Fruchtcocktail. Und gibt immer dickes Trinkgeld.«

»Den Namen dieser Frau wissen Sie nicht?«

»Nein, darf nicht mit Gästen sprechen.«

»Dann suchen Sie mal den Schließfachschlüssel«, sagte Wolff sanfter. »Die Frau ist ja nicht im Bikini hergekommen.«

Die Hausmeisterin nickte ergeben und entfernte sich mit kraftlos herabhängenden Armen.

Eine Frau in einem etwas unförmigen Jogginganzug und Turnschuhen betrat jetzt die Schwimmhalle. Nur an ihrem schwarzen Koffer erkannte Wolff, dass es sich um eine Ärztin handeln musste, die den Tod amtlich feststellen sollte. Sie wirkte so jung, dass er befürchtete, es könnte ihr erstes Mordopfer sein.

»Gute Nacht, nein, ich meine guten Morgen. Ich hatte schon geschlafen«, sagte die Ärztin verlegen und strich sich eine braune Locke hinters Ohr. Über dem Ausschnitt ihrer Jacke war ein Stückchen rosa-geblümter Schlafanzug zu sehen. »Was ist denn passiert?«

Wolff zuckte übertrieben deutlich die Achseln und dachte, dass diese junge Landärztin wahrscheinlich nur an natürliche Todesfälle gewöhnt war. »Die Frau wurde von der Hausmeisterin tot im Schwimmbecken gefunden, keine äußeren Einwirkungen erkennbar.«

Die junge Ärztin klappte ihren Koffer auf und kniete neben der Toten nieder. »Anhand der Körpertemperatur können wir den Todeszeitpunkt nicht feststellen. Sie hat im Wasser gelegen, das hat über dreißig Grad.« Sie zog dünne Gummihandschuhe über und beugte vorsichtig den schlaffen Arm der Toten. »Vermutlich Kreislaufkollaps mit Herzversagen. Genaueres werden Sie aus der Obduktion erfahren.«

Zwischenzeitlich war Wolffs Kollege Sven Noack in die

Schwimmhalle gekommen. Er hatte draußen die Erkenntnisse des *ersten Zugriffs* erfragt und seinen Bericht angefangen. Sven zog sich Schuhe und Strümpfe aus, rollte seine Jeans hoch und putzte mit einem Taschentuch seine vom Wasserdampf beschlagene Brille. Seine allergisch reagierenden Augen vertrugen nicht immer die Kontaktlinsen.

»Du kümmerst dich um die Ärztin«, sagte Wolff.

Der Kommissar nickte. Sven war aus Köln und wollte mal im Land seiner Vorfahren arbeiten, so hatte er seinen Wechsel nach Potsdam begründet. Er sprach immer positiv und Wolff hatte noch nicht herausbekommen, ob Sven sich das so anerzogen hatte oder ob er wirklich so ein Optimist war. Vielleicht versprach sich der Kollege, der bei einer Massenprügelei zwischen Ausländern und Rechtsextremen am Kölner Hauptbahnhof verletzt worden war, hier in Brandenburg ein ruhiges Leben. Auch wenn er die Einschätzung der provinziellen Ruhe nicht teilte, war Wolff froh über den intelligenten einsatzbereiten Nachwuchs. Mit seiner besonnenen Art zwang Sven Noack die manchmal chaotisch drauflos ermittelnde Katja und auch ihn selbst zur Kontrolle.

»Ich schau mal, ob die Hausmeisterin den Schlüssel der Toten gefunden hat. Dass nicht vorher noch das Schließfach ausgeräumt wird«, sagte Wolff. Er schwitzte in seiner Jacke, in deren tiefen Taschen er das Wichtigste bei sich trug: Handy, Schraubenzieher, Dietriche, Schreibzeug und neuerdings die Lesebrille.

Sven ging zu der Ärztin, die gerade mit einer Taschenlampe der Toten in Mund und Nasenlöcher leuchtete, und stellte sich vor. Wolff unterdrückte den Impuls, Sven gegenüber noch Anweisungen zu treffen. Er arbeitete im Team und nicht als Alleingänger, sagte er sich, auch wenn's schwerfiel. Der Kollege würde die Feststellungen der Ärztin beobachten und bis zum Abtransport bei der Leiche bleiben.

Wolff wandte sich noch einmal um. Eine gespenstische Szene. Die Leiche, die aus einigem Abstand wie eine etwas schmuddelige

Schaufensterpuppe wirkte, die nassen blonden Haare ausgebreitet auf den Fliesen, der Polizeifotograf, der die Tote aus allen Winkeln aufnahm, das im weißen Scheinwerferlicht glitzernde Wasser und im Hintergrund ein Pilz aus Dampf, der in der kühlen Nacht aus dem beheizten Außenbecken in den schwarzen Himmel stieg. Er machte mit dem Handy ein paar Aufnahmen. Die Fotos würde er sich immer mal ansehen, bis der Fall gelöst war.

Die Hausmeisterin kam ihm entgegen. »Ich hab ihn«, rief sie von weitem und schwenkte den Schlüssel. »Nummer zweihundertfünfundvierzig, direkt am Eingang zum Becken. Gutes Fach«, sagte sie mit etwas Stolz, der Polizei zu helfen.

»Geben Sie her.« Wolff nahm den Schlüssel an sich. »Wir machen jetzt gleich das Protokoll. Ich schreibe auf, was Sie mir gesagt haben.«

»Aber nicht, dass ich vorher gebadet habe? Das ist nämlich verboten.« Slavicas Mundwinkel zuckten.

»Ich schreibe, dass Sie ins Wasser sind, weil Sie eine Frau entdeckt hatten, die leblos in der Gegenstromanlage schwamm.«

»Okay.« Die Hausmeisterin ging Wolff voraus zur Kabine des Bademeisters. Ihre Badesandalen klatschten auf den Fliesen.

Drinnen war es ein wenig kühler, wenn auch der Chlorgeruch bis hierhin durchdrang. Wolff holte unter ihrem neugierigen Blick seinen Laptop und den kleinen Drucker aus seinem Fall-Koffer.

Slavica Kaczmarek stammte aus Polen und arbeitete seit fünf Jahren als Hausmeisterin in der Schwimmhalle, in Vollzeit und unbefristet, wie sie stolz hinzufügte. Dann verdunkelte sich ihr Gesicht.

»Ich hab so Angst vor Kündigung.« Sie wischte eine Träne aus dem Auge. »Das Bad ist verkauft und es soll ganz groß ausgebaut werden.«

Investitionsobjekt, notierte Wolff im Geist.

Er hatte sein Protokoll beendet, als er durchs Fenster eine andere Frau die Schwimmhalle betreten sah. Sie trug keine Arbeitskleidung, sondern ein beigefarbenes gerade geschnittenes Kleid ohne Ärmel.

»Die Chefin«, sagte Slavica Kaczmarek durch die Zähne und verschränkte ihre tätowierten Arme.

Aha, dachte Wolff, die Investorengesellschaft ist alarmiert.

Eine trotz der Nachtstunde schön zurechtgemachte Frau trat in die Kabine. Sie war in einem schwer schätzbaren Alter, irgendwo zwischen vierzig und fünfzig, hatte ein helles Gesicht, braune, mit dunklem Lidstrich umrahmte Augen und kinnlanges dunkelbraunes Haar.

»Linda Haas-Bergmann.« Sie reichte Wolff die Hand und lächelte. Ihr Augenlid zuckte. »Ich bin die Geschäftsführerin der Investorengesellschaft Brandenburg-Therme.«

»Schreckliche Sache«, sagte Wolff. »Ich würde mich gern ein wenig mit Ihnen unterhalten.«

»Kann das Wasser abgelassen werden? Niemand schwimmt gern in einem Becken, in dem …« Die Frau schüttelte sich.

»Warten Sie, bis die Spurensicherung fertig ist.« Die Kollegen waren gerade in den Sanitärräumen.

»Wird denn bald wieder aufgemacht?«, fragte Slavica ängstlich.

Wolff mutmaßte, dass sie nur bezahlt wurde, wenn sie auch wirklich arbeitete. Haas-Bergmann blickte unsicher zu Wolff.

»Ihre Entscheidung«, sagte er. »Unsere Ermittlungen hier sind fast abgeschlossen. Überlegen Sie, was Sie in die Öffentlichkeit geben wollen. Morgen früh sind die Medien am Ball.«

Haas-Bergmann stöhnte auf. »Sie wissen sicher, dass hier in Alt-Stolzendorf ein großes Wellness-Zentrum entstehen soll, unter Einbeziehung dieser Schwimmanlage. Sie muss modernisiert und erweitert werden.«

»Ich habe davon gehört«, sagte Wolff. Er hatte die Meldung

als uninteressant abgetan, aber jetzt interessierte es ihn brennend. Es gab immer Gegner von großen Investorenprojekten. Slavica Kaczmarek hatte Angst um ihren Arbeitsplatz, andere würden vermutlich auch Angst haben. Und eine Frau war genau hier getötet worden.

»Sie gehen an Ihre Arbeit«, sagte Haas-Bergmann zu der Hausmeisterin, die mit einer Mischung aus Neugier und Angst ihre Chefin beobachtete.

Slavica zog ab. Wolff hörte jetzt Stimmen, Schränke, die geöffnet und geschlossen wurden, Motorengeräusche von den Feuchtstaubsaugern. Der Putzdienst war eingetroffen.

Haas-Bergmann ließ sich auf den Drehstuhl des Bademeisters fallen und streckte ihre langen Beine aus.

»Sie könnten mir schnell die Anlage zeigen«, sagte Wolff.

Die Geschäftsführerin erhob sich widerwillig. »Sind Sie sicher, dass das mit der Frau … Ich meine, ist das wirklich Mord?«

Im Neonlicht sah Wolff nicht nur die Jahre in ihrem perfekt zurechtgemachten Gesicht, sondern auch die Anspannung. »Ich stehe erst am Anfang der Ermittlungen.«

Linda Haas-Bergmann sah ihn prüfend an, anscheinend nicht gewohnt, dass man auf eine Frage von ihr nicht direkt antwortete. Dann wandte sie ihm den Rücken zu, ging voraus, einen gefliesten Gang entlang. Als ein Polizist im weißen Schutzanzug aus dem Sanitärbereich trat, zuckte sie zusammen.

»Spurensicherung?« Ihr Gesicht wirkte trotz der Schminke fahl.

»Die Kollegen müssen in alle Bereiche, in denen die Tote auch gewesen sein könnte«, sagte Wolff. »Aber sie sind geschickt und schnell. Morgen um zehn können Sie öffnen.«

Von einem Podest führten Treppen nach oben. »Hier wird alles umgebaut für eine Sauna-Landschaft mit einer Kristall-, einer Rosenquarz- und einer Smaragdsauna«, sagte Haas-Bergmann.

Wolff überlegte, was eine Sauna mit Edelsteinen zu tun haben könnte.

»Hier wird man nach dem Umbau Spezialaufgüsse anbieten, etwa eine Heu-, Salz- und Eukalyptussauna. Daneben entstehen zwei Dampfbäder, ein Whirlpool, ein Natursole-Gesundheitsbecken, ein Wüstenraum und eine Schneekammer, das Ganze von Farbspielen beleuchtet.« Die Stimme der Frau klang im Vergleich zu den angepriesenen vielfältigen Wellness-Angeboten merkwürdig monoton, als erkläre sie zum hundertsten Mal eine Sehenswürdigkeit.

»Wunderschön«, sagte Wolff ironisch.

Sie standen auf der Galerie. Unten lag das Innenbecken, durch große Fenster war der Außenpool mit der Jetstream-Anlage zu sehen, die jetzt abgestellt war. Das rot-weiße Absperrband war noch gespannt. Wolff sah, dass die junge Ärztin offensichtlich mit ihrer Untersuchung fertig war und von Sven zum Ausgang geleitet wurde. Die Tote war mit einem grünen Tuch bedeckt und würde von den Fahrern der Rechtsmedizin auf eine Bahre gelegt und abtransportiert werden.

Von der Seite bemerkte Wolff, dass Haas-Bergmann die Lippen zusammenpresste. »Wo war ich stehen geblieben?«, sagte sie dann heiser und räusperte sich. »Ach ja, die geplante Neugestaltung des Schwimmbades soll auch vom Stil her mehr in das neue Wellness-Zentrum passen. Ins Erdgeschoss kommen Räume für ärztliche und physiotherapeutische Behandlungen, ein Lesesaal und Veranstaltungsräume für Events und Gastronomie, im Obergeschoss gibt es eine Lounge und auf dem Dach eine begrünte Terrasse. Natürlich muss auch hier ein größerer Barbetrieb für die Sauna-Besucher her.«

»Da werden die Anwohner ja begeistert von den neuen Möglichkeiten der Freizeitgestaltung sein«, bemerkte Wolff.

Die Frau blickte ihn mit zusammengekniffenen Augen an. Wolff war sicher, dass sie seine Ironie verstand, aber nicht darauf einging.

»Ich führe ständig Gespräche mit Behörden und Aktivisten

aus der Gegend. *Public Private Partnership.*« Sie dehnte den Begriff in die Länge. »Das Bauwerk soll ja zu Alt-Stolzendorf passen. Ich trage den Titel *Beraterin für landschaftsgebundene Ästhetik.*« Sie lachte kurz auf, ohne dass ihr Gesicht sich bewegte.

Wolff betrachtete ihre schmale Figur in dem gerade fallenden, eleganten Kleid und hätte gern gewusst, ob diese Frau mit Leib und Seele hinter der geplanten Großanlage stand. Es lag eine Distanz in ihrer Stimme, aber vielleicht war das auch Überarbeitung und Müdigkeit einer nachts herausgeklingelten Geschäftsfrau.

»Setzen wir uns ins Restaurant. Ich könnte einen Kaffee gebrauchen.« Sie ging voraus, winkte eine Putzfrau heran und ließ sich die gläserne Tür zum Bistro öffnen. »Zum Glück weiß ich, wie die Cappuccino-Maschine funktioniert.« Zum ersten Mal sah Wolff ein kleines Lächeln. »Möchten Sie auch einen?«

Wäre es unpassend, das Angebot anzunehmen? Immerhin war er an einem Tatort und Frau Haas-Bergmann eine Zeugin. Andererseits spürte Wolff Müdigkeit hochsteigen und seine Thermoskanne lag unten in Svens Auto. Er nickte gnädig und die Frau stellte ihm einen perfekten Cappuccino hin.

»Wer ist eigentlich Eigentümer des Geländes?«

Sie blickte ihn mit prüfenden braunen Augen an. »Eine Trägergesellschaft hat dieses Areal erworben, um die Wellness-Anlage zu bauen, nachdem der Landrat einen Flächennutzungsplan gemacht hat.« Sie griff ihre weiße Tasse, hielt die Nase hinein, schnupperte, eine unbefangene Geste, die nicht recht zu dem kühlen Gesamteindruck passte. »Mein Mann Lars Bergmann ist der Projektentwickler.«

»Er ist vermutlich auch Geschäftsführer der Trägergesellschaft?« Im Geist notierte Wolff den Namen Lars Bergmann.

»Lars ist der Initiator und Geschäftsführer, das ist so üblich. Es wird Land gekauft, gebaut und das fertige Objekt dann an Investoren verkauft. Diese vermieten oder verpachten dann an Gastronomen, Ladenbesitzer, Fitnessanbieter.« Die Frau zeigte ein breites Lächeln, das Wolff nicht echt erschien. »Mein Mann kommt morgen von einer Geschäftsreise zurück. O Gott, und jetzt auch noch dieser … nun ja … Unglücksfall. Als hätten wir nicht schon genug Probleme.«

»Was gibt's denn noch?«

»Die Bauverwaltung macht plötzlich einen Rückzieher. Es gab eine mündliche Zusage, dann wurde sie wieder zurückgenommen unter dem Druck etlicher Anwohner und des Naturschutzvereins. Man befürchtet eine Zerschlagung der dörflichen Gegend. Mehrere Bio-Bauernhöfe sind hier angesiedelt, sie brauchen Nutzungsflächen für die Weiderinder und Schafe. Ich habe die Aufgabe, einen Kompromiss zu finden, sozusagen als Eisbrecherin.« Die Frau zog die Oberlippe ein wenig hoch. »Das alles hat für die Trägergesellschaft negative Konsequenzen. Unsere Geldgeber spielen verrückt, sie wollen Planungssicherheit. Mein Mann wird morgen eine Krisensitzung einberufen.«

Wolffs von den Ausführungen über die Vorzüge des geplanten Thermenbaus etwas ermüdeter Geist war wieder hellwach. Investorenprojekt. Einige gewinnen, etliche verlieren, dachte er. Verdrängte Anwohner und Naturschützer gegen Wirtschaft und Politik.

Haas-Bergmann ignorierte das Rauchverbot und zog ein goldenes Etui aus ihrer Tasche. Sie bot Wolff eine Zigarette an, die er ablehnte, zündete sich eine an, inhalierte.

»Am schlimmsten sind die radikalen Aktivisten.«

»Wer sind diese Aktivisten?«

Sie zuckte die Achseln. »Manche haben früher in Berlin Häuser besetzt, und seit da fast alles modernisiert ist, ziehen sie auf dem Land herum und machen Stunk gegen Investorenvorhaben.« Sie blies heftig den Rauch aus. »Die Typen stören Anlegerversammlungen, verbarrikadieren Baustellen, beschmieren Fassaden.«

»Können Sie mir Namen von Anwohnern sagen, die gegen das Projekt sind?«

»Ina Kowalski. Sie betreibt eine Pferdepension und verfügt über größere Grünflächen für das Auslaufgelände und den Parcours.«

Wolff entschied, dass er erst mal genug erfahren hätte. »Gehn wir mal zum Schließfach Nummer zweihundertfünfundvierzig.« Er schwenkte den Schlüssel vor den erstaunten Augen der Haas-Bergmann, die etwas sagen wollte, es dann aber unterließ.

Sie gingen den gefliesten Gang entlang und bogen in den Garderobenbereich ein. Wolff bemerkte einen bunten Zettel, der an einer Schließfachtür klebte. *Lieber Zeichen setzen als Land besetzen!* Dahinter war ein rot durchkreuztes Bauschild zu sehen. *Wir bleiben! Bürgerinitiative zur Rettung unseres Dorfes.*

Er nahm den Zettel ab und steckte ihn ein.

»Die Leute kleben halt immer Zettel.« Die Frau lächelte süffisant. »Zum Spaß oder weil sie sich ärgern oder einfach gegen etwas sein wollen.«

Sie waren am Schließfach Nummer zweihundertfünfundvierzig angekommen. Wolff schloss auf. Haas-Bergmann pfiff durch die Zähne.

»Teurer Designer.« Sie wies auf das Label der im Fach stehenden großen Handtasche.

»Mich interessiert eher der Inhalt.« Wolff entnahm seinem Koffer dünne Schutzhandschuhe und streifte sie über. »Fassen Sie bitte nichts an.«

Er öffnete die Tasche. Die Tote schien eine ordentliche Frau gewesen zu sein. In mehreren, mit Reißverschlüssen sorgfältig verschlossenen Fächern fand er Personalpapiere, Führerschein, Haus- und Autoschlüssel, ein I-Phone und eine Kulturtasche mit Schminksachen.

Wolff zog den Ausweis heraus und betrachtete das Foto. Eine hübsche Frau war die Tote gewesen, mit klaren Gesichtszügen, blauen Augen, einer geraden Nase und vollen Lippen, das blonde Haar zurückgebürstet und hochgesteckt.

»Die Tote heißt Milena Vogt.«

Einen kurzen Aufschrei konnte Haas-Bergmann nicht unterdrücken.

»Was ist?«

»Sie ist … sie war … Regierungsrätin hier in der Bauverwaltung.«

Wolff zog die Luft ein. »Hatten Sie mit ihr zu tun?«

»Mein Mann und ich haben ein Immobilienunternehmen. Ist das Antwort genug?« Sie sah ihn mit starrem dunklem Blick an. »Ich muss jetzt gehen. In wenigen Stunden stehen Gespräche mit dem Gemeinderat an.«

Wolff gab ihr seine Karte und blickte ihr hinterher, als sie zum Ausgang eilte. Die Identität der Toten schien die Frau verstört zu haben.

4

Potsdam, 19. Juli, 2.30 Uhr
Milena Vogt ist tot. Ist das wirklich Mord?
Linda Haas-Bergmann blickte von ihrem Tagebuch hoch, in das sie vor dem Schlafen die Tagesereignisse und ihre Gedanken eintrug. Sie fühlte große Unruhe nach dem Gespräch mit dem Kommissar. Ach was, Gespräch, ausgefragt hatte er sie, sich freundlich gegeben und dabei waren seine Augen überall herumgewandert.

Linda nahm ihr Tagebuch und trat auf den Balkon. Lars und sie hatten vor Jahren eine ganze Neubau-Etage in der Berliner Vorstadt mit Blick auf den Tiefen See gekauft. Damals wollten sie nichts wie weg aus Berlin-Friedrichshain, zu dessen Modernisierung sie einen Teil beigetragen hatten. Noch einmal neu anfangen in Potsdam, einer kleineren Stadt mit viel Natur und Wasser drum herum.

Eigentlich wollte sie keine Zigarette mehr vor dem Schlafen. Aber würde sie schlafen können? Es war jetzt drei Uhr, zu spät, um etwas einzunehmen, dann käme sie am Morgen nicht hoch. Eine schwierige Besprechung mit dem Gemeinderat in Alt-Stolzendorf stand an. Alle würden kommen, ihre Unterstützer und ihre Gegner. Linda ließ ihr Feuerzeug aufflammen. Die Initialen *L H-B* waren eingraviert, aber stand sie selbst noch hinter *B* wie Bergmann-Immobilien?

Der Neuanfang hier in Potsdam hatte geklappt. Es gab einige große Bauträger-Objekte und noch waren in der Stadt unsanierte Bereiche zu modernisieren. Der private Neuanfang mit Lars hatte sich ihrer Planung entzogen. Vor kurzem hatten sie ihre Etage aufgeteilt, eine Wand gezogen, zwei Eingänge geschaffen. Linda sog an der Zigarette. Unten auf der leeren Straße fuhren zwei Radler entlang, ein Pärchen, hielten Händchen beim Fahren. So wie sie und Lars als Studenten. Fünfundzwanzig Jahre war das her.

Das war ein schöner Traum. Der Traum ist vorbei. Besser als kein Traum. Aber jetzt sehe ich alles wie durch eine verschmutzte Linse.

Es war eine Angewohnheit geworden, Tagebuch zu schreiben. Um mit sich ins Reine zu kommen, sich zu entlasten, zu überlegen, wohin der Weg sie führte. Linda setzte sich in ihren Strandkorb, klappte den Tisch auf und las eine ältere Eintragung, die auf einmal große Wichtigkeit gewann.

Lars hat einen neuen Spielplatz. Raus aufs wilde Land. Wer fragt in der Euphorie um das Brandenburger Wellness-Zentrum danach, wie freigeräumt würde? Die paar Ladeninhaber findet man einfach *ab, nehmen ja sowieso nicht viel ein. Und wenn jemand dagegen ist, gibt's noch andere Tricks.*

Vornübergebeugt saß sie da, ihr Stift raste übers Papier. Kein Computer, elektronisch könnte sie sich nicht richtig ausdrücken. Sie hatte niemand, dem sie das alles anvertrauen könnte.

Ich könnte sie umbringen, diese Naturschutzaktivisten, die um sandige Flächen kämpfen und das einzige Wirtschaftspotential in ihrer elenden Gegend nicht erkennen.

Sie hielt inne. Beunruhigende Gedanken kamen auf. Milena Vogt, Regierungsrätin, neu im Bauamt, auf Seiten der Naturschützer, hatte zu den Gegnern des Wellness-Projekts gehört und Lars die Baugenehmigung verweigert.

Lars ist keiner, der aufgibt. Ich gehe weiter, hat er gesagt. Und jetzt ist seine Hassfigur tot.

Es schüttelte sie vor Müdigkeit, Unruhe, Angst. Endlich entschloss Linda sich, wieder hineinzugehen. Aus dem Spiegel im Badezimmer blickte ihr ein müdes Gesicht mit zusammengekniffenen Lippen entgegen. Lohnte es, sich noch abzuschminken? Lohnte sich das Gespräch morgen mit den Gemeinderatsmitgliedern? Für Lars war sie immer noch sein Joker. Eine freundliche, hübsche, elegante Frau. Die *Eisbrecherin.* Linda bemerkte, dass sich ihre Hände zu Fäusten verkrampften. Wie viele Stunden hatte sie mit dem Entwurf von Räumungs- und Abfindungsvereinbarungen verbracht, damit diese störrischen Alt-Stolzendorfer von dem Areal verschwanden? Nach Erteilung der Baugenehmigung sollte es sofort losgehen. Mit den finanzierenden Banken waren die Kredite abgesprochen. Dann kam Regierungsrätin Milena Vogt und legte Steine in den Weg. Der Gesellschaft Brandenburg-Therme drohte Insolvenz.

Linda ging ins Wohnzimmer, legte sich angezogen auf die Ottomane, die sie sich nach der räumlichen Trennung von Lars geleistet hatte, und blickte in den blauen Nachthimmel, der sich am Rand langsam rötete. Ausziehen lohnte nicht mehr, vielleicht fand sie noch ein wenig Ruhe, bevor der Kampf weiterging.

Und wenn dieser Kripo-Mann die alte Geschichte ausgräbt? Linda fuhr wieder hoch. Die Sache war bestimmt noch im Berliner Polizeicomputer. War sie bereits jetzt eine Mordverdächtige?

Montag

5

Wolff wäre bei dem guten Wetter gern Motorroller gefahren, aber heute hatte er zu weite Strecken vor sich. Er nahm sich ein Auto aus dem Fahrzeugpark der Kripo Potsdam und fuhr nach Alt-Stolzendorf. Als er ausstieg, genoss er den Wind, der durch seine Haare fuhr. Die würzige Luft erinnerte ihn an den Bauernhof seiner Mutter im Fläming. Er ging zum Zaun einer großen Koppel und beobachtete die Pferde, die über die Wiese liefen, den Kopf nach unten gesenkt, und Grasbüschel abrupften. Es waren Schimmel und Braune und die Sonne dieses warmen Julimorgens ließ ihr Fell schimmern. Es war ein friedliches Bild, das Wolff fast vergessen ließ, dass er hierhergekommen war, um einen Todesfall aufzuklären. Nur wenig entfernt lag das Schwimmbad, in dem die Leiche von Milena Vogt im Jetstream gefunden worden war.

Sein Diensthandy meldete sich und zeigte die Nummer von Oberkommissarin Eickelbaum, die eigentlich mit ihm in dem Todesfall hätte ermitteln sollen. Er ließ es einmal mehr klingeln als üblich.

»Hallo Chef«, sagte Katja. Ihre Stimme klang gedrückt ohne die für sie typische Frische. »Sorry, dass ich dich hängengelassen habe.«

»Sven hat dich gut vertreten. Den nächsten Fall machst du dann allein. Wie geht's übrigens?«

»Ich hatte Migräne.«

»Sind die Kopfschmerzen jetzt besser?«

»Eher Migräne der Seele.«

Darauf wollte Wolff nicht eingehen. Katja, tatkräftige Frau von sechsunddreißig Jahren, Film- und Fernsehfan und verschlossen, was ihr Privatleben anging. Sie war Berlinerin und vor zwei Jahren der Liebe wegen in ein Dorf bei Werder gezogen. In ihrer energischen Art hatte sie einen Final Cut machen wollen, weswegen auch immer, nichts wie weg aus Berlin und zur Kripo Potsdam. Und jetzt seelische Schmerzen. War daran ein Kerl schuld? Das hätte Wolff doch gern gewusst. Er seufzte innerlich und wünschte sich die alte Katja her mit ihrem dynamischen Redeschwall und ihren ausladenden Armbewegungen.

»Nimm 'ne Aspirin und meld dich dann.« Kaum hatte er aufgelegt, erschien ihm seine Reaktion zu grob. Aber sich entschuldigen wollte er auch nicht. Schließlich war es ja Katja, die sich ausgeklinkt hatte.

Er wurde von seinen Gedanken abgelenkt, als er draußen auf der Weide eine Frau in Stiefeln, Jeans und kariertem Hemd bemerkte. Sie tätschelte die Pferde und sprach zu ihnen. Er öffnete das Tor zur Koppel und ging auf die Frau zu, ohne sich von ihrem ärgerlichen Ruf, was er hier wolle, abhalten zu lassen. Sie sah Wolff mit zusammengekniffenen Augen entgegen.

»Frau Kowalski, Kriminalpolizei.« Auf der Internetseite der Pferdepension gab es ein Foto von ihr, und Wolff hatte sie sofort erkannt. Ina Kowalski war um die vierzig, eine schlanke, sportliche Frau, die ihr kastanienbraunes langes Haar zu einem Pferdeschwanz gebunden hatte. Sie gehörte zu den kämpferischen Gegnern des Thermen-Projekts, hatte die Haas-Bergmann heute Nacht gesagt.

»Wie schön, dass sich mal einer von euch Potsdamer Polizisten hier aufs Gelände wagt«, sagte sie mit erstaunlich heller Stimme, die er bei ihrer zupackenden Art nicht erwartet hätte. »Hier laufen Bauhyänen rum.«

Wolff stutzte. Offensichtlich hatte die Frau noch nichts von der Toten im Schwimmbad gehört. »Es geht mir jetzt nicht um diese Art Tiere.«

Ina Kowalski blieb stehen und sah ihn prüfend aus graubraunen Augen an. »Schade, hatte mich schon gefreut, dass einer von euch sich mal mit dem Verbrechen an der Gegend hier beschäftigt.«

»Ich werde mit dem Wirtschaftsdezernat sprechen«, sagte Wolff höflich. »Sie meinen Bestechung, Betrug oder Umweltdelikte?«

»Wir werden massiv von Investoren bedroht. Neulich hat so ein Handlanger nachts das Wasser angestellt. Wir haben hier überall Schläuche, um die Pferde abzuspritzen. Ich hab's erst frühmorgens bemerkt. Der Stall war völlig versifft. Ein anderes Mal hat jemand die Koppel geöffnet. Es kamen Wölfe und rissen zwei Schafe. Zum Glück haben sich die Weidetiere gemeldet, so dass ich wach wurde.«

»Das riecht nach Drangsalierung«, sagte Wolff. Er näherte sich von vorn einer dunkelbraunen Stute und tätschelte ihren langen Hals.

»Sie kennen sich mit Pferden aus?«

»Hab zwanzig Jahre lang Stalldienst bei meiner Mutter gemacht.« Er hatte das Gefühl, dass er im Ansehen der Kowalski stieg. Ihr misstrauischer Blick wurde offener. »Können wir einen Augenblick reden?«

»Wenn ich dabei die Boxen ausmisten darf.«

»Wie groß ist Ihr Hof?«

»Mehr als fünf Hektar. Das meiste ist Pachtland von der Gemeinde.«

»Müssen Sie was davon abgeben, wenn diese neue Wellness-Anlage gebaut wird?«

»Drei große Wiesen. Da haben die Pferde ihren Auslauf, außerdem die Kühe und Schafe von anderen Bauern. Dieser Grund und Boden gehörte zu DDR-Zeiten einer LPG, bei der meine

Eltern gearbeitet haben. Nach der Wende ist Landleben schick geworden und die Preise steigen.« Kowalski schloss krachend das Gattertor. »Ich baue gerade eine Internetdemo gegen die Investorenpläne auf. Ich kann dieses Gewäsch über die angebliche Aufwertung unserer Gegend nicht mehr hören. Es war gut genug hier, bevor dieser Bergmann kam.«

Wolff dachte an die elegante Frau Haas-Bergmann und nickte unwillkürlich. »Vielleicht sollten Sie das Thema im Gemeinderat besprechen, oder 'ne Eingabe beim Landrat machen.«

»Mit schönen Reden von Politikern könnte ich mir den Hof zupflastern.« Kowalski blieb stehen und sah Wolff selbstbewusst an. »Da hinten ist übrigens meine neue Halle, damit die Gäste auch bei schlechtem Wetter reiten können. Ich habe vor, Reiterferien anzubieten.« Sie zeigte auf einen langgestreckten Bau mit großen Fenstern und angeschrägtem Dach. »Die Kreditzinsen sind allerdings heftig.«

Sie überquerten die schmale Auffahrt und gingen auf das Stallgebäude zu. Davor stand eine gewaltige Wassertonne, in der Regen aufgefangen wurde. »Wenn's mir in der Gegend zu heiß wird, tauche ich hier unter.« Die Landwirtin lachte. Es lag ein Glitzern in ihren Augen, das Wachheit verriet und Humor.

Der Stall war groß, links und rechts der Gänge befanden sich Pferdeboxen mit grüngestrichenen Türen und jeweils einem Ausguck an der Kopfseite. Alle Türen standen offen, die Pferde waren draußen, bis auf eins. Ein schwarzbrauner Araberhengst stand in seiner Box, deren obere Hälfte geöffnet war, und wandte nervös den Kopf.

»Das ist Amigo«, sagte Kowalski. »Ein Turnierpferd, das seine Besitzerin hier untergestellt hat. Er braucht seine Ruhe, wenn er nicht trainiert wird.«

Wolff mochte Reitsport nicht. Pferde waren bei ihm zu Hause Arbeitstiere gewesen und die paar alten Gäule, die nicht mehr für die Arbeit getaugt hatten, waren durchgefüttert worden.

»Amigo bringt mir monatlich zweitausend Euro.« Die Frau ging zu seiner Box und gab ihm einen liebevollen Klaps aufs Hinterteil.

»Er steht immer hier?«

»Ja. Er wird täglich zweimal trainiert, einmal von mir, einmal von einem speziellen Reitlehrer. Am Wochenende kommt die Besitzerin.« Kowalski zog eine Gummischürze über und begann, Strohhalme und getrockneten Mist vom Boden zu fegen.

Wolff dachte, dass es jetzt Zeit wäre, Klartext zu reden. »Ich bin von der Mordkommission. Gestern Abend wurde hier im Schwimmbad eine Leiche gefunden.«

»Morden diese Investoren jetzt auch?«

»Langsam. Investoren morden in der Regel nicht, sie versuchen zu überzeugen. Mit Worten oder mit Geld.«

»Wer's glaubt … Nun spucken Sie's schon aus. Wer ist die Leiche?«

»Milena Vogt, Regierungsrätin der Bauverwaltung.«

Kowalski hielt abrupt in ihrer Arbeit inne. Einen Augenblick starrte sie bewegungslos vor sich hin. »Milena wollte zu hoch hinaus, das tut einem Dorfmädchen nicht gut«, sagte sie dann bitter. »Darauf brauch ich 'ne Kippe.« Sie stellte den Besen ab und zog aus ihrer Arbeitsschürze ein Päckchen Zigaretten. »Wollen Sie auch?«

»Danke, nein.« Wolff war erstaunt, dass sie im Stall rauchte.

»Ausnahmegenehmigung für Ina.« Sie lachte, aber es klang nicht echt. »Mache ich eigentlich nur, wenn die Pferde draußen sind und ich weit entfernt vom Stroh.«

Wolff warf einen schrägen Blick zu Amigo. »Sie sollten mal für ordentlichen Brandschutz sorgen.« Er blickte auf die Heu- und Strohballen an der Seite. »Neben dem Hof meiner Mutter brannte mal ein Stall ab. Das eingelagerte Futtermittel in Verbindung mit frischem Heu hat sich in der einfallenden Sonne selbst entzündet. Staub und Spinnweben brennen auch gut.«

Die Frau nahm einen tiefen Zug und wandte den Kopf ab beim Auspusten. »In punkto Brandschutz muss wirklich was geschehen, auch wenn die Berufsgenossenschaft hier noch nicht kontrolliert hat. Ich muss ein paar Außenstände eintreiben und dann werden Heu und Futtermittel getrennt gelagert.«

»Also, was wissen Sie denn nun über Frau Vogt?«, fragte Wolff mit dienstlicher Stimme.

»Okay«, sagte sie gedehnt und warf ihre glühende Zigarette in eine Jauchetonne. »Milena war auf der Grundschule zwei Jahre unter mir, aber wir waren ja alle in einer Klasse. Anfang der Neunziger ging sie mit ihren Eltern nach Berlin, ihr Vater hatte dort einen Job bekommen. Vorher führten sie hier den HO-Laden.«

»Und weiter?«

»Nichts weiter. Meine und ihre Eltern hatten nichts miteinander zu schaffen.«

»Wieso?«

»Alte Geschichten.« Die Frau biss sich auf die Unterlippe. »Ging um den Hof. Die haben sich beim LPG-Leiter eingeschmeichelt, und fast wäre er jemand anderem zugeschlagen worden. Ich habe dieser Familie nicht nachgeweint.« Sie holte mit einer Forke Pferdemist aus den Boxen und schleuderte ihn auf einen Hänger. »Kind des Dorfes. Stolz des Dorfes. Hoffnung des Dorfes«, sagte sie sarkastisch.

Die ablehnende Haltung verwunderte Wolff. Die Haas-Bergmann hatte gestern Nacht gesagt, dass es mit der Baugenehmigung Schwierigkeiten gebe. Milena Vogt hatte damit zu tun gehabt, sonst wäre die erschrockene Reaktion der Haas-Bergmann nicht erklärlich gewesen. Wenn aber Vogt die Baugenehmigung nicht erteilen wollte, dann müsste die Kowalski doch auf einer Linie mit ihr liegen?

»Ich hörte, dass Frau Vogt gegen den Ausbau des Schwimmbades gewesen sein soll?«, fragte Wolff, gespannt auf die Antwort.

»Wurde so geredet«, sagte Kowalski ausweichend. »Aber der glaube ich sowieso nichts.«

»Warum diese Ablehnung?«

»Milena ist ein richtiger Wendehals. Anfang der Neunziger ab nach Berlin, da hat sie jahrelang irgendwas gemacht. Dann kommt sie plötzlich als Politikerin ins Dorf zurück und macht auf Grüne, weil sie denkt, dass sie dann mehr Stimmen von den Bauern hier bekommt.«

»Mehr Stimmen?«

»Ihr Potsdamer wisst auch nichts von der Regionalpolitik, was?« Kowalski verdrehte die Augen. »Milena hat für den Posten des Bürgermeisters kandidiert. Das hat sich ja nun erledigt.«

»Bürgermeister?«, fragte Wolff erstaunt.

»Ja, größenwahnsinnig. Geht weg, kommt wieder und meint, uns regieren zu können.«

»Wer ist denn amtierender Bürgermeister?«

»Johannes Weber. So ein unentschlossener Dicker. Aber er war immer hier und seine Eltern auch. So wie ich. Immer hier und immer mit dem Hof ums Überleben gekämpft.«

»Wann haben Sie Frau Vogt das letzte Mal gesehn?«

Die Landwirtin zog die Augenbrauen hoch. »Neulich kam sie her, um auszureiten. Scheißfreundlich, sie hätte so viel mit ihrer Arbeit zu tun, sonst hätte sie sich längst gemeldet. Ja, wer Karriere machen will …« Ihre Stimme war bitter. »Dann stöhnte sie noch über 'nen üblen Konkurrenten, der auf ihren Job scharf ist.«

»Wissen Sie, wie der Konkurrent heißt?«

»Nee, interessiert mich nicht.«

Kowalski stellte die Forke ab. Sie hatte durchs Fenster zwei Frauen bemerkt, die auf den Stall zukamen, ihre Pferde an den Zügeln haltend. Die eine war dicklich und trug karierte Reiterhosen. Die andere war schlank, in Schwarz gekleidet und erinnerte Wolff an die Nachbarin seiner Mutter, die am Wochenende ihren aufgepeppten Bauernhof besuchte und sich bemühte, ihr Pferd zu verstehen.

Die Pferdewirtin ging zum Tor und winkte den Reiterinnen zu. »Ich muss raus«, sagte sie zu Wolff. »Die beiden sind mit ihren Pferden überfordert. Sie brauchen jetzt einen Kaffee und die Pferde müssen trocknen.«

»Was war sonst so in Milenas Privatleben?«

»Sie können Fragen stellen.« Die Frau stöhnte demonstrativ. »Milena sagte, dass sie jetzt öfter kommt. Es gab hier in der Gegend wohl jemand. Na ja, das war bei ihr nichts Neues«, setzte sie spöttisch hinzu.

»Was war das für ein neuer Mann?«

»Woher soll ich das wissen? Er ist wohl verheiratet.«

Wolff sah ihr hinterher, als sie hinauseilte, mit schnellen Bewegungen einen Sonnenschirm aufspannte, der neben einem Bistrotisch vor der Reithalle stand. Die beiden Reiterinnen nahmen Platz, während Kowalski die Pferde an die Zügel nahm, sie zur Tränke führte und Abschwitzdecken über sie legte.

Wolff holte zwei Möhren aus einem Jutesack an der Wand, ging zu der Box, in der Amigo stand. Das Wiehern seiner Artgenossen draußen an der Tränke schien Amigo zu stören. Er warf unruhig den Kopf hin und her und schnaubte.

»Na, Alter, bist ein bisschen nervös.« Wolff trat langsam von links an den Hengst heran. Am Spiel der Ohren erkannte er, dass das Tier ihn wahrgenommen hatte und stillhielt. Er verfütterte die Möhren und überlegte, wie dieses teure Pferd wohl versichert wäre. Wenn Ina Kowalski zur Aufgabe ihres Weidelandes gezwungen würde, müsste sie mit allem rechnen. Auch mit Brandstiftung. Der Stall war nicht feuerfest.

Als Wolff zu seinem Auto ging, überlegte er, Katja anzurufen, denn er hatte das Gespräch vorhin ziemlich unfreundlich abgewürgt. Diesmal ließ sie es anscheinend länger klingeln.

»Bist du bereit für einen Auftrag?«, fragte er, als Katja sich endlich meldete.

»Aye, aye, Sir«, kam ihre übliche Antwort, wenn auch weniger tatkräftig als sonst.

»Fahr bitte mal ins Schwimmbad und hör dich um, wer was über Milena Vogt weiß. Sie soll regelmäßig ins Bistro gegangen sein, vielleicht sprichst du mit dem Barkeeper. Ich fahr jetzt ins Bauamt. Wir sehn uns im Kommissariat. Tschau.«

Als Wolff auf der Hauptstraße war, die am Dorfanger vorbeiführte, sah er Plakate am Baum. Er stoppte und trat näher. Der Bürgermeister Johannes Weber, ein behäbiger Mittdreißiger, schien Durchsetzungskraft mit Leibesfülle gleichzusetzen. Breitbeinig in voller Positur vereinnahmte er den Blick der Passanten, und Wolff dachte, dass die auf die Plakate gemalten Schielaugen und Zahnlücken hier ganz passend wären.

Was ihn mehr interessierte war ein anderes Plakat. Ein angenehmer Kontrast zu dem schwammigen Weber war das gebräunte, harmonisch geschnittene Frauengesicht Milena Vogts, die mit sehr blauen, offensichtlich nachbearbeiteten Augen entschlossen in die Ferne blickte. *Weiter!,* stand da.

Gestoppt durch Immo-Verbrecher!, hatte jemand darunter geschrieben. *Zurück auf Null!*, ein anderer. Auf einem am Zaun des Rathausgrundstücks angebrachten Banner stand: *Wirtschaftskriminellen ist jedes Mittel recht, unsere Landschaft zu zerstören. Selbst ein Menschenleben ist dem »Großen Initiator« egal, wenn es um die Durchsetzung seines Plans geht!*

Wolff machte ein paar Fotos von den Plakaten und vom Rathaus, einem eingeschossigen Bau mit rotem Ziegelspitzdach. Dem Hausherrn würde er bald einen Besuch abstatten. Die Bürgermeisterwahl stand in wenigen Tagen an.

6

Milena Vogt soll im politischen Clinch mit ihrem Vertreter im Bauamt gelegen haben, so die Aussage von Ina Kowalski. Wolff stellte seine Tagesplanung um und fuhr nach Teltow, wo das für die Region zuständige Bauaufsichtsamt residierte.

»Kriminalpolizei, ich möchte gern den Vertreter von Frau Vogt sprechen.«

Die Pförtnerin, eine Frau mit grauem Bürstenhaarschnitt und lilarotem Lippenstift starrte ihn unmutig an. »Herr Sabrinski ist in einer Besprechung.«

»Und ich habe einen Mord aufzuklären.«

Die Frau hatte bestimmt vom Tod der leitenden Mitarbeiterin erfahren, darüber war heute Morgen in allen Medien berichtet worden. Aus ihrer widerspenstigen Haltung schloss Wolff, dass Milena Vogt hier nicht besonders beliebt gewesen war. Er machte ungeduldige Drehbewegungen mit dem Arm. Endlich griff sie nach dem Telefon. »Herr Sabrinski, hier ist jemand von der Kripo.«

Der Angerufene äußerte anscheinend Unmut, denn die Pförtnerin hielt den Hörer weg vom Ohr und starrte angestrengt an Wolff vorbei auf ihren Computerbildschirm.

»Ja, Herr Sabrinski, das hab ich ihm auch schon gesagt. Gut, dann soll er halt warten.« Sie wies mit ihren perlmuttfarben lackierten Fingernägeln auf die Warteecke.

»Passen Sie mal auf.« Wolff stellte sich frontal an die Glasscheibe und stemmte die Hände in die Seite. »Ich habe Wichtigeres zu tun, als mir von einem Verwaltungsbeamten mit geregelten Dienstzeiten meine Ermittlungen vorschreiben zu lassen. Ich möchte Herrn Sabrinski sprechen, und zwar sofort.«

Der Dame wurde unbehaglich. »Ihre Verantwortung«, sagte sie durch die Zähne und griff erneut zum Telefon.

Wolff lief einen langen Gang entlang. Von der einen, weißgestrichenen Seite gingen hellbraune Holztüren zu den Büros ab, die Gegenseite bestand aus einer durchgehenden Fensterfront, durch die die Julisonne hereinfiel.

»Sie wittern hier wohl den Brandenburger Bausumpf?«, fragte Sabrinski launig, als Wolff eintrat.

»Ich dachte eher, dass diese Glasfront für eine neue, durchsichtige Baupolitik spricht.« Wolff zeigte seinen Ausweis und erwiderte Sabrinskis Händedruck, denn ausschlagen konnte er ihn schlecht.

Milena Vogts Vertreter war jung, hatte dunkles, kurzgeschnittenes Haar, trug trotz Hitze einen schwarzen Anzug mit blaugrauem Schlips, hatte einen gepflegten Mehrtagebart und wirkte auf Wolff wie einer, der am liebsten mit in die Höhe gestrecktem Daumen herumlief.

Der Mann wies auf seine Eichenholz-Sitzecke, die aussah, als entstamme sie der vorvorherigen Generation. Wolff bemerkte, dass weder Kaffeetassen noch Gläser auf dem Tisch standen. Die Besprechung war anscheinend vorgeschoben.

»Sie kennen den Anlass meines Besuchs?«

Sabrinski senkte kurz den Kopf, als hielte er eine Mitleidskundgebung für angemessen. Eine Weile herrschte Stille.

»Ein wahnsinniger Verlust«, presste er hervor. »Frau Vogt ist, nein war, eine Mitarbeiterin mit großem … hm … Elan. Was wollen Sie denn jetzt konkret wissen?«

So konkret sei sein Anliegen noch nicht, dass er den Mann über seine Rechte belehren müsste, dachte Wolff. Da saß der Konkurrent der Vogt, den die Kowalski als eklig bezeichnet hatte. Wolff war nach seinem ersten Eindruck geneigt, ihr zu glauben. Hinter der zur Schau getragenen unkomplizierten Fassade verbarg sich wahrscheinlich ein kühl und strategisch denkender Mann, der trotz seiner Jugend – Wolff schätzte ihn auf Ende zwanzig – Vogts Platz in der Bauverwaltung einnehmen und mehrere Gehaltsstufen höher klettern würde.

»Herr Sabrinski, ich möchte konkret Bescheid wissen über das Projekt Brandenburg-Therme.«

»Ich weiß gar nicht, wo ich anfangen soll.« Wolffs Gesprächspartner rutschte auf dem Sofa nach hinten und streckte die Beine weit von sich. »Bei einem so großen Bauvorhaben haben auch andere Behörden und Stellen mitzureden, Landschaftsschutz, Denkmalpflege, Bäderausschuss, und der Bürgermeister.«

Johannes Weber, dachte Wolff, der alte und der neue Bürgermeister, nachdem die Konkurrentin Milena Vogt nicht mehr lebt. »Ich möchte wissen, ob es andere Bauinteressenten gab, wer sich außer Bergmann-Immobilien noch an der Ausschreibung beteiligt hat, welche Interessengruppen dafür oder dagegen waren.« Wolff spürte, dass er in Fahrt kam. »Und ich möchte komplett alle Akten haben von der ersten Bauvoranfrage über den kompletten Bauantrag bis hin zu Ihrer kompletten Entscheidungsfindung.« *Komplett* war gerade sein Lieblingswort.

»Sie glauben, Mordmotive in unseren Akten zu finden.« Der Behördenmensch stand auf, vielleicht konnte er im Stehen besser nachdenken. »Es ist einfacher, als Sie denken. Jemand möchte bauen, er bekommt die Genehmigung. Oder er bekommt sie eben nicht, weil höherrangige Belange dagegensprechen.« Er lief auf dem Perserteppich, der die dunkle Auslegware veredelte, hin und her. »Man kann über vieles unterschiedlicher Meinung sein. Frau Vogt gehörte einer anderen Partei an als ich«, sagte er schließlich.

Kein schlechter Schachzug, dachte Wolff, der Mann deutet Differenzen an, die ich sowieso herausfinden würde. Den Gefallen, nach der Parteizugehörigkeit zu fragen, tat er Sabrinski nicht. Dafür holte er mit deutlicher Geste sein Diktiergerät heraus, ließ sich die Personalien geben und ging in die Vollen. »Eine Regierungsrätin Ihrer Verwaltung wird getötet, nachdem sie einem Großprojekt nicht zugestimmt hat. Auffällig, finden Sie nicht?«

Sabrinski lachte wiehernd auf, brach aber sogleich ab. »Entschuldigung. Ich bin perplex, dass Sie da einen Zusammenhang vermuten. Die Baugenehmigung wurde nicht erteilt. Wir haben uns letztlich gegen den Ausbau des Schwimmbads entschieden, in einer … äh … schwierigen politischen Diskussion. Frau Vogt war halt dagegen. Und sie war die Entscheidungsträgerin.« Er setzte sich wieder auf sein Sofa und schlug die Beine übereinander.

»Ich möchte klären, ob sie deshalb sterben musste«, sagte Wolff herausfordernd. »Und jetzt möchte ich die Bauakte haben.« Er lächelte sein Gegenüber schräg an. »Und wehe, Sie geben mir nur die Grundrisszeichnungen.«

»Ja, aber …« Sabrinski suchte anscheinend nach einer diplomatischen Formulierung, »darum geht es doch in der ersten Planungsphase. Da reicht der Bauherr, in diesem Fall Herr Bergmann, den Entwurf des Architekten ein.« Das Leder quietschte unter den Bewegungen des Bauamtsbediensteten.

»Ich interessiere mich nicht für durchgezogene und gestrichelte Linien, sondern für die Schwierigkeiten im Planungsverfahren«, sagte Wolff.

»Okay«, sagte Sabrinski gedehnt. Er erhob sich, ächzend unter der Zumutung, die ihm auferlegt war, ging zum Eichenholzschreibtisch, griff zum Telefon und sagte einer Yasmin Bescheid, dass sie eben mal in den Aktenraum gehen solle. »Ja, ich weiß, Yasmin. Aber der Herr Kommissar meint halt, bei uns etwas zu finden«, betonte er und blickte dabei aus dem Fenster.

»Denken Sie ja nicht, dass ich mich mit mikroverfilmten Teilchen zufriedengebe«, sagte Wolff. »Ich will daneben stehen, wenn Ihre Mitarbeiterin die Dateien ausdruckt.«

»Ich bin Baurechtler.« Sabrinski zog den Mund breit. »Aus Strafrecht habe ich mir schon an der Uni nichts gemacht.«

»Dann sage ich Ihnen, dass der Kriminalist erst mal die Beweismittel sichtet.«

»Ich möchte Ihr Kriminalistenherz nicht beunruhigen.« Der

Amtsmensch griff augenrollend nochmals zum Hörer. »Yasmin, holen Sie bitte den Herrn Kommissar hier ab und gehen Sie gemeinsam ins Archiv.«

»Yasmin«, sagte Wolff. »Schönheit, Reinheit, Ordnung. Dann kann ja nichts schiefgehen.«

»Oh, oh, denken Sie das ja nicht.« Sabrinski stemmte die Arme in die Hüften. »Sie werden absaufen in Eingaben und Anzeigen des Naturschutzbundes und anderer Aktivisten, in Statements der Gemeindevertreter und der Anlieger, in politischen Diskursen.« Er lächelte maliziös und streckte Wolff die Hand hin. »Aber sagen Sie nicht, ich hätte Sie nicht gewarnt.«

»Warnungen in den Wind schlagen kann ich gut.« Wolff drückte die Hand kräftig. »Und damit das klar ist: Wenn Sie nicht kooperieren, Herr Sabrinski, komme ich mit einem Gerichtsbeschluss wieder. Sie möchten doch nicht, dass die Öffentlichkeit erfährt …« Er machte eine Pause. »… dass der Vertreter von Frau Vogt …« Pause. »… der gern in ihre Stelle einrücken möchte … Mordermittlungen blockiert.« Wolff ließ die Hände über die Stelle gleiten, wo unter seiner Jeansjacke das Pistolenhalfter säße, wenn er es denn umgeschnallt hätte. Dann wandte er sich zum Gehen. In der Tür blickte er sich nochmals um. »Ach so, gibt es denn außer Ihnen noch Bewerber um den Posten der Toten?«

Sabrinski zuckte betont gleichgültig die Schultern.

Draußen kam Wolff eine junge Frau in weißen Jeans und türkisfarbenem Top entgegen. Sie war schwarzhaarig und hatte eine honigfarbene Haut.

Er stellte sich korrekt vor, machte eine kleine Verneigung und bedankte sich schon mal vorab. Yasmin lächelte und versprach, den Datenbestand durchzugehen, und zwar so, dass er ihr über die Schulter schauen dürfte. Sie freue sich über diese Aufgabe und darüber, der Kripo zu helfen, was Wolff zwar etwas übertrieben, aber durchaus angenehm fand.

7

Linda Haas-Bergmann tupfte sich mit ihrem parfümierten Taschentuch den Schweiß von der Stirn. Gemeinderatssitzung in Alt-Stolzendorf und sie hatte die Aufgabe, über den aktuellen Stand des Bauvorhabens zu berichten. Jeder hier würde nach Einzelheiten über den Tod der für die Baugenehmigung zuständigen Milena Vogt gieren.

Die Schlichtheit des eingeschossigen Dorfhauses, in dem das Rathaus untergebracht war, sollte offensichtlich durch eine ultramoderne Inneneinrichtung wettgemacht werden. In Hufeisenform standen längliche Tische mit Holzplatte und Chrombeinen, dahinter schwarze Stühle mit bequemen Armlehnen und schwingbarem Rückenteil. Nur alte Schwarzweißfotos vom Feuerwehrball und Versammlungen der LPG-Mitglieder an den Wänden zeugten noch von der früheren Nutzung des Gebäudes.

Der Bürgermeister Johannes Weber war erschienen und einige höhere Gemeinderatsmitglieder, ging es doch um ein Großprojekt, das für die Gemeinde hohe wirtschaftliche Bedeutung haben würde. Linda wusste aus ihrer Tätigkeit als *Eisbrecherin,* dass die Realisierung des Thermen-Projekts für einige Bürger erhebliche Einbußen mit sich bringen würde.

Sie stand auf einem Podest, auf das ihr Bürgermeister Weber galant mit schwitziger Hand hochgeholfen hatte. Bei der Begrüßung versuchte Linda, alle Anwesenden in ihren Blick einzubeziehen, was schwierig war, denn heute waren so viele Menschen gekommen, dass selbst die Stapelstühle aus Plastik nicht ausreichten und die Leute an den Seiten bis zu ihrem Pult standen oder auf den Fensterbrettern hockten. Sie kannte einige der Anwesenden und wusste aus zahlreichen Präsentationsveranstaltungen, Sprechstunden und regem Schriftverkehr, dass etliche hier gegen das Thermen-Projekt waren. Linda dachte an die Plakate, die wie von Zauberhand, kaum dass man sie entfernt hatte, überall wieder aufgeklebt wurden, an die Eingangstür des Schwimmbades, auf die Fenster des Supermarkts, ans schwarze Brett der Gemeindeverwaltung. *Wir bleiben! So wie wir sind! Aktionsbündnis Unsere Natur!*

»Ein trauriger Anlass überschattet diese Veranstaltung, meine Damen und Herren.« Linda räusperte sich. Es war jetzt ihre Aufgabe, die wild wuchernden Gerüchte um den gewaltsamen Tod der Regierungsrätin Milena Vogt in eine ruhige Bahn zu lenken. »Ich bin zuversichtlich, dass die Kriminalpolizei diesen ... ähm ... tragischen Unglücksfall schnell aufklären wird.«

Ihre Befürchtung, dass gleich der Kommissar auftauchen und sie für eine harte Befragung auf die Wache schleppen würde, schob sie weg.

»Wir haben hier einen Abschiedsraum eingerichtet, in dem Sie nachher ein paar Zeilen niederlegen können, für die Familie der ... hm ... Verstorbenen.« Linda versuchte, Ausdruck in die Stimme zu legen, als sie über den Tod von Milena Vogt sprach. Sie selbst hatte in ihrer schlaflosen Nacht die Idee gehabt, Bürgermeister Weber auf einen Gedenkraum anzusprechen. Vor allem ging es ihr darum, nicht als kaltschnäuzige Vertreterin des Investors dazustehen, die nach dem Tod der widerspenstigen Regierungsrätin Aufwind verspürte.

»Wir legen zunächst eine Schweigeminute im Gedenken Milenas ein«, sagte Bürgermeister Weber und erhob sich von seinem Sitz. Er senkte den Kopf und faltete die Hände.

Einige der Anwesenden taten es ihm nach. Auch Linda hielt den Kopf nach unten gerichtet und überflog ihre Checkliste, während sie überlegte, wie sie zum schnöden Geschäftlichen übergehen könnte. Fakt war, dass die getötete Regierungsrätin die Baugenehmigung versagt hatte und dass es Lindas Aufgabe war, der Versammlung mitzuteilen, dass ihr Ehemann Lars Bergmann das nicht hinnehmen würde. Die Leute hier im Ort hatten unterschiedliche Pläne und Erwartungen. Die Mehrheit im Heimatverein und im Naturschutzbund war gegen die Errichtung einer Wellness-Anlage, aber im Gemeinderat gab es starke Befürworter, die sich mehr Besucher, mehr Handel und Gewerbe und damit mehr Arbeitsplätze versprachen. Und der Bürgermeister lauerte auf höhere Einnahmen aus der Gewerbesteuer. Allen musste sie etwas bieten.

»Meine Damen und Herren, als Erstes möchte ich Ihnen mitteilen, dass der Investor Widerspruch gegen die Versagung der Baugenehmigung eingelegt hat.« Linda fühlte Schweiß in einer kitzelnden Spur aus ihren Achselhöhlen laufen. Es war schwül, die Sonne hatte sich hinter einem milchigen Wolkennebel zurückgezogen. Trotz offener Fenster gab es keinen Luftzug. »Wir schauen jetzt, ob ein Nachfolger dieselben moralischen und soziologischen Bedenken gegen das Projekt äußern wird wie Frau Vogt.« Sie hielt kurz inne, weil noch nicht klar war, ob der Vertreter Sabrinski die Stelle bekommen würde. »Oder vielleicht auch eine Nachfolgerin«, setzte sie fort, um jeden Verdacht eines zu guten Kontakts zum Bauaufsichtsamt von sich zu weisen. Klar war, dass Lars jeden neuen Baumenschen sofort ins Visier nehmen würde.

»Was bedeutet denn Widerspruch?«, fragte eine Dame mit schwarzem Haarknoten und scharfen Gesichtszügen, die sich als Inhaberin von Bekleidungsgeschäften in Potsdam und Brandenburg vorstellte und die Eröffnung einer Zweigniederlassung für Bade- und Sportmoden am Ort plante. »Kann trotzdem gebaut werden oder geht das erst durch alle Instanzen?«

»Das hängt davon ab, wie sich die Baubehörde stellt und ob der Widerspruchsführer eine einstweilige Anordnung beantragt«, sagte Linda sanft lächelnd. Der Investor würde notfalls bis vors Verfassungsgericht ziehen, das war ihr klar.

»Ich bin nicht grundsätzlich gegen eine Wellness-Anlage.« Jetzt stand ein älterer Mann im grauen Anzug auf, der trotz der Hitze einen exakten Schlipsknoten gebunden hatte. Er verneigte sich kurz in die Runde. »Ich bin der Vorsitzende des Heimatvereins und ein konservativer Grüner.« Er lächelte leicht. »Ich möchte, dass hier kein neues, gesichtsloses Zentrum aus dem Boden gestampft wird. Es ist bereits viel abgerissen worden. Und was ist dafür gekommen? Einfamilienhäuser vom Reißbrett für Leute, die in der Stadt arbeiten, ihre Kinder dort zur Schule schicken, hier nur zum Schlafen herkommen oder bei schönem Wetter zum Grillen.« Jetzt sah er direkt zu Linda. »Wäre es nicht möglich, mit baurechtlichen Vereinbarungen den Belangen des Naturschutzes und der Bewahrung der dörflichen Struktur Rechnung zu tragen und das Projekt doch zu realisieren?«

Linda wusste, dass der Plan des Investors sich nicht mit dörflicher Ruhe und naturbelassener Landschaft in Einklang bringen ließ. »Sie haben völlig recht«, antwortete sie. »Sozusagen baurechtliche Handschellen anlegen. Der Investor hat vor, für jeden gefällten Baum nachzupflanzen und die Gebäude an die dörfliche Struktur anzupassen im nachempfundenen Landhausstil.« Sie lachte herzlich, hatte aber Sorge, wenig fröhlich zu wirken.

»Tun Sie doch nicht so. Nachempfundener Stil, wie ich dieses Investorengewäsch hasse!« Jetzt stand ein Mann um die vierzig auf, der Linda bereits aufgrund seines Äußeren aufgefallen war. Er hatte einen Vollbart und dunkles krauses Haar und hätte mit gepflegter Kleidung und höflichen Worten durchaus anziehend wirken können. In seinem ausgeschnittenen T-Shirt und den über den Knien endenden Jeans wirkte er wie ein Fremdkörper zwischen den gut angezogenen Menschen. »Die knallharte Geschäftsfrau und viel falsches Gefühl in den Worten!«

»Ehe ich mit Ihnen diskutiere, sagen Sie mir bitte, wer Sie sind.« Er kam ihr entfernt bekannt vor, aber sie konnte ihn nicht einordnen.

»Ich wundere mich, dass Sie mich nicht mehr kennen: Kai Nehrkorn, Umweltschützer.« Er machte einen spöttischen Diener. »Manche sagen dazu auch Aktivist.«

Linda hätte sich vor Schreck fast am Mineralwasser verschluckt. Kai Nehrkorn. Hausbesetzer aus Berlin-Friedrichshain. Damals hatte sie gemeinsam mit Lars eine Besichtigung eines Mietshauses von Bergmann-Immobilien mit einem Kaufinteressenten durchführen wollen. Nehrkorn und Gleichgesinnte hatten zur Sitzblockade aufgerufen. Lars hatte schließlich die Sicherheitsfirma alarmiert, weil die Besetzer nicht weichen wollten. Und dann war es passiert: Einer der Security-Männer hatte Nehrkorn, der seine Meinung ausdiskutieren wollte, rückwärts die Treppe hinuntergestoßen. Der Aktivist hatte sich eine Gehirnerschütterung und einen komplizierten Armbruch zugezogen. Hektisch überlegte Linda, warum dieser Kerl ausgerechnet hierher ins Dorf gekommen war.

»Wir werden verhindern, dass ein hergelaufener Investor unser Land und unsere Häuser aufkauft und durchstylt, damit er möglichst viel Knete aus der Gegend ziehen kann.« Die schwarzbraunen Augen des Mannes waren auf Linda und ihr beigefarbenes Etuikleid gerichtet, das in den wenigen Nachtstunden auf der Ottomane Quetschfalten bekommen hatte. So fühlte Linda sich auch. Zum Glück ergriff der Bürgermeister das Wort.

»Die realen Pläne des Investors sind unserer Bevölkerung noch nicht präsent geworden.« Johannes Weber erhob sich. Sein breites rotes Gesicht war nass. Er wischte sich den Schweiß ab und wandte sich an die Runde.

Linda ahnte, dass er dieselben Probleme hatte wie sie: Er musste vermitteln und ausgleichen. Sie kannte ihn aus Besprechungen und wusste, dass Weber Neuem gegenüber aufgeschlossen war, auch wenn er es sich nicht mit den alteingesessenen Alt-Stolzendorfer Wählern verscherzen wollte. Sie holte Atem und hoffte auf Unterstützung.

»Die realen Pläne des Investors Bergmann gibt's zum Glück nicht mehr. Die sind gecancelt«, rief Nehrkorn. »Von einer Frau, die das mit dem Tod bezahlt hat.« Er kam langsam auf Lindas Pult zu.

Sie hatte Mühe, seinen Blick auszuhalten.

»Ich schwöre Ihnen, dass wir Aktivisten gegen jede Planung, die den Bewohnern Land und Existenz wegnimmt, Stimmung machen werden.«

»Herr Nehrkorn, wir sind nicht in Berlin-Friedrichshain«, sagte der Vorsitzende des Heimatvereins vorwurfsvoll. »Es geht um Kompromisse, nicht um militantes Dagegensein.«

»Das Land ist in Mode«, höhnte Nehrkorn. »Sie verkaufen Ihr Eigentum, nur damit es ein paar Arbeitsplätze für Gastronomen und Physiotherapeuten gibt.«

Unter ihrem Pult ballte Linda die Hände zu Fäusten und streckte die Finger wieder aus. Lars wusste schon, warum er sie zu solchen Veranstaltungen schickte. Sie entschloss sich, so zu tun, als kenne sie Nehrkorn nicht, als versuche sie, den Umweltaktivisten in eine sachliche Diskussion einzubeziehen. »Ich höre gern einen besseren Vorschlag, Herr Nehrkorn.«

»Vorschlag? Als ob jemand zuhören würde!« Der Mann begann hinter den in Hufeisenform sitzenden Anwesenden hin und her zu laufen, was einige so irritierte, so dass sie missbilligend die Köpfe drehten. »Der Investor will uns weg haben. Aber wir gehen nicht. Das hier ist die Antwort von Lars Bergmann.« Nehrkorn streckte seinen rechten Arm in die Höhe, den er im Ellenbogen angewinkelt hielt. »Ich war mal Tischler. Dann kam der Entmieter und setzte mit Gewalt seinen Plan durch. Zusammen mit dieser Frau da.« Sein Finger zeigte auf Linda, die versuchte, ein verständnisloses Gesicht zu machen in der Hoffnung, dass die Leute den Zusammenhang nicht verstehen würden. »Der Entmieter hat für die Schmutzarbeit seine Leute. Einer von seinen Security-Typen hat mich die Treppe runtergestoßen. Seitdem kann ich meinen Arm nicht mehr strecken.«

»Herr Nehrkorn, es reicht«, rief Bürgermeister Weber wütend.

»Noch lange nicht.« Nehrkorn stand jetzt an der Kopfseite, direkt neben Linda und starrte in die Gesichter der Anwesenden.

»Ich vermisse echte Trauer über den Tod einer Frau, die für die Angelegenheiten des Dorfes gegen diesen Gentrifizierungs-Terror gekämpft hat.« Dann drehte er ab und verließ, den kaputten Arm abgewinkelt in die Höhe gestreckt, den Raum. Die Tür knallte.

Einen Augenblick sagte niemand etwas. Dann ertönte ein langgezogenes Aufheulen. Eine junge Frau, die neben dem örtlichen Bäckermeister saß, hielt den Kopf voller goldblonder Locken gesenkt.

»Milena musste sterben, weil sie gegen das Bauen war.« Schnodder lief ihr aus der Nase, sie suchte nach einem Taschentuch, fand keins und wischte mit dem Handrücken darüber.

Der Bäckermeister versuchte sie zu beruhigen. »Isabel, meine Tochter, hat Angst, dass es wie in der Stadt wird. Kein richtiger Bäcker mehr, nur noch vorgefertigte Brötchen aus der Gefriertruhe.«

»Wir müssen einen Beschluss fassen, dass wir die Wellness-Anlage nicht wollen.« Das runde Gesicht der jungen Frau verzerrte sich bei jedem neuen Tränenausbruch. »Sonst haben wir bald keine Arbeit mehr.«

»Isabel, Sie sollten nicht nur emotional argumentieren.« Linda wurde aggressiv beim Anblick des heulenden Goldlöckchens, das die angespannte Stimmung nach dem lauten Weggang des Aktivisten nur verstärkte.

»Wir hängen Fotos von Milena auf, überall.« Isabel zog die Nase hoch. »Sie war eine von uns.«

Bloß nicht, dachte Linda und starrte Isabel, die sich mit einem Taschentuch ihres Vaters schnäuzte, wütend an. Es war schlimm genug, dass die Tote heute bereits in den Medien war. Lars hatte deshalb für abends ein Interview beim RBB vereinbart. Dann musste es weitergehen. Diese Isabel in ihrer kindlichen Trauer hatte ja keine Ahnung, wie launenhaft das Kapital von Investoren war.

»Schreiben Sie doch einfach auf, wovor Sie Angst haben, und

schicken das der Baubehörde.« Linda zwang sich zur Ruhe und lächelte Isabel aufmunternd zu.

Die zuckte mit den Schultern und stolzierte mit hocherhobenem Kopf und verheulten Augen aus dem Saal.

Weber stand auf, offensichtlich bemüht, wieder zum sachlichen Thema zurückzufinden. »Ich verstehe Ihre Bedenken. Die meisten von uns leben gern hier und haben ihr Auskommen. Wie es sein würde, wenn hier eine große Wellness-Anlage errichtet wird, weiß niemand. Warten wir erst mal dieses Widerspruchsverfahren ab.«

»Natürlich wird zum Nutzen aller investiert«, bekräftigte die Boutique-Besitzerin mit dem schwarzen Haarknoten. »Jeder kann mitreden, Einfluss nehmen. Baupläne sind doch einsehbar.«

»Genau. Beteiligt sein, das wollen wir alle«, sagte der Bürgermeister und erhob sich wieder zu gesamter Größe und Breite. »Wir gedenken zum Schluss dieser Sitzung nochmals der Frau, die unsere Belange wahren wollte … und die jetzt tot ist …« Er brach ab.

Jemand aus dem Hintergrund hatte etwas genuschelt, was klang wie: »Womit auch die Konkurrenz um den Bürgermeisterposten erledigt ist.«

8

Als Wolff nach seinem Disput mit dem Bauamtsmenschen Holger Sabrinski und mit einem Karton voller Bauunterlagen, ausgedruckt von der hübschen Yasmin, nach Potsdam zurückkehrte, sah er in der Breiten Straße einen knallroten Feuerwehr-Oldtimer der Marke Mercedes-Benz mit der Aufschrift: *Wenn's brennt: Starke – Rechtsanwaltskanzlei.*

Wolff parkte seinen Pkw, keinen Oldtimer, sondern einer aus dem verschiedene Autotypen umfassenden Fuhrpark der Polizei, hinter dem Feuerwehrauto. Durch die seitliche offene Tür sah er eine kleine drahtige Frau mit blondem Pferdeschwanz, die dabei war, den alten Kastenwagen mit einer ansprechenden Innenausstattung zu versehen. Sie montierte gerade einen klappbaren Tisch an der Längsseite. In der Ecke standen zwei mit dunkelrotem Leder gepolsterte Stühle.

»Kripo Potsdam.« Wolff grinste. »Ich will prüfen, ob Ihr Fahrzeug einen gültigen TÜV hat.«

Die Frau fuhr herum, starrte ihn an und lachte dann schallend. »Uwe, mein Lebensretter! Mensch, kommen Sie rein.«

Wolff kletterte in den Kastenwagen und setzte sich auf einen Stuhl. »Wollen Sie eine Kanzlei in Potsdam Zentrum errichten?«

Er hatte die junge Rechtsanwältin Verena Starke bei seinem letzten Fall, dem Mord an einer Schauspielerin, kennengelernt. Starke war kurz zuvor nach Babelsberg gekommen, um für ihre Münchener Kanzlei eine Dependance aufzubauen. Sie hatte den verdächtigen Ehemann der Ermordeten verteidigt. Durch ihre beherzte Art war sie selbst in Lebensgefahr geraten, aus der Wolff sie gerade noch befreien konnte.

»Sind die Wunden verheilt?«, fragte er.

Die junge Frau drehte den Kopf seitlich und Wolff sah an der Halsseite zwei frische, gerötete Narben. Der Geiselnehmer hatte gedroht, in die Halsschlagader zu stechen, war aber noch rechtzeitig überwältigt worden.

»Was macht Ihr Knie?«, fragte sie.

»Fast wie vorher. Sie wissen ja, dass ich ein bisschen hinke.«

Als junger NVA-Soldat war er alkoholisiert gestürzt und hatte sich einen komplizierten Bruch des Knöchels zugezogen. Kein Orthopäde hatte sein Bein wieder richtig hinbekommen. Die Ursache des Sturzes war so geheim wie auch sein unerlaubter Ausgang aus der Kaserne. Wolff bezeichnete seinen Unfall als

»Kampfwunde aus dem Betriebssport«, und das wurde selten hinterfragt.

»Neuer Mord?« Verena schenkte aus einem kleinen Kühlschrank prickelndes Mineralwasser ein.

»Sie wollen wohl wissen, ob ich ein neues Mandat für Sie habe?«

»Könnte ich brauchen. Ich habe bei Abraham & Partner gekündigt.«

»Musste das sein? Sie sind doch mit Ihrer letzten Verteidigung eine Babelsberger Berühmtheit geworden.«

»Die Kündigung musste sein, nachdem mein Exfreund dort Partner geworden ist.« Verena nickte energisch. »Nicht mehr mit dem. Never.«

»Sie haben Ihre Kanzlei jetzt in diesem Feuerwehrauto?«

»Genau.« Die junge Anwältin holte aus einer Tasche in der Innenfütterung der Tür einen Stapel Visitenkarten. *Wenn's brennt: Starke – Rechtsanwältin.*

Wolff bezweifelte, ob die Führung einer Anwaltskanzlei in einem Feuerwehrauto im Sinne der Rechtsanwaltskammer wäre, nahm sich aber vor, Verena Starke als Verteidigerin zu empfehlen.

»Was haben Sie denn für einen Mord?«, fragte sie.

»Die Tote im Schwimmbad in Alt-Stolzendorf.«

Verena bekam große Augen. »Mann, davon hab ich heute im Radio gehört. Das hat erhebliche Tragweite. Es hängt doch bestimmt mit diesem Wahnsinnsding zusammen, dieser Therme. Als hätten wir nicht schon genug Wellness.«

»Dann sind Sie nicht die geeignete Anwältin für den Investor«, sagte Wolff ein wenig ärgerlich. Er mochte es nicht, wenn andere in seinen Fall hineinredeten, kaum dass er ihn bekommen hatte.

»Sie meinen also, für mich gibt's nichts zu tun? Oh, ich kann meine Antipathie hervorragend verstecken. Und Sie wissen ja, der gute Verteidiger geht immer vom Worst Case aus.«

Bei dem Eifer der jungen Anwältin musste Wolff doch grinsen. »Ich habe noch keinen richtig Verdächtigen. Außerdem befürchte ich, dass Sie sich dann so engagieren, dass ich Sie wieder retten muss.«

Rechtsanwältin Starke war dummerweise drauf und dran gewesen, sich in den Mann zu verlieben, der sich als Mörder entpuppte. Der Fall ging blutig aus und die Narben am Hals würde sie als Andenken behalten.

»Auch ich bin lernfähig.« Sie ballte die Faust. »Sie wissen doch, dass ich eine Judoka bin. Was lehrt uns Judo? Nicht durch maximale Kraftanwendung zu siegen, sondern durch kluges und faires Taktieren.«

»Davon hab ich letztes Mal nichts gemerkt.« Wolff zwinkerte ihr zu und nahm sich vor, ihr einen Tipp zu geben, sobald er einen Mordverdächtigen hätte.

9

Ina Kowalski saß gebeugt über ihrer Kladde am Tisch in ihrer Küche, die ihr auch als Büro ihres Reiterhofes diente, und trug Einnahmen und Ausgaben ein. Trotz des warmen Sommermittags war es in der Küche kühl und düster. Ina fühlte sich allein mit ihren Sorgen. Sie war fast pleite. Mehrere Kunden hatten noch nicht fürs Unterstellen ihrer Pferde gezahlt. Sie hatte Schulden. Fünfhundertachtzig Euro beim Copy-Center für neue Werbeflyer, nachdem sie mit einem teuren Kredit – siebenhundertfünfzig Euro Zinsen monatlich auf der Ausgabenseite – eine Reithalle hatte errichten lassen. Achthundert Euro bekam das Telekommunikations-Unternehmen, damit es WLAN auch in der hintersten Stallecke gab, denn ihre Kunden wollten, kaum dass sie vom Pferd gestiegen waren, online sein. Ina selbst entnahm kaum

Geld, zweigte nur die Beiträge für die wichtigsten Versicherungen ab, lebte überwiegend vom angebauten Obst und Gemüse, ließ manchmal eins ihrer Hühner oder ein Schwein schlachten und ging traditionell zu den vorgeschriebenen Zeiten auf die Jagd. Ihr Vater und auch ihr Großvater waren im Schützenverein gewesen und im Wohnzimmer hatte sie in einem Waffenschrank mehrere Gewehre und Flinten hängen.

Zweitausend Euro für Amigo, schrieb Ina auf die Einnahmeseite. Wie lange noch? Nicht auszudenken, wenn seine Besitzerin das Turnierpferd woanders unterbringen würde. Dazu die Unsicherheit über die Pachtwiesen. Die Gemeinde hatte bereits mitgeteilt, dass der Pachtvertrag gekündigt würde, falls das Wellness-Zentrum gebaut werden sollte. Ina stützte die Ellenbogen auf den Tisch und legte ihr Gesicht in die Hände. Nein, um keinen Preis würde sie den elterlichen Hof hergeben. Ein paar Tränen tropften zwischen ihren Fingern durch und fielen aufs Holz.

Das Telefon. Kai Nehrkorn war dran, Freund, gelegentlicher Liebhaber und Aktivisten-Kollege im Bündnis *Unsere Natur*.

»Hallo Ina, weißt du's schon? Milena Vogt hat's erwischt. Tod im Jetstream.«

Ina hielt es für besser, ihm nicht zu sagen, dass der Kommissar sie bereits über den gewaltsamen Tod der Vogt informiert hatte. Kai war nicht gut auf Polizisten zu sprechen. Zu oft war er mit ihnen zusammengeraten und hatte viel rechtswidrige polizeiliche Gewalt erfahren müssen.

»Was sagst du da?«, gab sie sich erstaunt. Ja, es hat die hochnäsige Ziege erwischt, dachte sie. »Das hat bestimmt mit diesem Potsdamer Investor Bergmann zu tun. Milena wollte doch diese Verrücktheit mit der Wellness-Anlage stoppen.«

»Dafür müssen wir ihr ewig dankbar sein«, sagte Kai gepresst. »Aber die feinen Herrschaften beim Gemeinderat scheinen das anders zu sehen.«

»Ach, hast du dir das Geschwafel angehört?« Ina hatte keine Zeit für die Diskussionen im Gemeinderat, den sie als Ansammlung von Profilierungssüchtigen ansah.

»Bin vorzeitig raus. Der fette Weber denkt an nichts als an seine Gewerbesteuer, der Typ vom Naturschutzbund wackelt jetzt auch schon und diese Investorentante macht einen auf rührselig im Gedenken an Milena und guckt dabei auf ihre Rolex, dass sie ihren Tagungsplan auch ja hinbekommt.«

Ina fühlte Eifersucht auf Milena, wie immer, wenn ihr Name fiel. Obwohl Kai recht hatte. Eigentlich hatte Milena auf ihrer Seite gestanden. Aber Ina wollte ihr nicht dankbar sein müssen.

»Kommst du nachher zum Essen?«, fragte sie mit weicherer Stimme. »Würde mich freuen, dann können wir weiterreden. Ich muss jetzt Amigo bewegen.«

»Ich komm am Abend rum. Muss noch Frau Walther bei ihrem Umzug ins Heim helfen.«

Ja, so war Kai. Radikal, kämpferisch, kompromisslos, wenn's um Widerstand gegen kapitalistische Großprojekte ging, hilfsbereit gegenüber den Schwächeren. Seit einiger Zeit arbeitete Kai mit ihr hier auf dem Hof, ohne Lohn. Dafür hatte Ina ihn nach langem Zögern als Miteigentümer ihres Grundstücks eintragen lassen.

Ehe sie in den Stall ging, nahm sie die Fotoalben, die ihre Mutter angelegt hatte. Milena und sie, beide mit wilden langen Haaren, Milena blond, sie rotbraun. Ina war zwei Jahre älter, aber sie hatten in einer Klasse der Zwergenschule hier im Dorf gesessen. Milena, zierlich, hübsch, redegewandt, war schon damals der Star gewesen. Sie machte Ballett, während Ina Ställe ausmistete. Milena ritt aus, während Ina die schweißnassen Pferde in Empfang nahm, sie trocknete, fütterte, tränkte. Milena wurde eingeladen, durfte sich Taxis leisten, während Ina mit schweren Gliedern vorm Fernseher einschlief. Milena, der Star des Dorfes mit diesem verdammten gewissen Etwas, das man nicht erlernen konnte. Als

Kinder mussten sie in der einzigen Klasse zusammen lernen, während ihre Eltern nicht miteinander sprachen. Das war in einem Dorf, wo man sich ständig über den Weg lief, nicht einfach. Milenas Vater schwärzte Inas Vater beim Genossenschaftsleiter an, er sei nicht linientreu. Man entzog ihm daraufhin das Mitspracherecht in der LPG. Als mit der Wende der HO-Laden von Milenas Eltern pleiteging, lud Inas Vater zu einer großen Sause ein.

Sie sah sich die wenigen Fotos an, die sie mit Milena zusammen zeigten. Abschlussfeier der sechsten Klasse. Milena, die bereits mit knapp dreizehn die Haare in einer Hochsteckfrisur trug, ging aufs Gymnasium, während für Ina ein Realschulabschluss genügen musste. Von da an war Funkstille. Milena ging mit den Eltern nach Berlin, war für viele Jahre abgetaucht, dann kam sie wieder und mischte plötzlich in der Politik mit. Ina hasste Milena für deren bequemeres Leben. Noch mehr hasste sie Milena, als die sich für kurze Zeit mit einem Reitlehrer zusammentat, mit dem sie selbst ein verheißungsvolles Verhältnis gehabt hatte, so schien es ihr jedenfalls. Als Milena den Reitlehrer zu bäuerlich und ungehobelt fand und ihn zurückgeben wollte, fühlte sich Ina verletzt und hintergangen. Noch mehr brannte der Satz in ihrem Gedächtnis: *Was willst du denn mit dem heruntergekommenen Hof? Verkauf ihn und such dir 'nen Bürojob.* Du bist doch viel zu unbeholfen, um den Hof rentabel zu machen. Das hatte Milena so nicht gesagt, aber Ina wusste, was das hieß: Im Rechnen warst du immer eine Niete und dein Bio-Gemüse kriegst du nie in die großen Märkte.

Ina presste die Lippen zusammen und dachte an ihr Credo. *Du schaffst es.* Unendlich oft hatte sie es sich ins Gedächtnis gerufen und manches Mal den Tieren auf der Weide zugeschrien.

Sie ging zum Spiegel, löste ihren Pferdeschwanz, ließ die vollen Haare über die Schultern fallen, betrachtete sich. Ihr Gesicht war gebräunt, ihre Figur schlank und kräftig und die Farbe ihrer Augen selten: graubraun. Sie lächelte ein wenig und sagte: »Ina, du lebst. Milena ist tot.«

10

»Step touch, step touch, double step.«

Kommissarin Katja Eickelbaum reagierte nicht auf Wolffs Klopfen. Er trat ein und sah seine Kollegin barfuß auf dem Linoleum ihres kleinen Büros in der Potsdamer Polizeidirektion vor-, zurück- und seitwärtsgleiten.

»Hausfrauen-Aerobic?«

»Hallo, Chef«, sagte Katja. Schweißtropfen rannen ihr übers Gesicht. »And walk to the side and kick and crossover.«

»Eben wärst du dir fast auf den Fuß getreten.«

»Das liegt an dieser wenig inspirativen Umgebung.«

Wolff bemerkte zufrieden, dass Katja ihr Problem auf die ihr eigene aktive Art anpackte. Es war noch nie vorgekommen, dass sie ihre Bereitschaft mit Sven getauscht hatte. Aber er sah auch, dass sie Sorgen hatte. Ihre Augen vermieden seinen Blick und sie war ungeschminkt, was selten vorkam.

»Willst du noch was Privates loswerden vor der Besprechung?«

Katja schüttelte heftig den Kopf. »Ich war fleißiger, als du denkst.« Sie setzte sich schwer atmend auf die Ecke ihres Schreibtischs. »Hab mich vorhin im Schwimmbad umgeschaut, wo unsere Regierungsrätin regelmäßig hingegangen ist. Dreimal die Woche Fitnessstudio, zweimal Aerobic und einmal Kardio und Kraft.«

Wolff setzte sich auf den Stuhl vor ihrem Schreibtisch als Zeichen, dass jetzt gearbeitet würde. Und als Zeichen, dass er sich nicht wie die Kollegin, wenn sie am Erzählen war, einfach auf die Schreibtischecke hockte. Katja holte ihre Sneakers, die sie in einer Ecke abgeworfen hatte, die Spitzen zeigten in entgegengesetzte Richtungen.

»Zwischen zwei Kursen hab ich mit der Aerobic-Lehrerin gesprochen. Wenn ich bloß wieder mehr zum Sport käme.« Katja warf einen sorgenvollen Blick auf ihre Oberschenkel in den engen weißen Jeans, die sie zu stämmig fand, eine Einschätzung, die Wolff nicht teilte. »Milena hat ein strammes Pensum absolviert. Vor dem Aerobic die Kardio-Geräte. Und sie hat sich immer geärgert, wenn sie nur weniger Watt geschafft hat, sagt die Trainerin.«

»Sind das elektronische Fitnessgeräte?«

»Klar doch, Chef.« Katja sah ihn nachsichtig an. »Du kommst außerhalb der Schießhalle wohl auch nicht mehr viel herum.«

Wolff unterließ es, darauf hinzuweisen, dass er einmal in der Handball-Nationalmannschaft gespielt hatte, war ja auch über dreißig Jahre her. Katja kannte ihn nur ein wenig hinkend und hatte die Legende über seinen angeblichen *Unfall im Betriebssport* geschluckt, ohne nachzufragen.

»Mich interessieren nicht die Stepper und Laufbänder. Ich will an die elektronischen Messdaten.«

»Ah.« Katja zog mit dem Finger ihr Augenlid herunter. »Ich rufe Mandy an.« Sie ging zu dem weißgrauen Doppeltüren-Schrank, an dessen Innenseite sie einen Spiegel angebracht hatte, holte aus ihrer roten Handtasche ihr Handy, wählte eine Nummer und sprach mit jemand aus dem Fitnessstudio.

»An die Aufzeichnungen kommen wir jederzeit heran«, sagte sie zu Wolff gewandt. Dann hörte sie wieder zu. »Nicht löschen«, befahl sie. »Für einen Kardio-Check. Dank dir, Mandy.« Sie wandte sich Wolff mit einem stolzen Lächeln zu, das ihn rührte. »Sie schickt uns die gespeicherten Daten.«

»Hast du eigentlich schon Mambo-Step gelernt?«

Katja streckte ein Stückchen die Zunge heraus. »Milena war übrigens zwanghaft. Immer die gleichen Kurse, immer das gleiche Hol-dir-die Power-Getränk im Bistro, der Barkeeper hat es ihr immer in die Thermoskanne gefüllt.« Sie ging wieder zum Schrank, kramte in ihrer großen Tasche und wedelte mit einem Prospekt. »Einmal die Woche Maske, Peeling, Massage, hier die Angebote.« Sie wollte ihn Wolff reichen.

»Gönn du dir mal was«, sagte er.

Katja ging nicht darauf ein. »Nach dem Sport und dem Getränk mit dreiundzwanzig Vitaminen und Mineralstoffen ab in die Sauna«, setzte sie fort.

»Dann wissen wir zumindest, dass der Mörder sie gut einschätzen konnte«, sagte Wolff.

Es klopfte an der Tür, die von Svens Büro in das von Katja führte. Die Kommissare saßen allein, weil die Zimmer in der Direktion klein waren und gerade noch Platz für einen Besucherstuhl ließen. Es war üblich, die Tür zum Nachbarn offen zu lassen. Sven Noack klopfte immer, auch an offene Türen. Er trug heute Kontaktlinsen und seine Augen waren allergisch gerötet. Der Kommissar blieb im Türrahmen stehen, seinem jungen, schmalen Gesicht war nicht anzusehen, welche Schlüsse er aus Katjas Aerobic-Tanz zog.

Katja in ihrer manchmal distanzlosen Art ging ihm bestimmt auf den Geist, dachte Wolff. Er selbst schätzte die offene, spontane Art seiner Kollegin, mit der sie schnell Kontakt zu schwierigen und verstockten Leuten fand. Aufgrund ihres hohen Konsums an Krimis kam sie auf zahlreiche Möglichkeiten zur Lösung eines Falls und heizte dadurch die kriminalistische Arbeit an.

»Sven, hast du die Protokolle gemacht?«

»Klar«, sagte der Kollege bescheiden, als seien Tatortbericht und Zeugenprotokolle eine Kleinigkeit. »Ich habe auch die Familie der Toten aufgespürt. Die Eltern sind auf Kreuzfahrt, eine Schwester lebt in Bayern. Ich habe alle unterrichtet.«

»Fleißig.« Wolff fühlte Erleichterung. Zumindest musste er nicht noch der Familie den Tod mitteilen, das gehörte zu den unangenehmsten Aufgaben seines Berufs.

»Lass und mal rüber in dein Zimmer gehen«, sagte er mit Blick auf Katjas Schreibtisch, der überhäuft war mit Notizzetteln, ihrem I-Pad, einem angebissenen Brötchen und einem rot-weißen Kaffeepott mit der Aufschrift *Wissensbecher*, stand auf und ging an Sven vorbei in dessen Zimmer.

Sie setzten sich um Svens Schreibtisch, nachdem er ein wenig verlegen mehrere Fläschchen mit Augentropfen beiseitegeschoben hatte. Katja nahm auf der Tischecke Platz, Wolff auf dem Zeugenstuhl.

»Ich war bei der Bauaufsicht«, sagte Wolff.

Die Kollegen blickten ihn erstaunt an. »Ich denke, du hast dich mit dieser Rossfrau unterhalten«, sagte Katja.

»Ina Kowalski betreibt eine Pferdepension in Alt-Stolzendorf«, sagte Wolff. »Und ist sehr gegen das Investorenvorhaben.«

»Mit der Rossfrau scheinst du dich ja gut verstanden zu haben«, bemerkte Katja mit einer Anspielung auf Wolffs Abstammung vom Dorf.

»Milena soll auch gegen den Ausbau gewesen sein, sie hat die Baugenehmigung versagt und jetzt läuft der Investor Sturm«, setzte Wolff fort.

Katja nahm es ihm nicht übel, wenn er sie unterbrach.

»Die Frau hat aber noch andere Widersacher gehabt.« Er berichtete von seinem Gespräch mit Sabrinski. »Der Baubehördenmensch hat Ambitionen auf ihre Stelle.«

Die Kollegen merkten auf.

»Ich hab zwei Frauen im Flur vom Bauamt reden hören. Mit Holger Sabrinski lässt sich besser arbeiten als mit Frau Vogt. Sehr beliebt scheint sie nicht gewesen zu sein.«

»Haben die dir im Bauamt denn überhaupt was mitgegeben?«, fragte Katja.

O ja, dachte Wolff. Die freundliche Yasmin druckte eifrig aus, nachdem er ihr erklärt hatte, dass sie mithelfe, einem Verbrechen auf die Spur zu kommen. Er zog die Ausdrucke mikroverfilmter Dokumente aus seiner Aktentasche.

»Alles fängt an mit einem Antrag in zweitausendfünfzehn auf Umbau und Erweiterung des Schwimmbades zur Brandenburg-Therme.« Wolff hielt den Prospekt hoch. »Vorlage als Präsentation für Kapitalgeber, Gemeinderat und Bäderausschuss.«

»Wer mischt denn da noch alles mit?«, sagte Katja. »Werden immer mehr Leute, die etwas gegen die widerspenstige Regierungsrätin gehabt haben könnten.«

Sie beugten sich über eine Computersimulation des erweiterten Schwimmbades, wie der Investor Lars Bergmann es haben wollte. Eine weiträumige Liegefläche mit altem Baumbestand und Strandkörben, die bis zum angrenzenden See führte, ein großes Freischwimmbecken mit direkter Verbindung ins Hallenbad, das mit einem Fünfundzwanzig-Meter-Becken für Sportschwimmer erweitert werden sollte.

»Dazu ein Erlebnisbereich mit mehreren Rutschenanlagen, Massage-Pools, Innen- und Außensauna«, deklamierte Katja, *»ein Ort, wo Wellness, Gastronomie, Tradition und Naturschutz eine perfekte Symbiose eingehen.«*

»Endlich freier Blick über abgeholzte Bäume, endlich breite, befestigte Zufahrtsstraßen, endlich ein Großraumparkplatz«, setzte Wolff spöttisch hinzu.

»Dieses Gelände wurde früher in der DDR von einer großen LPG genutzt.« Sven hatte im PC recherchiert. »Für die heimische Bevölkerung ist eine Galerie mit Fotos geplant. Bauen damals und heute.«

»Nicht zu vergessen das Erntedankfest mit den LPG-Mitgliedern.« Katja schüttelte ihren Kopf, dass die Haare flogen. Sie trug sie derzeit in Schwarz mit einer silberblonden gezackten Linie, die an einen Blitz erinnerte.

Welche Farbe das Haar seiner Kollegin wirklich hatte, wusste Wolff nicht. Zu Katjas grünen Augen hätte Rotblond gepasst, aber genau die Farbe trug sie nie.

»Tja, so schön vorbereitet«, sagte er. »Und dann kommt Milena und macht alles kaputt.«

»Ich lese gerade einen Krimi … Da geht's um eine ganz fiese

Entmietung. So eine Bauhyäne, die topp modernisieren wollte, hat gemeinsame Sache mit der Baubehörde gemacht und die Mieter mit Gewalt …«

»Katja, hier geht's darum, dass eine Regierungsrätin gerade nicht freiräumen wollte«, sagte Wolff.

»Chef, die Realität ist immer anders und langweiliger.« Katja beugte sich über einen Gebäudeschnitt mit Längen-, Breiten-, Tiefenangaben. »Bei so vielen sich kreuzenden Linien und Markierungspunkten kann einem ja schwindlig werden.«

»Ich hoffe, dass unsere Ermittlungen nicht so unübersichtlich werden«, sagte Wolff ironisch. »Eh ich's vergesse: Milena hat um das Amt des Bürgermeisters in Alt-Stolzendorf kandidiert. Der Amtierende heißt Johannes Weber, den nehm ich mir morgen vor.«

»Boa, 'ne echte Kampfhenne«, sagte Katja spöttisch bewundernd. »In einem Krimi, da hat ein Parteifreund die Kollegin umgebracht, weil die interne Sachen dem Vorsitzenden der Gegenpartei … Mit dem hatte sie nämlich ein Verhältnis …«

»Hier ist der Bescheid von Frau Vogt an den Investor Bergmann.« Sven hob die Stimme.

Wolff wusste, dass der Kollege Erklärungen, die über wenige knappe, durchdachte Sätze hinausgingen, für Zeitverschwendung hielt, aber er würde das nie so direkt in Katjas funkelnde grüne Augen hinein sagen.

»Auf Ihren Bauantrag vom fünfundzwanzigsten Juni zweitausendfünfzehn wird mitgeteilt, dass die Baugenehmigung für den von Ihnen projektierten Thermenbau aus nachfolgenden Gründen nicht erteilt wird.« Sven blätterte weiter. »Hier ist ein Widerspruch des Bauträgers Bergmann.« Er hielt das Schreiben eines Anwalts in die Höhe. »Er will nachweisen, dass das Projekt sich in die dörfliche Landschaft integrieren lässt.«

»Okay«, sagte Wolff abschließend. »Wir teilen das Kommissariat in drei Gruppen.« Er hatte zwölf Kollegen, die ihm unterstanden. »Eine Gruppe kümmert sich um Milena privat. Wohnung, Nachbarn, Angehörige, Freunde. «

»Mach ich«, sagte Katja. »Ich nehme mir Milenas Wohnung vor und mache eine Liste ihrer Kontakte.«

»Hol dir schnell den Schlüssel von der Hausverwaltung«, sagte Wolff. »Es ist nicht ausgeschlossen, dass auch jemand anders in die Wohnung hinein kann. Es soll da einen neuen Mann gegeben haben.« Er berichtete, was die Kowalski ihm gesagt hatte. »Aber das war inoffiziell, weil er wohl verheiratet ist.«

»Kommt theoretisch als Mörder in Betracht«, stellte Katja fest. »Sie setzt ihm die Pistole auf die Brust … Aber er will seine Ehe nicht gefährden oder seinen Ruf …«

»Dann die Hintergründe des Projekts«, sagte Wolff. »Investor, Gemeinderat, Grundeigentümer, Bauunternehmer, also alle, die damit zu tun haben. Sven, übernimmst du das?« Der kühle Stratege würde in der Investorenwelt den überzeugendsten Eindruck machen.

Sven rieb sich vorsichtig die Augen und nickte. In seinem Kopf schien sich bereits ein Plan zu entwickeln.

»Ich kümmer mich um die Gegner des Projekts«, sagte Wolff. »Bedrängte Bauern, radikale Naturschützer.«

»Mit dem Ländlichen kommst du bestimmt gut klar«, sagte Katja grinsend.

Sven schrieb die Aufgabenverteilung nieder. Nach einer halben Stunde war alles klar. Jeder von ihnen würde zwei weitere Kollegen aus dem Kommissariat mitnehmen. Drei Kollegen würden hier vor Ort bleiben, für die sonstige Kripo-Arbeit. Wolff als Kommissariatsleiter nahm sich wie immer vor, notfalls auch den Libero zu geben.

II

Das Brandenburgische Landesinstitut für Rechtsmedizin lag in der Lindstedter Chaussee, etwas außerhalb der Innenstadt unweit des Schlosses Sanssouci. Im krassen Gegensatz zu der frischen Luft in der baumreichen Umgebung stand der Geruch nach Desinfektionsflüssigkeit und jenem undefinierbaren Gemisch aus süßlich, faulig, verbrannt, je nachdem, auf welche Weise ein Mensch zu Tode gekommen war.

Als Wolff die Tür zu dem grüngefliesten Sektionssaal öffnete, sah er Dr. Doris Bahlke, assistiert von einem jungen Mann mit starken Brillengläsern, am Seziertisch. Bahlke war eine große kräftige Frau um die sechzig mit krausem, grauen Haar und hellblauen Augen, um die sich Falten zogen, die vom Lachen kamen. Ihre Bewegungen hatten etwas Unbeschwertes, obwohl ein großer Teil ihrer Arbeit sich in diesem durchdringenden Geruch nach Leichenausdünstungen abspielte.

»Hallöchen.« Die Rechtsmedizinerin winkte Wolff mit ihrer im Latex-Handschuh steckenden Hand zu.

Sie kannten sich fast dreißig Jahre, seit Wolff bei ihren ersten Leichenöffnungen im ehemaligen Bezirksinstitut für Gerichtliche Medizin Potsdam hatte zuschauen dürfen.

»Ich würde dich ja gern umarmen, Uwe, aber meine Handschuhe sind blutig.«

Wolff lachte. Er ging nicht besonders gern zu Obduktionen, weil es Zeit kostete und der mit Fotos gespickte Bericht ihm genug Informationen über die Todesursache gab. Meist schickte er Katja, die interessiert die von der Strafprozessordnung vorgeschriebene Öffnung der drei Körperhöhlen verfolgte.

»Milena Vogt will ich mir doch mal anschaun«, sprach er mehr zu sich.

Der Leichnam lag unter Neonlicht auf dem steinernen Seziertisch. »Schöne Leiche«, sagte Bahlke. »Wirklich zu schade.«

Da konnte Wolff nur zustimmen. Das Gesicht hübsch, die Haut glatt und hell, das blonde Haar floss nach hinten in die Rinne, die abgespülte Flüssigkeiten entsorgte. Die Spuren des Todes, die er beim Auffinden der Toten gesehen hatte, waren verschwunden. Augen und Mund waren geschlossen worden. Am großen Zeh der Toten war ein Zettel mit der Aufschrift »Nr. 87« angebracht.

»Hast du schon was für mich?«

Wolff hatte die Rechtsmedizinerin nach der Besprechung im Kommissariat angerufen, ob sie noch im Institut war. Sie war ein Abendmensch und legte ihre Zeiten, wenn möglich, in den Nachmittag.

»Bei einem Selbstmord wärst du wohl nicht hier.« Bahlke grinste. »Komm ruhig näher.«

Sie machte jetzt einen großen Schnitt durch den schlanken Körper vom Kehlkopf bis zum Schambein und einen entlang der Schlüsselbeine. Ihr Assistent hielt das Fleisch mit Haken zur Seite, damit sie die inneren Organe aus der großen Körperhöhle herauslösen konnte, nahm diese dann in Empfang und reinigte sie in einem Waschbecken zur Vorbereitung für die Untersuchung. Wolff bedauerte, keinen kräftigen Kaffee getrunken zu haben.

»Als Erstes schau ich mir den Mageninhalt an«, sagte Bahlke. »Bei einem so jungen Menschen besteht immer Verdacht auf Vergiftung.«

Der Assistent holte eine elektrische Säge. Jetzt war die Untersuchung dran, die Wolff nicht sehen wollte. Der Kopf der Toten würde jetzt so weit geöffnet, dass der Assistent den Schädel aufklappen und mit einem Seziermesser das Gehirn herauslösen konnte.

»Ich hol mir 'nen Kaffee«, sagte Wolff.

»Der Automat im Flur funktioniert nicht. Hier in meiner Tasche ist der Schlüssel fürs Zimmer, im Schrank steht meine Thermoskanne.«

Wolff griff in die Tasche ihres grünen Kittels, der jetzt mit den verschiedensten Körperflüssigkeiten bedeckt war. Er spürte, dass Doris fülliger war als früher. Aber auch er hatte mittlerweile graue Haare und nicht mehr die braunen Locken. Damals hatten sie ein bisschen geflirtet, und es hatte ihm geschmeichelt, dass eine junge Gerichtsmedizinerin Interesse an einem etwas jüngeren Mann hatte, der nach seiner dreijährigen NVA-Zeit mitten im Kriminalistik-Studium an der Humboldt Universität steckte und nur in Begleitung eines ausgewachsenen Kommissars ins gerichtsmedizinische Institut durfte. Aber damals hatte Wolff eine Freundin und als es zu Ende war, hatte Doris einen Freund, den sie kurze Zeit später wegen der Wohnungsknappheit heiratete, sich aber bald wieder trennte, weil eine Zwei-Zimmer-Wohnung in einem Plattenneubau allein keine ausreichende Grundlage für eine funktionierende Ehe war. Danach, oder war es auch schon zwischendurch, hatten sie beide etwas miteinander, das man nicht als Liebesbeziehung bezeichnen konnte, auch nicht als Verhältnis, es war wie Freundschaft auf anderer Ebene und es lief irgendwann aus, wobei sich an ihrer freundschaftlichen Verbundenheit nichts änderte.

Wolff zog den Schlüssel aus Bahlkes Kittel und warf noch einen Blick auf die Metallschüssel neben dem Sektionstisch, in die der Assistent bereits die Eingeweide der Toten gelegt hatte, für die Untersuchungen auf Krankheit, Medikamenteneinnahme, Gift. Daneben lagen Plastiksäckchen, in die Proben von Nägeln, Haaren und Gewebe für die Analyse kommen würden.

Er betrat das Büro der Rechtsmedizinerin. Tisch, zwei Stühle, Schrank, Schreibtisch, das war's. Wahrscheinlich hätte Doris eine freundliche Einrichtung mit bunten Vorhängen und Bildern als unpassend empfunden. Der Wandschmuck in Wolffs Dienstzimmer bestand auch nur aus einer großen Karte des Landes Brandenburg, in der die vier Polizeidirektionen Nord, West, Süd und

Ost mit den dazugehörigen Inspektionen, Kommissariaten und Wachen eingezeichnet waren, dazu die Straßen und Wege zu Tatorten außerhalb Potsdams. Dann gab es noch ein Whiteboard und die Phönixpalme, die ihm Katja hingestellt hatte, damit er *etwas Lebendes* in seinem Büro hatte.

Wolff öffnete den Schrank. Unter ein paar grünen Chirurgenkitteln fand er eine große geblümte Tasche, die an einen Strandausflug erinnerte, darin die Thermoskanne, daneben mehrere, zum Teil aufgerissene Packungen Kekse. Aha, dachte er, früher hat sie mehr auf Taille geachtet, jetzt mit sechzig geht's ums Durchhalten. Konnte er nachfühlen, jedenfalls manchmal. Wolff nahm eine Rolle Kekse mit Schokofüllung, die Kanne und zwei Thermobecher, die angenehmerweise daneben standen, und ging wieder in den Sektionssaal.

Der Assistent war jetzt dabei, den senkrechten Schnitt über den Leib mit großen Stichen zuzunähen.

Doris diktierte ihren Bericht. »Es handelt sich um eine einen Meter sechsundsiebzig große, sechzig Kilogramm schwere Frau von sechsunddreißig Jahren mit gut strukturiertem Körper und kräftiger Muskulatur.« Sie unterbrach ihr Diktat, als Wolff wieder neben dem Sektionstisch stand. »Hab noch was entdeckt. Hier, schau mal genau hin.« Sie drehte den Leichnam auf die Seite und deutete auf Schulter und Oberarm.

Wolff sah ein paar bläuliche Punkte, die sich über eine Länge von etwa zehn Zentimeter erstreckten. »Sieht aus wie viele kleine Einstiche.«

»Genau. Das sind die Reste einer Tätowierung, die mit dem Laser nicht völlig entfernt werden konnte.« Bahlke reichte Wolff eine Lupenbrille. »Schau es dir mal genau an.«

Wolff setzte die Brille auf und sah kleine ungleichmäßige blaue Verfärbungen. »Sie hat also eine größere Tätowierung gehabt?«

»Ja. Beim Lasern wird das Tattoo aus kurzer Entfernung mit Lichtblitzen beschossen. Durch die aufgenommene Energie zerplatzen die Pigmente. Der Körper transportiert sie über die Blutbahn ab und scheidet sie über Niere oder Darm aus. Oft bleibt aber ein Teil der Pigmente in den Hautschichten hängen.«

»Kann man feststellen, was eintätowiert war?«, fragte Wolff gespannt.

»Ich werde diese Hautteile entnehmen und dann werden wir es mit unserer Labortechnik versuchen.«

Mittlerweile hatte der Assistent die Gesichtshaut der Toten wieder angedrückt. Die Haut war wächsern weiß und der Ausdruck, den Wolff vorhin fast als ein bisschen kess empfunden hatte, war verschwunden.

»Die sieht doch schon wieder ganz adrett aus.« Der Assistent lächelte schüchtern.

Wolff fand das nicht. »Das Gesicht sieht anders aus.«

»Warst länger nicht hier, was?« Bahlke sah ihn nachsichtig an. »Bevor die Tote freigegeben wird, richtet man sie noch her. Dann sieht man die Schnitte nicht, und Angehörige und Freunde können Abschied nehmen.«

»Und was ist mit dem Mageninhalt?«

Die Rechtsmedizinerin wies auf ein Behältnis auf dem Nebentisch, in dem eine gelbliche Flüssigkeit schwamm. »Ich sehe mit bloßem Auge, dass da etwas Weißliches drin ist.«

»Also suche ich einen Giftmörder?«

»Ist Giftmord nicht typisch für heimtückische Frauen?« Sie blinzelte ihn von der Seite an.

»Wollte das nicht so direkt sagen.« Wolff grinste.

»Das geht jetzt ins Labor zur Analyse. Wir können heute selbst geringste Mengen von Gift feststellen. Ich bin fast sicher, dass ihr ein Betäubungsmittel zugeführt wurde. Internistisch ist alles okay. Danke für die Daten aus dem Fitnessgerät. Herzkrank war sie jedenfalls nicht. Lass uns jetzt Kaffeepause machen.«

Sie nahm die Kanne, stellte die beiden Becher auf das Becken ab, in dem kurz zuvor noch Körperflüssigkeiten abgelaufen waren. Wolff verging der Hunger auf Kekse, aber er wollte sich nicht anstellen.

»Ich spül mal durch.« Bahlke nahm einen Schlauch und spritzte die Abflussrinne sauber.

Wolff nahm einen großen Schluck von dem kräftigen Kaffee. Mit einer Leiche auf der Metallpritsche begriff man, dass alles schnell und gewaltsam zu Ende gehen konnte.

»Es gibt die merkwürdigsten Sachen mit Giften.« Bahlke ließ sich ihre Kekse schmecken. »Ich habe öfter mit Leichen zu tun, die vollgepumpt sind mit Drogen und Beruhigungsmitteln. Junkies, Tänzerinnen, Prostituierte. Viele von ihnen nehmen etwas, um das Leben, das sie führen, auszuhalten. Es gibt Selbstmorde. Es gibt auch getarnte Selbstmorde. Und es gibt Tötungsdelikte, bei denen das Opfer in einen narkoseähnlichen Zustand versetzt wurde, bevor sich der pathologische Mörder ans Werk machte. Aber das passt hier alles nicht.«

»Kombiniere, dass Milena nicht ins Schwimmbad geht, um sich umzubringen.«

»Nein, da gibt's bessere Methoden.« Bahlke lachte.

»Milena war eine attraktive und erfolgreiche Frau, bestimmt hatte sie Verehrer und Neider«, sagte Wolff. »Vielleicht war's ein abgehalfterter Liebhaber oder ein beruflicher Konkurrent?« Er dachte an Holger Sabrinski.

»Ich hatte mal den Fall einer Sekretärin, die ihren Chef ein wenig zu gut kannte«, sagte Doris. »Pech für sie, dass er sich einer anderen zuwandte. Pech für ihn, dass sie auf Rache sann. Er kippte in einer Besprechung vom Stuhl. Ein starkes Herzmittel. Und rate mal, wer dahintersteckte.«

»Die rachsüchtige Sekretärin?«

»Nicht allein.« Die Rechtsmedizinerin griff ihr Seziermesser und hieb spielerisch durch die Luft. »Die Sekretärin war von der Mafia angespitzt worden.« Sie zwinkerte. »Ist es nicht ein spannender Beruf, den wir haben?«

12

»Ich möchte etwas Schönes schaffen«, sagte Lars Bergmann zum Reporter des regionalen Fernsehsenders. »Ich habe um Geld gekämpft, habe Anleger gewonnen, die ihren Teil leisten wollen zu einem großen Infrastrukturprojekt in Brandenburg.«

Der Investor, wie sogar Linda ihren Mann für sich nannte, stand vor dem Eingang des Schwimmbades und klagte über die Tragödie, die sich gestern Nacht hier abgespielt hatte. Linda saß auf ihrer neuen Ottomane in der zweigeteilten Potsdamer Wohnung, den Blick auf den Fernseher gerichtet, ein Glas Prosecco vor sich.

»Passend zum Anlass in Schale geworfen«, kommentierte sie das schwarze Seidenhemd und die schwarzen Hosen ihres Mannes.

Nach der anstrengenden Veranstaltung im Gemeinderat war sie mit ihrem BMW-Cabrio zum See gefahren, aber so viel sie auch schwamm, es lenkte sie nicht von ihrer Angst ab. Dass es hinter den Kulissen der Bauwirtschaft nicht sauber lief, wusste Linda schon lange. Hier saftig geschmiert, da gewaltsam vertrieben. Das geht so nicht, hatte sie Lars vorgeworfen. Und er sah sie an mit einem Gesicht, als ob sie immer noch nicht verstanden hätte. Nur kleine Leute fragten nach Erlaubnis. Irgendwann war sie mitten hineingeraten. Holte die Vergangenheit sie jetzt ein, auf dem Land, fernab vom Sanierungsobjekt in Friedrichshain? Linda griff zu ihrem Tagebuch.

Warum taucht Kai Nehrkorn plötzlich auf? Der hat nichts vergessen. Kann seit damals seinen Arm nicht mehr gebrauchen. Aber was kann ich für seinen Sturz? Lars hat die Security geholt und Nehrkorn wollte unbedingt linke Parolen diskutieren. Der biedere Sicherheitstyp wusste keine Antwort, als dem Radikalinski einen Schlag zu geben, dass der rückwärts die Treppe runterstürzt.

Nachdem Nehrkorn eine Gehirnerschütterung und einen komplizierten Armbruch erlitten hatte, war es einem geschickten Anwalt gelungen, den zielgerichteten Stoß des Security-Mannes zu einem versehentlichen Ausrutscher während einer rechtswidrigen Hausbesetzung herabzustufen. Schmerzensgeld hatte Nehrkorn nicht bekommen, obwohl sein rechter Arm im Ellenbogengelenk steif war und er ihn nicht mehr strecken konnte. Linda hatte das alles verdrängt. Bis heute. Sie zwang sich, den Auftritt ihres Mannes im Fernsehen weiterzuverfolgen.

»Ich habe ein Konzept entwickelt, wie man die Wellness-Anlage in die dörfliche Landschaft einbeziehen kann.« Lars Bergmann sprach zu dem Fernsehreporter und zu einer anonymen Zuschauerschar und fuhr sich mit ausladender Bewegung durchs angegraute Haar. Obwohl sie ihren Mann zu kennen glaubte, war Linda doch erstaunt, welche Präsenz er bei seinen öffentlichen Auftritten ausstrahlte. Er war kleiner als der Journalist und schmal, aber er wirkte imposant.

Linda griff in die Gebäckschale, gefüllt mit Cantucci alle mandorle aus einem italienischen Feinkostgeschäft. Sie liebte Italien, hatte in Florenz ein Jahr Bildende Kunst studiert, bevor sie sich entschloss, in Berlin ein stinknormales Betriebswirtschaftsstudium zu beginnen, womit man zumindest Geld verdienen konnte. Dort hatte sie Lars kennengelernt, schon damals Geschäftsführer und Alleingesellschafter einer GmbH, die Grundstücksgeschäfte makelte. Die Liebe zu dem dynamischen Mann traf sie geradezu überfallartig. Fünfundzwanzig Jahre waren seitdem vergangen. Lars hatte seine unbekümmerte Jugendlichkeit und seine Visionen von einer baulich schönen Stadt im Kampf auf dem harten Immobilienmarkt eingebüßt und sie selbst war zu einer glatten Business-Frau geworden, die abends eine Tablette zum Schlafen brauchte und morgens eine für die Leistungssteigerung.

»Sehen Sie einen Zusammenhang zwischen Ihrem Projekt und

dem Tod der Regierungsrätin Milena Vogt?«, fragte der Fernsehjournalist.

Der Investor senkte den Kopf, als denke er intensiv nach. »Es gab Widerstände. Das Naturschutzbündnis hat sich radikal gegen mein Vorhaben engagiert. Und jetzt ist ein Mensch getötet worden.«

Linda beugte sich vor, die Hände auf die Knie gestützt. Er sieht wirklich betroffen aus, dachte sie, gleich bricht er in Tränen aus. Nein, er tut nur so. Will er die Naturschützer in Verdacht bringen?

»Frau Vogt soll doch gegen das Projekt gewesen sein?«

»Fragen Sie die Kripo. Sie wird die Hintergründe dieses schrecklichen Ereignisses aufklären«, sagte Lars Bergmann gepresst.

Linda schaltete ab und ging in ihr Schlafzimmer. An der Wand hing ein Gemälde. Eine Frau, gemalt in groben Strichen. Das Gesicht weiß, die Augen verdeckt von einer schwarzen Brille, rot der Mund, rot das figurbetonte Kleid. Eine starke Frau. Linda hatte sich nach einem Porträtfoto selbst gemalt. Dann hatte sie begonnen, Immobilienfonds zu verkaufen, um Geld fürs Malen zu haben. Jetzt verkaufte sie nur noch. Ohne Lars müsste sie neu anfangen, mit Ende vierzig. Nicht einmal in die Garde mittelloser Künstler könnte sie sich einreihen.

Der Verlust ihrer Leidenschaft ließ sich lange Zeit gut betäuben. *Kapitalinvestitionen im Immobilienbereich sind Vermögensanlagen mit überzeugenden Vorteilen!* Werbeträger-Lächeln anschalten, Kapitalanlage verkaufen. Durchs Portal mit dem glänzenden Schild »Bergmann-Immobilien« war sie gern gegangen. Dafür hatte sie selbst die Affären ihres Mannes überstanden. Sie war seine Ehefrau und die Prokuristin des Bergmann-Unternehmens. Aber oft hatte sie vor ihrem Porträtbild gestanden und ihre Wut über den Verlust der Liebe und ihrer Malkunst beklagt. *Miststück, Schwein, Verräter, Saukerl, Betrüger.* Aber so viel sie auch jammerte, die Frau an der Wand ließ unbeeindruckt die Zigarette aus dem roten Mundwinkel hängen.

»Und was tue ich nun?«, fragte Linda ihr Gemälde. »Einfach an den Schreibtisch gehen?« Dort lag glänzendes Papier. *Brandenburg-Therme. Wellness für Körper und Sinne. Fun Vital, Medi-Relax, Beauty-Oase,* drangehängt der Laufzettel bis zur Genehmigung der offenen Badekur. Viel Wasser, viel Wald, und die Renditekurve bis in den Himmel. Und die Frau, die die Baugenehmigung versagt hatte, war tot.

Die Vogt hat doch keine Ahnung von bedürfnisorientiertem Bauen, hat Lars voller Wut gesagt. Man muss ihr die Sache wegnehmen, koste es, was es wolle.

Linda trat auf ihren Balkon und blickte auf den Tiefen See. An dem schönen Sommerabend zogen Segel- und Ruderboote vorbei, zarte Schwaden vom Holzkohlengrill des Nachbarn erreichten sie, dort versammelten sich Menschen, die etwas zu feiern hatten.

Wer könnte ein Motiv haben, die Regierungsrätin zu beseitigen, überlegte Linda, wer anders als Bergmann-Immobilien? Der Kommissar würde bestimmt so denken. Dann würde er den Nehrkorn befragen und die Kowalski und die Leute vom Naturschutzbund. Alle, die im Dorf gegen das Projekt waren, würden Lars und sie beschuldigen.

Nehrkorn hat mich sofort erkannt. Die geldgeile Investoren-Frau will jetzt in Alt-Stolzendorf freiräumen.

Die Angst ließ sich nicht mit einer Zigarette beruhigen, auch nicht mit einer Tavor. Linda starrte noch eine Weile auf die feiernden Nachbarn, die mit Grillfleisch und Erdbeerbowle auf dem Rasen herumstanden und lachten. Dann ging sie in ihr Ankleidezimmer und packte einen Koffer.

Dienstag

13

Das Auge von Ina Kowalski war geschwollen, die Haut drumherum glänzte bläulich.

»Hat Amigo einen neurotischen Anfall gehabt?«, fragte Wolff, als er sie nach ihrem aufgeregten Anruf heute früh aufsuchte.

Sie wollte Anzeige erstatten.

»Gestern Abend hat mich so 'n Typ heimgesucht und mir eins übergebraten. Das war wie 'n Kanonenschlag aufs Auge. Ich taumele, verknacks mir den Fuß, fall hin, und dann war der Typ schon weg.«

»Zeigen Sie mal Ihr Gesicht.« Wolff versuchte, seinen Schreck zu verbergen. »Sie haben eine Platzwunde in der Augenbraue, sollten Sie nähen lassen.«

Ina zog schnell ihren Kopf aus dem Sonnenlicht. »Gucken Sie nicht so. In zwei Wochen kann ich wieder auf Männerjagd gehn.« Sie grinste schief. »Lachen geht nur links. Kaffee?« Sie machte eine Handbewegung zur Küche.

Wolff fand, dass nichts gegen einen Milchkaffee aus einer großen weißen Tasse sprach. »Schöner Hof in schöner Landschaft«, sagte er anerkennend, »wenn man sich den Terror wegdenkt.«

Das Gehöft lag inmitten großer Wiesen, am Rand war Wald und dahinter ein Badesee. Ein Teil des Pachtgrundstücks überschnitt sich mit dem Gelände, das für die geplante Wellness-Anlage vorgesehen war, das hatte der Blick in die Bauakte bestätigt.

»Ja, schön ist es hier. Auch Lars Bergmann meint, dass eine

Bäuerin nicht unbedingt das Filetstück des Dorfes besitzen muss.« Ina versuchte tapfer zu lachen, aber der traurige Zug um den Mund blieb. »Nee, dass mir so was passieren muss.« Sie raufte sich ihre rotbraunen Haare.

»Hat jemand beobachtet, dass Sie gestern mit mir gesprochen haben?« Wolff setzte sich auf die Bank. Seine Augen wanderten in der bäuerlichen Einrichtung herum, die ihn an die Küche seiner Kindheit erinnerte. Dielen, Holzbalken, geblümte Vorhänge, an den Wänden aufgehängte Pfannen, Kellen, Messer, in der Ecke ein Kachelofen und eine schlafende Katze auf einem Kissen.

»Der Typ stand plötzlich in der Hintertür. Ich dachte, ein Bauarbeiter, der sich irgendein Gerät ausborgen will, das kommt öfter vor.«

»Haben Sie einen Verdacht?«

»Ich habe keine Feinde im Dorf. Dahinter steckt jemand, der mit dem Projekt zu tun hat. Ich will meine Pachtwiesen nicht abgeben. Aber man will mich zwingen.« Kowalski betastete die blaue, glänzende Haut ums Auge. »So 'ne Schwellung ist, als ob man über 'nen Hügel guckt.«

»Das ist organisierte Bedrohung«, sagte Wolff. »Erst mal nehme ich Ihre Anzeige auf. Gegen unbekannt, das ist nichts Außergewöhnliches.«

»Den Typen, der mir eins aufs Auge gehaun hat, finden Sie nie.« Die Frau lächelte bekümmert. »Der erfüllt einen Auftrag: Zeig's der mal so richtig. Dafür kriegt er sein Geld. Und dann ist er weg.«

»Wird außer Ihnen noch jemand drangsaliert? Dann könnten wir ein Tatmuster erstellen.« Er dachte an das von Unbekannten geöffnete Gatter, die vom Wolf gerissenen Schafe, das nächtliche Aufdrehen der Wasserhähne, wovon ihm die Frau gestern berichtet hatte.

»Am See ist ein Imbiss, der lief bei schönem Wetter bombig.« Die Frau seufzte. »Aber jetzt gehen die Badegäste zu einer entfernteren Gaststätte.«

»Kann Zufall sein. Aber es passt zum Muster. Überfall, Öffnen der Weiden, Überschwemmung, Vergraulen von Gästen.«

»Was nützt Ihr Tatmuster? Manche Leute sind so eingeschüchtert, dass sie nicht zur Polizei gehen. Die trauen sich nicht mal zu unserm Verein, die ducken sich einfach. Und wenn sie's gar nicht mehr aushalten, ziehen sie weg.«

»Umso wichtiger ist, dass Sie sich wehren.« Wolff holte das Formular für Strafanzeigen heraus. »Also: Frau Ina Kowalski erstattet Anzeige gegen unbekannt wegen Körperverletzung, Hausfriedensbruch, Bedrohung.« Er schob es ihr zum Unterschreiben hin.

»Und wenn mal so 'n Schlägertyp erwischt wird, was macht die Justiz mit dem?« Die Landwirtin gab selbst die Antwort. »Null Komma nichts. Ich zeig Ihnen was.« Sie erhob sich ächzend und humpelte durch die Küche ins Nebenzimmer.

Die Frau tat Wolff leid. Niemand hasst seinen Körper so wie ein schwer arbeitender Mensch, der nicht schaffen kann. Das Gefühl kannte er von früher, als er sich seine Handballer-Karriere durch einen Sturz im besoffenen Zustand ruiniert hatte. Er kraulte die schwarzgrau getigerte Katze, die aufgewacht war und sich an ihn kuschelte, und überlegte, ob es eine Verbindung gab zwischen dem Investor Bergmann und dem Terror. Und wäre das ein Indiz für einen Mord an der Widerständlerin Milena Vogt? Aber solche Zusammenhänge waren schwer zu beweisen. Unternehmer vom Kaliber eines Lars Bergmann traten dort auf, wo Entscheidungen gefällt wurden. Am Stammtisch mit den Politikern, im Bauamt. Für die Schmutzarbeit auf dem Land wurden Handlanger eingesetzt, und die polnische Grenze war nicht weit. Aber Wolff wollte noch nicht einspurig denken. Ebenso gut konnte Milena einer Beziehungstat zum Opfer gefallen sein. Das Umfeld des beruflichen Konkurrenten Sabrinski würde Sven abklären. Und dann gab es da noch den Kampf um den Bürgermeisterposten.

Er hörte Kowalski im Nebenzimmer in Schubladen wühlen.

»Ich hab's gleich«, rief sie herüber. »Vielleicht kapieren Sie dann, was los ist.«

Wolff nutzte die Wartezeit, um einen Blick in ein aufgeschlagenes Fotoalbum zu werfen. Es war Neugier, dass eine jüngere Frau ein altmodisches Album besaß. Und es war der Drang des Kriminalisten, Fotos mitzunehmen und auszuwerten. Auf den ersten Blick sah er eine Schulklasse, die sich fürs jährliche Erinnerungsfoto aufgestellt hatte. Auf den zweiten Blick sah er Kratzer auf dem Gesicht eines blonden Mädchens mit hochgesteckten Haaren. Hinter der Blonden stand ein größeres braunhaariges Mädchen, das Wolff an Ina Kowalski erinnerte. Er sah sich noch die anderen blonden Mädchen an, aber keine sonst schien Milena ähnlich zu sehen, nur die mit dem Kratzer. Aber vielleicht war auch ein Steinchen ins Album geraten.

»Sehn Sie sich mal an, was die Justiz mit unserer Anzeige gegen Lars Bergmann gemacht hat.« Kowalski kam hereingehinkt und schwenkte anklagend ein Stück Papier durch die Luft. »Verfahren eingestellt.«

»Geben Sie mir das Schreiben?« Wolff warf einen Blick drauf. Bestechung, Bedrohung, Hausfriedensbruch. Er steckte es in seine Tasche. Aber er wusste, dass ein einmal eingestelltes Strafverfahren meist nicht wiederbelebt wurde. Es galt als unkollegial, die Arbeit der Kollegen nach Schlampereien zu durchforsten.

»Hier, das ist einer von unseren Aufrufen, können Sie mitnehmen. Für meine Anzeige gegen unbekannt.« Die Frau schniefte und holte ein in düsteren Farben gehaltenes Plakat aus dem Küchenschrank.

LANDJÄGER BEDROHEN UNS!
Handeln, bevor es zu spät ist!
WIDERSTAND JETZT!

Darunter waren Greifarm und Schaufel eines Baggers abgebildet, schwarz wie ein Scherenschnitt.

»Hängen Sie das draußen auf?«

»Die Gemeinde gibt ihre Glaskästen dafür nicht her.« Kowalski ließ ihren schlanken Körper ächzend auf die Küchenbank fallen. »Ich klebe illegal, vorm Supermarkt, der Schule, dem Schwimmbad. Was hängt, hängt erst mal. Meist nicht lange.«

»Meinen Sie, dass die Baugenehmigung doch noch erteilt wird?«, fragte Wolff.

»Der Investor gibt nicht auf. Gestern hat seine Frau im Gemeinderat Werbung gemacht. Es ist schon Widerspruch eingereicht. Bestimmt mischt sich jetzt die Politik ein. Der Bürgermeister hat eine leere Kasse, Investitionen bringen Geld und Gewerbesteuer.« Kowalski fegte mit einer fahrigen Handbewegung ihre Tasse vom Tisch.

Wolff ging zur Spüle und holte einen Lappen.

»Sorry, es regt mich halt so auf.« Sie schaute ihm zu, wie er den Kaffee aufwischte. »Die Gemeinde will mir drei Wiesen kündigen, wolln Sie das Schreiben sehn?«

»Lassen Sie stecken.« Die Unterlagen hatte er sich schon im Bauamt ausdrucken lassen.

»Letzte Frage:« Wolff erhob sich. »Was haben Sie vorgestern Abend gemacht?«

Kowalski presste die Lippen zusammen. »Sie vertraun mir nicht.«

Jetzt ist sie beleidigt, dachte Wolff. »Ist 'ne Routinefrage.«

»Okay«, sagte sie gedehnt. »Fragen Sie das auch den Bürgermeister?«

»Auch, ja.«

»Ich war hier. Wiesen kontrollieren, Tiere füttern, Stall ausmisten, kochen, essen, ins Bett gehen.« Diesen Tagesablauf einer Landwirtin kannte Wolff von seiner Mutter. »Ehe Sie noch weiterfragen, ich fahre manchmal am Wochenende nach Potsdam zum Tanzen.« Sie starrte ihn böse an. »Vielleicht wolln Sie die Adresse vom Club?«

»Nein, danke.« Wolff entschloss sich, das Thema Alibi fallen zu lassen und nicht nach Zeugen zu fragen.

»Soll ich Ihnen noch was zeigen?«, fragte sie zum Abschied.

Vor dem Hühnerstall lag ein toter Hahn. Der Kopf abgeschnitten, die Augen groß und starr, der Kamm schlaff. Aus der Schlagader war Blut gespritzt. Blutstropfen in einem torkligen Kreis, den der Hahn in seinem letzten Kampf gezogen hatte. Als Kind vom Land hatte Wolff viele geschlachtete Tiere gesehen, aber einen demonstrativ getöteten Hahn hatte es nicht gegeben. Er beschloss, den Hof der Kowalski observieren zu lassen.

»Wollen Sie ihn nicht begraben?«

»Nein. Ich tue so, als hätte ich ihn geschlachtet.«

Wolff grinste. Die Frau war vom Land und in ihrer zupackenden Art ihm ähnlich. »Bevor Sie ihn verzehren, nehme ich schnell ein paar Spuren.« Er zog die DNA-Stäbchen aus seiner Jackentasche und strich dem Hahn um den Schnabel und übers Gefieder. »Soll ich ihn reintragen?« Er packte das schwere Tier am Hals.

Die Landwirtin ging vor zu einem Nebengebäude, in dem ein Steintisch stand, über dem mehrere große Haken zum Aufhängen und Ausbluten geschlachteter Tiere angebracht waren.

»Ich hab ein Prinzip: jetzt erst recht.« Sie stemmte die Arme in die Hüften und lachte mit schiefem Mund. »Autsch, tut die Backe weh.«

»Guten Appetit beim Hühneressen. So vertreiben Sie am besten die Dämonen.«

14

Wolff war nach dem Besuch bei Ina Kowalski noch im Dorf herumgegangen auf der Suche nach Leuten, die Milena Vogt gekannt hatten. Die Gegend gefiel ihm, Wiesen wechselten mit Wald und Seen, es gab einen intakten Dorfkern mit alten, eingeschossigen Langbauten, einer Grünfläche, auf der eine hohe, kräftige Linde stand, und am Ortsrand einen Waldsee mit Badestrand. Eine Idylle für Städter. Der Gedanke, hier eine Anlage zu errichten, würde das Herz jeden Immobilienkaufmanns höher schlagen lassen. Von einer Gegend im Umbruch zeugten Baustellen, Häuser im Rohbau, Schilder von Maklern und Baufirmen.

Wolff hatte gehofft, hier in der unmittelbaren Umgebung des Schwimmbades etwas Neues über Milena Vogt herauszubekommen, aber stattdessen wurde er mit Gegenfragen überfallen: Stecken brutale Investoren hinter dem Mord? Ist die Gegend unsicher? Warum ist nie Polizei da, wenn so etwas passiert? Die Wache habe man ja aus Kostengründen abgeschafft. Nachdem Wolff mehrmals erklärt hatte, dass er nicht zur Schutzpolizei gehöre, sondern ein Tötungsdelikt aufklären müsse, wollte er aufgeben. Dann entschloss er sich, bei seinem Lieblingskuchen und Kaffee noch mal nachzudenken.

Er betrat einen Bäckerladen, der in ein bäuerliches Haus mit grünen Fensterläden und rotkarierten Gardinen integriert war, und zum Glück Kirschkuchen vorrätig hatte. Wolff aß und gab sich dann der Inhaberin, einer älteren dürren Frau, als Polizist zu erkennen. Gauland hieß sie und beteuerte als Erstes, außer dem Namen rein gar nichts mit dem Ehrenvorsitzenden der AfD des Landes Brandenburgs gemein zu haben. Außerdem kannte sie Milena Vogt.

»Die Eltern von der Milena hatten zwei Häuser weiter ihren

HO-Laden. Ging den Bach runter nach der Wende, als sie den Supermarkt hier gebaut haben. Sie sind dann nach Berlin zu ihren Verwandten.«

»Wann haben Sie Milena das letzte Mal gesehen?«

»Warten Sie.« Frau Gauland holte ein Buch, schob die an einer Kette baumelnde Brille auf die Nase. »Sie hat eine Bestellung aufgegeben, ein Wagenrad, also ich meine natürlich Brot, dann noch einen Bauernkuchen, Äpfel mit Streusel und Vanillequark, das war … Augenblick … der zwanzigste Juni.«

Wolff zog Kladde und Stift heraus, weil er dachte, dass es auf ältere Zeugen einen guten Eindruck machte, wenn er ein handschriftliches Protokoll fertigte.

»Milena hat Besuch erwartet?«, fragte er.

»Sie wollte ein Picknick machen. Es war ihr Geburtstag, hat sie gesagt.«

»Also war sie privat hier? Sie hat doch in der Bauaufsicht gearbeitet.«

»Och, sie war in letzter Zeit öfter hier. Ging viel ins Schwimmbad, da gibt's wohl auch so Fitness drinnen. Und ihre Freundin war hier.«

»Wissen Sie, wie die heißt?« Wolffs Neugier war geweckt. Die Idee mit dem Kirschkuchen zahlte sich aus.

»Nee, den Namen weiß ich nicht. Aber die schreibt für so 'n Hochglanzmagazin. Sie hat fotografiert und mit Leuten gesprochen.«

»Wie heißt das Magazin?«

»Weiß nicht. Ging um Reisen an schöne Orte.« Frau Gauland rieb an ihrer Nase. »Ich glaube, *Traumorte* oder *Wunschorte* oder …« Sie zog die Stirn in Falten. »Jetzt hab ich's: *Sehnsuchtsorte*, so hieß das, wenn ich mich nicht irre.«

Immerhin etwas, dachte Wolff und machte ein Protokoll, was die Frau mit Zufriedenheit bemerkte.

»Vernehmung der Bäckerin Elfriede Gauland, dreiundsechzig Jahre, wohnhaft in Alt-Stolzendorf:

Frage: Ist Ihnen noch etwas im Zusammenhang mit Milena aufgefallen?

Antwort: Ich hab sie mal mit einem Mann gesehen. Mittelgroß, schlank, Freizeitkleidung, hatte so ein Cap auf, das Gesicht konnte ich nicht erkennen. Sie haben gestritten.

F.: Haben Sie etwas gehört?

A.: Nein, ich lausche doch nicht. Ich hab getan, als sehe ich die Milena nicht, und hab mein Geschäft ausgefegt.

F.: Woher wussten Sie dann, dass die beiden stritten?

A.: Sieht man doch. Fuchteln so mit Armen und Händen, bleiben immer wieder stehen, starren sich ins Gesicht. Und angebrüllt haben die sich, aber ich hab wirklich nicht gelauscht.

F.: Haben Sie denn etwas verstanden?

A.: Nur, dass ihm irgendwas wichtig war, und sie war dagegen.

F.: Und dann?

A.: Nichts weiter. Sie gingen vorbei.

F: In welche Richtung?

A: In Richtung Schwimmbad. Aber da führen auch die meisten Wege hin.

Beginn der Befragung: 11.10 Uhr, Ende der Befragung: 11.45 Uhr. Unterschrift KHK Wolff.«

Während Frau Gauland sorgfältig das handschriftliche Protokoll las, sah Wolff draußen einen Mann um die vierzig mit Vollbart in ausgefransten Jeans, das schwarze krause Haar mit einem Gummi zum Dutt hochgebunden. Der Mann holte aus einer Umhängetasche ein Plakat und befestigte es mit Hammer und Nägeln an einem Lattenzaun gegenüber, der die Baustelle für eine geplante Landhausvilla abschottete.

»Wer ist das?«, fragte er Frau Gauland, die ihm mit stolzem Lächeln das mit ihrer Unterschrift versehene Protokoll zurückreichte.

Sie verzog ihr Gesicht zu einem genervten Ausdruck. »Kai Nehrkorn, das ist so einer, der immer gegen alles ist und überall rumzieht und Krawall macht.«

Wolff verabschiedete sich schnell von seiner Zeugin und nickte zustimmend auf ihre Ermahnung, sie auf dem Laufenden zu halten.

Draußen ging er dem Mann hinterher, der stehen blieb, um ein weiteres Plakat anzunageln. Wolff bemerkte, dass er den Hammer in die linke Hand nahm, während er seinen rechten Arm vom Ellenbogen aus in einem Winkel hielt. Der Mann trug wegen der Hitze nur ein Unterhemd. Offensichtlich hatte er sich mit Sonnenöl eingecremt, denn seine Haut wies eine festgeklebte Schicht aus Erde und Staub auf, außerdem am Oberarm Teile einer Tätowierung.

Wolff sprach den Mann an und stellte sich vor.

»Ich hab's nicht so mit Bullen, aber wenn's um den Investorenmord an Milena geht, nur zu.« Der Mann blickte Wolff mit zusammengekniffenen dunklen Augen an. »Ach so, ich bin der Kai Nehrkorn, Naturschützer, wohnhaft in Baumhäusern, Camps und überall dort, wo für den Erhalt unserer Natur gekämpft wird.« Der Aktivist hämmerte das Plakat an den Bauzaun.

Baggerlärm, Motorsägen, Schreie.
Ein friedliches Dorf verwandelt sich in ein Schlachtfeld.
Warum?
Weil ein krimineller Unternehmer
sein kapitalistisches Projekt vorantreibt.
Koste es, was es wolle.

»Haben Sie Milena Vogt persönlich gekannt?«, fragte Wolff.

»Wer kannte sie hier nicht? Sie ist Opfer tödlicher Gewalt geworden, begangen von einem gierigen Investor namens Lars Bergmann.« Weiterer Hammerschlag.

Wolff betrachtete den linken Arm, der offensichtlich jetzt der Arbeitsarm war, denn er war kräftiger als der rechte.

»Was haben Sie vorgestern Abend gemacht, Herr Nehrkorn?«

Der Kopf des Mannes fuhr ruckartig herum. »Ihr Raster ist primitiv, Herr Kommissar. Aber ich sag's Ihnen: Weidegatter kontrollieren, Getreide schneiden, Stoppelhalme in die Scheune bringen, Gemüse putzen und einfrieren, Obst einkochen, Stall kontrollieren …«

»Gibt es dafür Zeugen?«

»Ich mache meine Arbeit allein. Und ich brauche ein bisschen länger, weil ich meinen rechten Arm nicht gebrauchen kann. Dank sei dem Enteigner.«

»Haben Sie sich mit Bergmann geschlagen?«, fragte Wolff spöttisch.

»Man hat seine Leute.« Nehrkorn wendete sich zum Gehen.

Wolff gab ihm seine Karte. »Wo wohnen Sie denn, wenn Sie nicht auf einem Camp sind?«

»Sie bekommen mich über die Ina, ich habe ein Zimmer überm Stall.«

»Ina Kowalski?«, fragte Wolff erstaunt. Die Landwirtin, die ihm nicht unsympathisch gewesen war, gewann eine weitere Dimension hinzu. Neidische Schulkameradin der Toten, Freundin des Aktivisten.

Nehrkorn schien es eilig zu haben. »Ich muss noch auf die Weide, den von Helfern des skrupellosen Investors zerstörten Zaun ausbessern.«

Aha, die gerissenen Schafe, dachte Wolff und verabschiedete den Mann, der im Weggehen über die Elektrozäune schimpfte und eine selbsthergestellte Einzäunung mit recycelten Kunststoffbändern anpries.

Wolff blickte dem davoneilenden Aktivisten hinterher. Der Mann war nicht dumm, er war kämpferisch, konnte reden, aber er war nicht zu einer objektiven Aussage bereit.

Wolff griff sein Handy, um Sven zu bitten, über Nehrkorn im Polizeicomputer zu recherchieren.

15

Bürgermeisterwahlkampf
Das Duell zwischen dem amtierenden Bürgermeister Johannes Weber und seiner Konkurrentin Milena Vogt geht in die letzte Runde. Auf der Zielgeraden schreckt man weder vor Polemik noch vor Diffamierungen zurück. Tumultartige Szenen im Rathaus machten eine Unterbrechung der Podiumsdiskussion notwendig.

Der Bericht war einen Monat alt, und Frau Gauland hatte die Zeitung benutzt, um die Tragetüte auszupolstern, in der Wolff eine Drei-Tage-Ration Kirschkuchen für den Dienstkühlschrank beförderte. Er dachte an die ersten demokratischen Wahlen nach der Wende und vor allem an die Wahlpartys auf dem Land, die in der Regel mit Gruppenbesäufnissen und Gemeinschaftspinkeln hinter den Bäumen und einem heftigen Kater geendet hatten. Mal hatte er sich beteiligt, um dann festzustellen, dass Sprücheklopfen ohne entschiedenes Handeln nichts für ihn war.

Wolff parkte seinen Roller auf dem Marktplatz, nahm den Helm ab und schüttelte seine Haare aus. Dann setzte er sich auf eine der rund um die Dorflinde gebauten Bänke und überlegte, ob er nach den Gesprächen mit Frau Gauland und Kai Nehrkorn hier noch etwas ermitteln könnte. Er streckte die Beine auf dem Kopfsteinpflaster aus und schloss kurz die Augen. Müdigkeit stieg hoch, dazu die Wärme. Er hätte etwas für schichtfrei gegeben, und nichts wie ab an einen der vielen Seen ringsum. Warum eigentlich nicht? Er öffnete die Augen, stieg wieder auf seinen Roller. Der See, zu dem sich die Pachtwiese der Kowalski hinzog, lag in der Nähe.

Es war ein hübscher See, von dichtem Laubwald umgeben, im Wasser zog sich ein Schilfgürtel entlang. Er war rund und zu klein, um Motorboot darauf zu fahren, perfekt für ruhebedürftige Städter, die auf einem Steg sitzen oder ein bisschen schwimmen wollten. An einem kleinen Sandstrand waren mehrere junge Mütter mit Kinderwagen dabei, gymnastische Übungen nach den Kommandos einer jungen Frau ohne Kinderwagen zu machen. Wolff entschied, dass dies nicht der Ort war, um nackt in den See zu steigen. Aus seiner Jugend in der DDR kannte er die FKK-Kultur, hatte sogar selbst mal aus Jux am Strand beim FKK-Chor mitgesungen. Aber die Jüngeren trugen wieder Badekleidung, und die Zugereisten sowieso.

Wolff lief ein Stück den Sandweg am Ufer entlang und ging auf einer kleinen Lichtung direkt durchs Schilf in den See. Herrlich. Er kraulte hinaus, drehte sich dann auf den Rücken, sah blauen Himmel und weiße Wolken und fühlte Mitleid mit Ina Kowalski und allen hier im Dorf, die von ihrer Idylle abgeben sollten, ohne etwas dafür zu bekommen. Dann sagte er sich, dass er kein Politiker sei, sondern eine konkrete Aufgabe zu erfüllen habe, und schwamm zurück.

Nach dem Baden blickte er routinemäßig auf sein Handy. Katja hatte angerufen, während er geschwommen war. Dann hatte sie geschrieben, dass sie gerade mit Kollegen die Wohnung von Milena Vogt durchsuche und eine bedrohliche SMS gefunden habe: *Hau ab von hier, sonst geht's dir schlecht!* Ohne Absender.

Vielleicht hat sich nur ein Dorfbewohner ausgetobt, der seinen amtierenden Bürgermeister behalten will, dachte Wolff, vielleicht steckt aber mehr dahinter. Er entschied sich, jetzt nicht zurückzurufen und die Kollegin machen zu lassen. Stattdessen ging er zu der Imbissbude, die an der kleinen, unbefestigten Straße zum Strand lag. Ina Kowalski hatte erwähnt, dass immer weniger Gäste hierherkämen. Erst mal eine Apfelschorle, er fuhr schließlich Roller, und dabei ein wenig mit dem Wirt plaudern. Die jungen Frauen mit den Kinderwagen hatten ihre Übungen beendet und knuddelten ihre Babys. Ehe sie alle zum Eisessen den Imbiss stürmen würden, beeilte sich Wolff, ihnen zuvorzukommen.

Die Bude war lindgrün gestrichen, hatte an zwei Seiten Fenster, die geöffnet waren. Dahinter stand ein Kleintransporter mit der Aufschrift: *Alles Wurscht.* Über dem Tresen hing ein großer dicklicher Mann, der mit lauter Stimme den Wirt vollquatschte.

»Komm in meine Infoveranstaltung. Der See hier ist sozusagen dein Kapital ...«

Der Wirt, ein schmaler Rothaariger, sagte, dass ihm der See ja nicht gehöre, und wendete dabei mit geschickter Bewegung die Würste auf dem Grill.

»Egal, wem was gehört. Denk doch mal nach. Ein Thermengelände mit Seezugang – das ist doch deine Chance ... Was glaubst du, wie sich dein Umsatz steigert ...«

Wolff trat näher und betrachtete den schwadronierenden Gast, der einen Halbliter-Plastikbecher Bier vor sich stehen hatte. Als der Mann ihm den Kopf zuwandte, erkannte er das fleischige Gesicht vom Wahlplakat wieder.

»Auch ein großes Bier.« Wolff stellte sich neben den Bürgermeister. »Hätten Sie vielleicht kurz Zeit für mich?«, fragte er höflich und zeigte seine Karte. Er kannte diese Typen, die erst dann aussagebereit waren, wenn man sie ein bisschen hofierte.

»Ich habe schon gehört, dass Sie im Ort sind.«

Der Dorffunk, dachte Wolff.

»Wenn's denn sein muss. Sie haben doch nichts dagegen, wenn ich mein Essen mitbringe?« Johannes Weber zeigte ein bräsiges Grinsen und deutete auf einen großen Topf im Hintergrund der Imbissbude, in dem Soljanka mit dicken Fleischwurststücken schmurgelte.

»Machen Sie ruhig.« Alles war ihm recht, was den Dorfpolitiker zum Reden brachte.

Wolff nahm sein Bier und zur Gesellschaft eine Wurst und

setzte sich auf die Holzbank vor dem Imbiss. Weber kam zu ihm, eine Plastikschüssel Soljanka und einen weiteren Halben vor sich herbalancierend. Er stellte beides auf den schmalen Tisch und ließ sich ächzend unter der Bürde politischer Verantwortung auf einen Stuhl fallen.

»Viel Zeit hab ich nicht. Heute geht's um das neue Infrastrukturprogramm, meine Assistentin bereitet gerade die Power-Point-Vorstellung vor.« Weber bekräftigte seine Worte mit einem großen Schluck.

Gleich zieht er ab in die Parteizentrale, dachte Wolff spöttisch. Er behielt den Gedanken für sich, dass die Assistentin vermutlich eine Billigjobberin oder eine Praktikantin war, und trank stattdessen sein Bier.

»Ich kann mir vorstellen, dass Sie als Bürgermeister in diesen unruhigen Zeiten viele Sorgen haben«, sagte er schmeichelnd. »Aber ich muss nachfragen. Milena Vogt hat gegen Sie um den Posten des Bürgermeisters gekämpft. Und jetzt ist sie tot.«

»Ach, Sie meinen Hauen und Stechen.« Weber grinste mit orangeroten Soljanka-Lippen.

»Ich habe in der Zeitung von dem politischen Duell gelesen.«

»Politik und Konkurrenz gehören zusammen«, sagte der Bürgermeister, nachdem er seine Suppe hinuntergeschluckt hatte.

»Hatte Frau Vogt denn gute Chancen, gewählt zu werden, weil sie für den Erhalt der Gegend gekämpft hat?«

Verpiss dich in die Stadt, da kannst du auf feines Mädchen machen!, hatte eine weitere Drohung im Briefkasten der Vogt gelautet, hatte Katja geschrieben.

»Jetzt sag ich Ihnen mal was.« Weber drehte sich zu Wolff und zog die Augenbrauen hoch. »Die Vergangenheit zu bewahren, ist das eine. Eine Zukunft zu bekommen, das andere. Es geht darum, den Zerfall des Dorfes …«

»Ich fragte nach Frau Vogt.«

»Nun, Leni … ich meine Milena Vogt, war im Dorf nicht sonderlich beliebt. Ein Nestflüchtling. Weggehen und wiederkommen, wenn's was zu holen gibt, das passt nicht. Ich dagegen war immer hier.« Der Politiker hielt einen Augenblick inne, als werde ihm erst jetzt bewusst, dass es unfein war, über die ermordete Konkurrentin herzuziehen, und senkte einen Augenblick wie andächtig den Kopf. »Sie haben schon recht, es wäre ein knappes Rennen geworden.«

»Hat der Investor Bergmann denn jetzt mehr Chancen, mit seinen Plänen durchzudringen?«

»Steter Tropfen, wie man so sagt ….« Weber hob vielsagend die Augenbrauen. »Sie erwarten doch nicht von mir, dass ich in einem Mordfall, in dem der Investor als Tatverdächtiger in Betracht kommt, Stellung beziehe. Nach der Wahl werden wir in offener und ehrlicher Diskussion darüber beraten, wie mit dem Thermen-Projekt umgegangen werden soll. Wollen Sie konkret noch was von mir wissen?«

Wär schön, wenn ich was Konkretes hätte, dachte Wolff und trank sein Bier aus. »Ich fasse zusammen: Der Wahlkampf ist eröffnet worden. Kurz vor der Bürgermeisterwahl wird die neben Ihnen aussichtsreichste Kandidatin ermordet. Ihre Wahlchancen stehen jetzt gut.«

»Was wollen Sie damit sagen?« Weber hielt mit der Nahrungsaufnahme inne und blickte nervös zu den sich dem Imbiss nähernden jungen Müttern.

»Stellen Sie sich vor, es geht tatsächlich die Hälfte der Wahlberechtigten wählen und von dieser Hälfte bekommen Sie mehr als fünfzig Prozent der Stimmen – wie viele haben Sie dann?« Wolff erhob sich. Eine Antwort auf diese kleine Unverschämtheit erwartete er nicht. Er legte seine Visitenkarte neben die Soljanka-Schüssel des Bürgermeisters, warf seinen Plastikbecher in den Abfallcontainer direkt neben Weber und sagte im Weggehen über die Schulter: »Wo waren Sie übrigens vorgestern Abend, gegen zweiundzwanzig Uhr?«

Die wütende Antwort des Kandidaten entsprach dem, was Wolff als Erwiderung erwartet hatte: Weber hatte den Abend bei einem guten Rotwein auf der Terrasse sitzend mit seiner lieben Ehefrau verbracht.

Wolff ging noch mal zur Imbissbude. »Wie stehen Sie eigentlich zu dem Projekt?«, fragte er den Inhaber.

Der Wirt antwortete nicht, sondern beschäftigte sich mit seinen Grillwürsten.

»Hallo, ich hatte was gefragt. Ich hörte, dass Ihnen die Gäste abhandenkommen?«

Der schmächtige Mann fuhr herum. Auf seinem blassen Gesicht waren Schweißtropfen. »Wer hat Ihnen … Okay, manchmal sind es weniger, aber ich kann mit meiner Ausstattung hier auch nur einfache Gerichte anbieten.« Die Stimme war leise, und der Mann blickte besorgt zum Bürgermeister, der gerade die Soljanka-Schüssel auskratzte.

»Also, Sie sind für das Thermen-Projekt?«

»Die Vergangenheit kommt nicht wieder, die Gegenwart ist schwierig, also schaun wir mal, was die Zukunft bringt.« Der Typ grinste schmerzlich und nahm die Eis- und Cappuccino-Bestellungen der jungen Mütter entgegen.

Das hat durchaus seinen Reiz, dachte Wolff und kaufte ihm noch ein Fläschchen selbstgebrannten Obstschnaps ab.

16

Kaum saß Wolff auf seinem Roller, um ins Kommissariat zurückzufahren und zu schauen, ob Katja schon weitere Erkenntnisse aus der Wohnung der Vogt habe, läutete sein Handy.

»Ich bin mit Kollegen vor dem Büro von Herrn Bergmann«,

sagte Sven mit unterdrückter Stimme. »Er verweigert jede Auskunft und will uns nur mit Gerichtsbeschluss hineinlassen.«

Wolff wusste, dass Sven nur selten um Hilfe bat. »Gib mir den Bergmann mal«, sagte er mit aufwallendem Zorn, der gleichermaßen dem Betonlinken Nehrkorn, dem quallenartigen Bürgermeister Weber und dem Wirtschaftsganoven Bergmann galt.

»Was fällt Ihren Kollegen ein?« Aus der sonoren Stimme des Immobilienunternehmers klang unterdrückte Wut. »Das ist Hausfriedensbruch. Sie haben keinen richterlichen Beschluss.«

Wolff überlegte kurz und entschied, dass die Anschuldigungen von Ina Kowalski und Kai Nehrkorn erst mal genügten, um gegen Bergmann zu ermitteln. Eine richterliche Anordnung hätte er keinesfalls vor morgen, vielleicht übermorgen, genug Zeit für den Unternehmer, etwas beiseitezuschaffen.

»Den Gerichtsbeschluss bekommen Sie nachgereicht«, sagte Wolff. »Da steht sowieso nur drin, dass wir vermuten, Beweismaterial zu finden.«

»Beweise, wofür?«, fragte Bergmann scharf. »Ich habe bereits gestern Abend dem Fernsehreporter erläutert, dass kein Zusammenhang zwischen meinem Projekt und dem … hm … tragischen Tod der Frau Vogt besteht.«

»Wir Kriminalisten überzeugen uns gern selbst.« Wolff grinste, als er hörte, wie der Unternehmer nach Luft schnappte.

»Wollen Ihre Leute auch gleich Fingerabdrücke abnehmen?« Bergmann atmete hörbar ein und aus. »Das hat ein Nachspiel. Ich treffe den Herrn Innenminister im Country Club. Wie ist übrigens Ihr Name?«

Wolff dachte, dass er jetzt das tun musste, was er im rauen Polizeidienst als »auf die Kacke hauen« bezeichnete. »Ich ordne hiermit an, dass meine Kollegen bei Ihnen wegen Gefahr im Verzug durchsuchen.«

»Mein Anwalt wird Sie wegen Verfolgung Unschuldiger anzeigen«, zischte Bergmann.

Wolff legte auf.

Er warf seine Planung für den Nachmittag um und wählte Katjas Nummer.

»Hallo Chef, bin immer noch in Milenas Wohnung«, sagte sie.

»Versiegele die Wohnung und komm. Du musst mir sofort bei der Durchsuchung von Bergmanns Privatwohnung helfen.«

»Wie jetzt? Wir hatten doch 'nen Plan gemacht, dass ich mich um Milena kümmer?«

Wolff erzählte ihr, dass Sven und die Kollegen gerade wegen Gefahr im Verzug die Firmenräume von Bergmann-Immobilien durchsuchen würden. »Der Kerl schäumt. Wir müssen parallel seine Privaträume durchstöbern. Ist nicht auszuschließen, dass er schon jemand allarmiert hat, aufzuräumen.«

»Aye, aye, Sir«, sagte Katja. »Bin in einer Stunde da.«

Ihre Stimme klang frischer und nicht so gedrückt wie in den letzten Tagen, was Wolff freute, und zugleich wunderte er sich über seine Freude. Seit wann achtete er auf die Sprechweise der Kollegen, wenn er einen Auftrag erteilte?

Dienst ist Dienst und Schnaps ist Schnaps, sagte er sich. Dann aber dachte er, dass zu Katja eher als Schnaps ein prickelndes Mixgetränk in bunten Farben passen würde. Mannomann, sagte er sich und fuhr mit seinem Roller in Richtung Berliner Vorstadt.

Wie häufig in solchen Situationen, in denen es schnell gehen sollte, gelang erst mal überhaupt nichts. Wolff stand vor dem hellen eleganten Neubau, in dem die Bergmanns die obere Etage bewohnten. Der Unternehmer würde in seinem Büro die Durchsuchung mit Argusaugen überwachen, vermutlich war auch seine Ehefrau da. Wolff fielen zwei Klingelschilder auf, eines mit den Initialen *L.B.*, das andere trug die Aufschrift *Haas-Bergmann.* Hatte die Frau in ihrer Privatwohnung ein Büro? Wolff klingelte überall, auch bei den Eigentümern der unteren Etage, aber es blieb still.

Das komplizierte Schloss des Gartentors würde er mit seinem Schlüsselset nicht knacken können, und selbst wenn, würde er vermutlich an einer Haustür aus Panzerglas mit sich selbst verriegelnder Schließeinrichtung und Aufbohrschutz scheitern. Er kannte solche komplizierten Schlösser, die nur mit leistungsstarkem elektrischen Bohrer zu knacken waren. Würde sich sein Verdacht nicht bestätigen, könnte er seinem Vorgesetzten eine Rechnung über ein paar tausend Euro präsentieren. Wolff war trotzdem fast enttäuscht, dass hier kein gewaltsames Öffnen möglich schien als kraftvoller Auftakt einer Hausdurchsuchung. Eins der größten Vergnügen seines Berufs war für ihn immer noch die Neugier darauf, was sich hinter einer verschlossenen Tür verbergen würde.

Er lief am Zaun entlang auf der Suche nach dem Schild einer Security-Firma, die das Haus bewachte, vielleicht könnten die ihm helfen. Er bemerkte tatsächlich eines an der Fassade des Hauses, aber um es zu lesen, müsste er über das Gitter aus Schmiedeeisen steigen. Er blickte die Straße entlang und sah ein paar Bauarbeiter aus einem Grundstück treten, auf welchem gerade die Grundmauern einer Mehrfamilien-Villa errichtet wurden. Er borgte sich eine Leiter aus, kam so auf das gemauerte Podest neben dem Gartentor und sprang von dort aus auf den Rasen hinunter. Das Schild wies tatsächlich eine Security-Firma aus. Wolff wählte die angegebene Handynummer.

»Wolln Sie nicht warten, bis die Leute nach Hause kommen?«, fragte der Mann vom Sicherheitsdienst. »Wir machen unsere Runde erst in zwei Stunden.«

»Sie kommen sofort«, schnauzte Wolff den Typen an, der auf den Nachmittag und wenig Personal verwies. »Die Tür hier ist megaeinbruchsicher und wir müssen rein.« Dann fiel ihm etwas anderes ein. »Haben Sie die Nummer vom Hausmeister?«

Die hatte der Security-Mann. Beim nächsten Anruf hatte Wolff mehr Glück.

»Da wird sich der Bergmann aber nicht freun«, bemerkte eine

ältere Männerstimme. »Vor der Polizei hab ich Respekt. Bin in 'ner Viertelstunde da mit Schlüssel. Dann kann ich gleich die Ligusterhecke schneiden.«

Während er wartete, lief Wolff das große, baumbestandene Grundstück ab. Die hintere Seite hatte direkte Seelage, er pfiff durch die Zähne. An der Schmalseite des Hauses fand er eine zweite Eingangstür mit der Anschrift *Haas-Bergmann.* Wolff alarmierte die Kollegen von der Spurensicherung und einen Techniker, falls elektronische Geräte zu durchsuchen wären. Gern hätte er die Wartezeit für einen kleinen Abstecher zum nächsten Kiosk genutzt. Eine Durchsuchung konnte mehrere Stunden dauern und im Haus der Bergmanns würde er nicht einmal einen Schluck Wasser aus der Leitung nehmen. Aber in dieser feinen Gegend gab es bestimmt keinen Kiosk und die Bauarbeiter wollten ihre Leiter wiederhaben, die immer noch am Zaun lehnte.

Dann rief er Katja an.

Ihre Antwort hätte vom Verkehrsfunk sein können. »Stau auf dem Berliner Ring, kurz vor dem Dreieck Potsdam, es liegen Gegenstände auf der Fahrbahn.«

»Bring was zu essen mit.«

Wolff umrundete nochmals das Gebäude auf der Suche nach einem angekippten Fenster oder einer einfach zu entsperrenden Nebentür. Nichts.

»Verdammt.« Zur Beruhigung nahm er ein paar Kieselsteine und ließ sie mit flachem Wurf auf der Havel hüpfen. Dann fiel ihm ein, dass er beim Lagedienst abfragen lassen könnte, ob Eintragungen gegen Lars Bergmann vorlägen. »Ach ja, wenn du schon mal dabei bist, auch gegen Linda Haas-Bergmann.«

Dann ließ er wieder Steine hüpfen.

Sein Handy schlug an.

»Hallo, hast du gerade Zeit?«, erklang die laute Stimme der Rechtsmedizinerin Doris Bahlke.

»Unbegrenzt«, sagte Wolff erfreut.

»Wir haben die Medikamentenrückstände im Körper der Toten analysiert. Flunitrazepam, ein Wirkstoff aus der Gruppe der Benzodiazepine. Wird als Schlafmittel und Beruhigungsmittel vor OPs benutzt.«

»Sind das die K.o.-Tropfen?«

»Im Volksmund nennt man es so.« Es folgte ein Geräusch, als beiße die Frau in einen Apfel.

»Machst du gerade Pause?«

»Ja, hab eine neue Masche. Pro Schokokeks ein Apfel, reduziert den Süßigkeitskonsum erheblich.« Sie lachte.

Wolff beobachtete ein Mannschaftsruderboot auf dem Tiefen See und wünschte sich, ebenso schnell voranzukommen.

»Wie wirkt das Zeug?«

»Führt zu Schläfrigkeit, Verwirrtheit, beeinträchtigt die Motorik und das Bewusstsein, verlangsamt den Herzschlag und führt zu Blutdruckabfall. Wahrscheinlich hatte deine Milena Herzrhythmusstörungen, ist bewusstlos geworden. Der Tod ist letztlich durch Ertrinken eingetreten.«

»Wie lange dauert es, bis die Wirkung eintritt?«

»Meist braucht es bei Flunitrazepam nicht länger als 'ne Viertelstunde. Im Mageninhalt waren Reste eines Energiegetränks.« Die Rechtsmedizinerin lachte. »Wasser, Zucker, Koffein, Vitamin B, Mineralstoffe, außerdem Bitter Lemon.«

»Damit sie das Medikament nicht schmeckt?«

»Genau. Du musst rauskriegen, ob ihr jemand im Schwimmbad was zu trinken gebracht hat.«

»Milena war häufig im Bistro.« Katja hatte mit dem Barkeeper gesprochen. »Sie hat sich immer einen ganz bestimmten Drink in ihre Thermoskanne füllen lassen. Jemand muss ihr das Mittel zugeführt haben, kein großes Problem, wenn die Kanne irgendwo herumsteht.« Wolffs Kriminalistengehirn war bei der Tatanalyse. »Entweder hat der Mörder selbst ihr das Zeugs reingetan. Oder der Kellner ist von einem anderen, der es in einen Drink gemischt hat, ahnungslos benutzt worden. Oder es gibt einen Hintermann, der den Mord beauftragt hat. Wäre bei dem politischen Eifer der Vogt auch nicht auszuschließen.«

»Derjenige müsste sie gut gekannt haben.« Bahlke biss in ihren Apfel. »Medikamente wirken in Abhängigkeit von Dosis und körperlichen Voraussetzungen wie Alter, Gewicht, Geschlecht, psychischer Verfassung. Wenn Milena vorher in der Sauna war, würde sich der Vorgang durch die Restwärme im Körper beschleunigen.«

Wolff bedankte sich.

In diesem Augenblick sprang das Gartentor auf und ein großer, hagerer Mann in Unterhemd und Jogginghose kam auf ihn zu. »Lehmann, ich bin der Hausmeister.« Er hielt Wolff die Hand hin. »Worum geht's denn?«

»Gegen die Eheleute Bergmann liegt nichts direkt vor«, sagte Wolff ausweichend. Keinesfalls wollte er Gerüchte nähren, dass der Unternehmer in einen Mordfall verwickelt sein könnte. »Wir brauchen nur dringend ein paar Unterlagen über das Thermen-Projekt, und Bergmann ist im Augenblick unabkömmlich.«

Lehmann schien das so zu verstehen, dass die Bergmanns nichts dagegen hätten, wenn er die Kripo eben mal in die Wohnung ließ. »Die Frau ist sowieso verreist.«

»Verreist?«, fragte Wolff erstaunt. Vorgestern Nacht im Schwimmbad hatte sie von einer Reise nichts gesagt, als er sie gebeten hatte, sich zur Verfügung zu halten. »Sicher? Ich muss Linda Haas-Bergmann dringend sprechen.«

»Hab die Frau das letzte Mal gestern Abend gesehn, als ich hier gesprengt hab.« Der Mann rieb sich die Nase. »Die ist an mir vorbei, hat so 'nen Rollkoffer hinter sich hergezogen.«

»Geschäftsreise?«

Lehmann zuckte mit den Schultern. »Vielleicht hat sie auch die Nase voll von ihrem Alten. Die haben ganz schön Zoff miteinander gehabt.« Der Mann schnäuzte sich in hohem Bogen in die Hecke.

»Haben Sie was mitgekriegt von dem Streit?«

»Nur, dass sie das nicht mehr machen will.«

»Was denn genau?«

»Sie können Fragen stellen.«

»Na, nun los.«

»Ging um Geschäfte. Er will was machen und sie will nicht mehr.«

»Was für Geschäfte?«

»Weiß nicht genau. Einmal hat sie geschrien, dass ihr alles zu groß ist.«

Lehmann machte eine wegwerfende Handbewegung und überreichte dann mit großer Geste den Wohnungsschlüssel. Wolff gab dem Mann dafür eine schriftliche Bestätigung, dass er auf Anweisung der Kripo gehandelt habe und der richterliche Beschluss unverzüglich eingeholt würde, und schrieb sich Adresse und Telefonnummer des Hausmeisters auf. Das freute Lehmann und Wolff selbst wusste aus Erfahrung, dass Fragen manchmal erst im Nachhinein auftauchten.

17

»Hab den Kripo-Menschen im Dorf getroffen. Der stand plötzlich hinter mir und quatschte mich an.« Kai Nehrkorn betrat Inas Küche und schlenkerte seinen linken Arm aus. »Du hast dem Bullen doch hoffentlich gesagt, dass wir Einheimischen hier nichts mit der Therme am Hut haben. Und Milena dankbar sind für ihre Entscheidung.«

»Klar doch. Willst du Nudeln?« Ina deutete auf einen Topf, in dem sie Spaghetti zubereitete. Sie liebte Teigwaren vor ihrer Arbeit mit den Pferden. »Gruselig, dass ausgerechnet in unserem friedlichen Schwimmbad ein Mord passiert. Oder glaubst du, jemand hat Milena woanders umgebracht und die Leiche dort im Wasser abgelegt?«

»Ich glaube nichts und niemand mehr.« Kai füllte sich einen Teller mit Spaghetti und kippte Tomatenketchup drüber. »Gibt bestimmt 'nen Hintereingang zum Bad. Die kommen immer über Hintereingänge, wie der Typ, der dich so zugerichtet hat.«

Ina befühlte ihr geschwollenes Auge. »Ist schon krass, wenn du gutgläubig an die Tür gehst und kriegst eine voll ins Gesicht. Ich hab 'ne Anzeige gegen unbekannt erstattet, wegen Körperverletzung.«

»Du meinst, wegen deiner Anzeige nimmt die Kripo jetzt 'nen Investor fest?«, fragte Kai höhnisch.

Ina sah es an seinen dunklen Augen, wie alles in ihm vibrierte. Es bedurfte nur einer Ermunterung: Bekämpfe den Eindringling! Und er würde kämpfen, ohne an seinen kaputten Arm zu denken.

»Wenn der Kommissar meint, dass Bergmann hinter dem Mord steckt, wird er ihn festnehmen.«

Ina zog ihre gelbe Bluse aus und das graue Stall-Shirt an. Sie hatte keine Hemmungen, im BH vor Kai zu stehen. Er kannte sie auch ganz nackt. Sie waren zusammen, manchmal, wenn er hier wohnte. Dann war er wochenlang weg, wohnte im Zelt oder in einer Wagenburg, schlief vermutlich mit Aktivistinnen, während sie die Pferde pflegte und bewegte, Werbetexte für ihren Reiterhof entwarf, mit Banken um Kredit verhandelte, Kaffee und Snacks für erschöpfte Reiter bereitete, gegen die Kündigung des Pachtvertrags wetterte und Plakate für die Umweltaktivisten verteilte.

»Und wenn sie Bergmann nicht verhaften?«, schrie Kai unvermittelt. »Die glauben doch nie und nimmer, dass dieser Enteigner hinter dem Terror steckt. Der Scheißtyp ist ja auch für dein blaues Auge verantwortlich.«

»Warum bist du so aufgeregt?«

»Hättest mal sehn sollen, wie der Bulle komisch geguckt hat, weil ich gegen kapitalistische Großprojekte Zeichen setze.« Kai zog ärgerlich an seinem schwarzen krausen Haar. »Der braucht bloß an die Falschen zu geraten, und schon steht in der Akte, alle hier wolln die Therme haben und verstehn nicht, wie unser hochwillkommener Investor unter Mordverdacht geraten kann.«

»Was hast du ihm denn gesagt, wo du warst, vorgestern Abend?«, fragte Ina spöttisch. Sie wunderte sich selbst darüber, dass ihr Freund sie mit seinem selbstgerechten Gehabe nervte.

»Hab die üblichen Hofarbeiten gemacht, was sonst?« Kai schaufelte Tomatennudeln in sich hinein.

»Mich hat er dasselbe gefragt. Unsere Alibis decken sich.«

»Wie schön. Du hast es doch sonst nicht so mit der Polizei.«

Es stimmte, dass Ina mit Ordnungsbehörden im Streit lag. Ihre Kunden beritten öfter ungenehmigte Rundwege, ignorierten Absperrungen, und Ina beantragte vergeblich, Alternativrouten für Reiter anzulegen, denn die zuständige Behörde, in der es anscheinend keine Reiter gab, sah es nicht ein. Sie schrieb E-Mails, besuchte Sprechstunden und hatte, völlig entnervt, einen Beamten als »Vollpfosten« bezeichnet und ihm den Stinkefinger gezeigt, was ihr eine Beleidigungsanzeige eingebracht hatte.

»Ich muss jetzt Annabel und Cora bewegen, die Besitzer wollen am Wochenende gutgelaunte Reitpferde vorfinden.« Ina band sich ein buntes Tuch um den Kopf. Sie wollte in den Stall, sich abkapseln von der Wut Kais über das Establishment, die sie gut kannte. »Wir haben gesagt, was wir wissen«, sagte sie in der Tür. »Milena hat uns nie einbezogen. Vielleicht gab's in ihrer vornehmen Welt noch andere, die was gegen sie hatten.« Sie lachte gekünstelt. »Zu hoch hinaus, da schafft man sich nicht nur Freunde.«

Ihr Blick fiel auf das Fotoalbum, das immer noch offen auf dem Tisch lag. Bestimmt hatte der Kommissar reingeguckt, hatte das zerkratze Gesicht Milenas gesehen. Und wenn schon. Es kam darauf an, wer zum Schluss besser dastand. Das war zweifellos sie.

Kai erhob sich und drückte einen zarten Kuss auf ihr geschwollenes Gesicht. »Was hältst du von einem Camp auf der Wiese? Mit Workshops, Vorträgen, Kunst, Aktionen hier in unserer Gegend? Bisschen Schwung in den Widerstand bringen. Die sind jetzt alle wie gelähmt. Wer weiß, was da in der Baubehörde noch lauert.«

Seine Wut war so schnell verflogen, wie sie gekommen war. Ina kannte dieses Auf und Ab der Gefühle bei ihm, seit er vor zwei Jahren nach Alt-Stolzendorf gekommen war. Er habe eine große menschliche Enttäuschung erlebt, hatte er zur Begründung seiner wechselhaften Stimmungen gesagt. Sie respektierte, dass er nicht näher darüber sprechen wollte. Ina lehnte sich an ihn. Gern hätte sie sich an seinem sehnigen Körper festgeklammert auf der Suche nach der Zärtlichkeit, die er manchmal für sie zeigte.

»Schluss jetzt mit der Kripo«, sagte sie. »Nachher schreibe ich Mahnungen für die Außenstände, dann haben wir genug Geld für die nächsten Wochen. Und das mit dem Camp ist ’ne gute Idee. Kommst du heut zum Abendessen rum?«

Mühsam löste sie sich. Die Pferde mussten bewegt werden.

18

»Danke, dass Sie Zeit für mich haben«, sagte Lars Bergmann, als er zehn Minuten vor der verabredeten Zeit an der Wohnungstür der Rechtsanwältin Verena Starke klingelte.

Streng genommen war es nicht ihre Wohnung, sondern die einer Kamerafrau aus Potsdam, die gerade zu Aufnahmen nach Südamerika gereist war und dringend jemand brauchte, der die Miete übernahm. In ihrem umgebauten Feuerwehrauto –»Wenn’s brennt: Starke – Rechtsanwaltskanzlei« – hatte Verena den Unternehmer nicht empfangen wollen; vielleicht hätte er dann Zweifel an ihrer Auftragslage bekommen. Es gehe um eine delikate Angelegenheit, so hatte er sich am Telefon ausgedrückt.

»Ich bin frisch hier eingezogen.« Sie bemerkte, dass die graublauen Augen des Unternehmers ihr aufgeklebtes Türschild musterten, und reichte ihm schnell die Hand.

Bergmann war mittelgroß und schmal gebaut, ein auf herkömmliche Weise gutaussehender Mann. Sein dunkelblondes Haar war kurzgeschnitten und an den Schläfen von Grau durchsetzt. Er trug ein schwarzes Hemd und eine schwarze Hose, was Verena bei der Sommerhitze befremdlich fand.

»Lars Bergmann«, sagte er, »siebenundvierzig Jahre, Projektentwickler, wohnhaft und geschäftsansässig in Potsdam, damit Sie wissen, mit wem Sie zu tun haben.«

So weit sind wir noch nicht, dachte Verena. Wahrscheinlich hat der Mann ein Problem mit einem Subunternehmer oder mit der Bank wegen der Kredite oder ein großer Auftrag ist ausgefallen. Vielleicht geht's auch um eine schmutzige Scheidung. Sie lebte von den Streitigkeiten anderer.

Sie gingen durch den Flur. Bergmann warf einen kurzen, genauen Blick in das mit Kameraausrüstung, Videoaufzeichnungsgeräten und Computern vollgestellte Arbeitszimmer der Hauptmieterin.

»Eine Freundin hat die Sachen bei mir untergestellt«, sagte Verena schnell und öffnete die Tür zu ihrem Wohn-Schlaf-Kanzleizimmer.

Nach Bergmanns Anruf war sie von ihrem Feuerwehrauto hierhergehetzt, hatte die Shorts gegen weiße Jeans getauscht, etwas poppiges Rot auf die Lippen gelegt, das meiste davon wieder abgewischt, den Couchtisch von den Spuren einer Fertigpizza gereinigt und auf dem Schreibtisch ein paar wahllos gegriffene Akten verteilt.

»Worum geht es denn?« Sie bot ihm Platz in der Sitzecke an, deren abgesessene Stellen sie mit einer Patchwork-Decke kaschiert hatte.

»Ich bin Geschäftsführer der Trägergesellschaft Brandenburg-Therme«, sagte Bergmann hektisch. »Muss ich weiterreden?«

Verena bemühte sich, ihr Erschrecken zu verbergen. Gestern hatte Kommissar Wolff ihr bei seinem kurzen Besuch im Feuerwehrauto gesagt, dass er die Leiche aus dem Schwimmbad habe. Als Initiator des Thermen-Projekts rückte Bergmann bestimmt in den Fokus der Kripo. Saß hier ein Wirtschaftskrimineller, der für sein Bauprojekt morden würde?

Bergmann schien ihre Gedanken zu ahnen. »Entschuldigung, dass ich Sie so überfalle. Ich habe ein kleines Landhaus dort in der Nähe. Mein Hobby ist Reiten, und das kann man in der Gegend recht gut. Sie sehen, ich liebe das Land und die Natur.« Ein kurzes Lächeln überflog sein Gesicht, das warm und echt schien. »Es belastet mich, dass etwas so Entsetzliches in dem Schwimmbad passiert ist.« Er faltete die Hände.

Verena warf ihm einen verwunderten Blick zu. Sie fand die trauernde Geste überzogen.

»Sehen Sie denn einen Zusammenhang zwischen Ihrem Projekt und dem Tod von Milena Vogt?«, fragte sie vorsichtig.

»Die Kripo war eben in meinem Büro. Erst kam ein jüngerer Mann, der war einigermaßen höflich, aber als ich ihm den Zutritt verweigerte, ordnete sein Vorgesetzter die sofortige Durchsuchung an. Ohne Gerichtsbeschluss. Per Telefon.« Seine Augenbrauen zogen sich zusammen. »Dann kamen noch ein paar Leute, und die haben die Firma auf den Kopf gestellt, meine Mitarbeiter ausgefragt, Kundenakten und PCs eingesackt. Wie soll ich Verhandlungen mit Geschäftspartnern und Banken führen? Dieser Kommissar muss gestoppt werden. Er ruiniert mich.«

»Es ist jetzt halt passiert.« Verena überlegte, was in Wolff gefahren war, dass er wegen Gefahr im Verzug seine Leute in Bergmanns Firmenräume eindringen ließ.

»Ich komme in dieser strafrechtlichen Angelegenheit zu Ihnen, weil ich hörte, dass Sie erfolgreich im Filmmilieu agiert haben.«

Verena konnte ein geschmeicheltes Lächeln nicht unterdrücken. Sie war vorübergehend zu einer kleinen Potsdamer Berühmtheit geworden, seit sie den unschuldig in Mordverdacht geratenen Ehemann einer Schauspielerin verteidigt hatte. Noch mehr hatten die Medien sich für ihre Befreiung aus den Händen des Mörders durch Kommissar Wolff interessiert.

»Haben Sie einen Schluck Wasser für mich?« Der Unternehmer wischte sich mit einem seidenen Taschentuch die Stirn ab. Sein solides Hemd würde keine Schweißflecken zeigen, aber Verena ahnte, dass er sich in einer sehr unangenehmen Situation befand.

Sie ging in die Küche, achtete darauf, dass die Verbindungstür geschlossen war, damit ihr neuer Mandant keinen Blick auf die noch nicht verstauten Einkäufe und das unabgewaschene Geschirr werfen konnte. Anders als in ihrer früheren Kanzlei, der Anwaltssozietät Abraham & Partner in München, gab es hier keinen Geschirrspüler. Zum Glück hatte sie außer dem mittels Kohlensäurepatrone aufgepeppten Leitungswasser, das sie seit ihrem Austritt aus der Kanzlei trank, eine gut gekühlte Flasche teuren Mineralwassers da. Sie griff anstelle der ehemaligen Senfgläser, die der Hauptmieterin offensichtlich als Trinkgefäß genügten, zwei kristalline Weingläser und betrat das Zimmer wieder. Ihre Auftragslage ließ es nicht zu, auch nur ein Mandat ungeprüft abzulehnen. Bergmann würde für sein Unternehmen seine Hausanwälte haben, aber in dieser unangenehmen Angelegenheit kam er zu ihr.

»Die Kripo muss einen Zusammenhang zwischen Ihrer Bautätigkeit und dem Tod von Milena Vogt sehen, sonst hätte sie nicht so massiv durchsucht«, sagte Verena vorsichtig und schenkte ein.

»Mein Gott, ja, ich wollte die Baugenehmigung haben. Erst gab es für mein Projekt eine mündliche Zusage aus der Bauverwaltung. In der Regel kann man sich als Unternehmer darauf verlassen, aber dann kam Frau Vogt. Sie war neu und die zuständige Regierungsrätin.« Der Unternehmer hob den Arm, als wolle er auf den niedrigen Couchtisch schlagen, ließ ihn aber wieder sinken. »Sie hat die Baugenehmigung dann nicht erteilt.«

Die Vogt hat seine Pläne zerstört, dachte Verena.

»Ich habe Widerspruch eingelegt«, fuhr Bergmann fort. »Ich hatte den Eindruck, dass Frau Vogt umzuschwenken begann und dann …« Er hob die Arme und drehte die Handflächen nach oben.

»Gibt es einen Beweis, dass Frau Vogt ihre Entscheidung rückgängig machen wollte?«

Der Unternehmer zuckte unwillig die Achseln. »Juristen wollen immer Beweise.« Er hatte eine tiefe, volle Stimme, nur eins passte nicht: die Stimme klang nicht frei. »Frau Vogt hat mir natürlich nicht schriftlich mitgeteilt, dass sie ihre Entscheidung zurückzieht. Ich hatte ein Gutachten in Auftrag gegeben, über die Anpassung der Anlage an die ländliche Umgebung. Das hat sie überzeugt. Wir kamen zum Schluss gut miteinander aus.« Er griff das Glas und trank es in einem Zug leer.

Verena versuchte, die Aussage ihres potentiellen Mandanten in juristische Bahnen zu lenken. Wenn sich Bergmann tatsächlich Chancen ausgerechnet haben sollte, dass die Regierungsrätin die Baugenehmigung doch noch erteilt hätte, wäre er über jeden Verdacht erhaben. Niemand sägt den Ast ab, auf dem er sitzt.

»Das Projekt scheitert noch«, sagte Bergmann anklagend. »Die Geldgeber spielen verrückt, sie können nicht ewig warten, bis die Baubehörde über den Widerspruch entscheidet. Und dann fällt auch noch die Kripo über mich her. Auf der Straße haben die Leute gesehen, wie die Polizei meine Computer abgeschleppt hat.«

Die Kripo hat etwas gegen ihn in der Hand, dachte Verena. Aber sie konnte Wolff nicht einfach anrufen und ihn fragen. Ihre freundliche Vertrautheit, seit er sie aus den Händen eines Kidnappers gerettet hatte, wäre jetzt durch ihre Gegenpositionen beeinträchtigt.

»Wie satt ich sie habe, diese militanten Naturschützer, die an jedem Grashalm kleben«, unterbrach Bergmann Verenas Gedanken. »Die Leute sehen, es wird gebaut, und denken, da sahnt jemand auf ihre Kosten ab. Leistet jemand Widerstand, dann besticht der Unternehmer das Bauamt oder engagiert ein paar Schläger. Und ganz renitente Gegner lässt er ermorden.« Er lachte bitter auf.

»Wollen Sie behaupten, dass einer von den Umweltaktivisten eine Regierungsrätin umbringen würde, die genau dieses Projekt verhindern wollte?«, fragte Verena, gereizt von seiner Selbstinszenierung.

»Ich behaupte lediglich, dass ich unschuldig bin.«

»Ich brauche jetzt einen Kaffee.« Verena stand auf und ging in die Küche. Was sie vor allem brauchte, war eine Pause.

Etwas in ihr sträubte sich. Als Anwältin ging sie vom Worst Case aus. Sollte sie annehmen, dass Bergmann sich schuldhaft in ein Tötungsdelikt verstrickt haben könnte?

19

Nachdem Hausmeister Lehmann ihm den Wohnungsschlüssel dagelassen hatte, öffnete Wolff die Tür und stand im marmorgefliesten Entrée des eleganten Neubaus, dessen obere Etage die Bergmanns bewohnten. Er leuchtete routinemäßig mit der Halogenlampe in den Briefkasten. Post lag darin, aber er kam mit der Hand nicht tief genug durch den schmalen Schlitz.

»Versuch du mal«, sagte er zu Katja, die mittlerweile eingetroffen war.

Katja hatte schmale Hände mit meist in unterschiedlichen Farben leuchtenden Nägeln. Heute war der Lack abgeblättert.

Sie zog eine Broschüre heraus. *»Università di Firenze – arte fi-*

gurativa e architettura«, las sie erstaunt vor. »Will der Bergmann alte Palazzi aufpeppen?«

Wolff konnte diese Botschaft im Augenblick auch nicht einordnen. »Schaun wir uns mal oben um.«

»Da wartet bestimmt der Mörder«, sagte Katja ironisch.

Sie pfiff wie üblich eine Melodie aus *Carmen*, »Auf in den Kampf«, aber Wolff hatte das Gefühl, dass sie das nur ihm zuliebe tat. Eine Verzögerung trat ein, weil zunächst die Spurensicherung in die Wohnung musste.

»Geht immer schön hinter uns her«, sagte der Kollege grinsend über die Schulter und verschwand in der Tiefe der Wohnung.

Dann herrschte eingeübte Betriebsamkeit. Leise, präzise Kommandos und Absprachen. Schränke und Schubladen wurden geöffnet, einer der Männer puderte mit einem Pinsel häufig berührte Stellen an Türen, Schränken und Tischen ein.

»Jede Menge unterschiedlicher Fingerabdrücke.«

Das wunderte Wolff nicht, er ging davon aus, dass Leute wie die Bergmanns ein reges soziales Leben führten.

»Hoffentlich kommen die hier jetzt nicht reingestürmt, dann haben wir noch ein Problem«, sagte Katja.

»Ach i wo. Bergmann leckt erst mal Wunden in seinem leer geräumten Büro und Linda macht bestimmt einen Shopping-Trip.« Letztere Bemerkung brachte ihm einen genervten Blick der Kollegin ein.

Wolff versuchte, seinen ersten Eindruck nicht durch das Gewusel der Beamten verfälschen zu lassen. Die Einrichtung war protzig. Mit Seidentapeten in Rosa-Grau geschmückte Wände, wuchtige dunkelbraune Ledersessel und Sofas, Parkett, Ölbilder, die Küsten- und Waldlandschaften zeigten.

»Na, Kollege, schöne Wohnung, könnte man direkt neidisch werden.« Der Techniker war dabei, das Telefon nach Mitteilungen auszuwerten, und schrieb zahlreiche Telefonnummern vom Display ab.

»Nach unserem Besuch dürfte die Freude an der Wohnung nicht mehr so groß sein.« Wolff zwinkerte. »Habt ihr schon was gefunden?«

»Einen PC, einen Laptop, und auf dem Anrufbeantworter jede Menge Sprachnachrichten.«

»Mach bis morgen 'ne Liste aller gespeicherten Rufnummern und kläre, zu wem sie gehören«, sagte Wolff.

Katja ging herum und schüttelte angesichts der ausladenden Einrichtung den Kopf. Wolff überlegte, wie seine Kollegin wohl wohnte. Sie stammte aus kleinen Verhältnissen aus Neukölln und war vor zwei Jahren der Liebe wegen nach Werder gezogen. Aus ihrem gedrückten Verhalten schloss er, dass sie derzeit wieder dabei war, einen Schlussstrich unter ihr privates Leben zu ziehen.

Katja befühlte einen Rosenstrauß, der auf dem Eichenholz-Couchtisch stand. »Echte Stoffrosen, wie überaus geschmackvoll«, bemerkte sie ironisch. »Wer macht eigentlich das Protokoll?«

»Immer die Jüngste.«

Katja tat, als hätte sie das nicht gehört, und ging zur Bücherwand. »Die meterweise Klassikerausgabe«, sagte sie. »Goethe, Schiller, Lessing. Und viele Bildbände über Architektur. Halt, da ist was.« Sie griff mit geübter Bewegung nach einem dicken Band *Hausbau in der DDR*, in dem als Lesezeichen ein Zeitungsartikel steckte. »Ach, schau mal her, unsere Milena.«

Wolff trat hinzu. Ein Artikel einer Brandenburger Regionalzeitung zeigte ein Farbfoto von Milena im hellen Kostüm hinter einem wuchtigen Schreibtisch. *Die Hoffnung der Dorfbewohner. Die Regierungsrätin aus der Bauverwaltung Milena Vogt kämpft um den Posten des Bürgermeisters und für den Erhalt der ländlichen Strukturen.*

»Ach, die mischt also auch in der Dorfpolitik mit.« Katja pfiff anerkennend.

»Hat mitgemischt, als scharfe Konkurrentin gegen den amtierenden Bürgermeister.« Wolff tat es leid, dass er in der Hektik seiner Kollegin nichts vom Gespräch mit Johannes Weber bei Soljanka und Bier berichtet hatte.

»Bergmann wollte sich mit dem Artikel wohl auf Kurs bringen: So sieht meine Gegnerin aus.« Katja setzte sich aufs Ledersofa, holte aus ihrer roten Tasche einen Stift und trug in die Beschlagnahmeliste ein: *1 Artikel über Milena Vogt aus der Brandenburger Rundschau.*

Im Schlafzimmer hatten die Kollegen von der Spusi die Türen des Spiegelschrankes geöffnet und waren dabei, die Kleidung nach Notizzetteln, Kassenbons und die Bettwäsche nach Speichel, Sperma, DNA abzusuchen. Alles, was vor kurzem noch Privatsphäre gewesen war, würde auseinandergenommen und in seine Bestandteile zerlegt werden.

»Nur Männerkleidung«, stellte Katja nach einem Blick in den Schrank fest. »Wo ist denn die Linda geblieben?«

Das einzige weibliche Einrichtungsstück war eine Frisierkommode, auf der allerdings, wie Katja feststellte, ausschließlich Herrenparfüms und Rasierwässer standen, daneben gerahmte Schwarzweißfotos, die Gesichter älterer Männer und Frauen zeigten.

»Ich geh noch mal die Taschen durch«, sagte Katja unzufrieden.

»Die Polizistin ist wie 'ne eifersüchtige Ehefrau, schreckt nicht mal vor Anzugtaschen zurück.« Wolff freute sich, dass die Kollegin Durchsuchungselan entwickelte.

Als er wieder im Wohnzimmer stand, fiel ihm eine große rechteckige Stelle in der Seidentapete auf, die heller war als ihre Umgebung. Daneben stand eine Vitrine mit Meißner Porzellan, etwas zu dicht neben einem Biedermeier-Sekretär. Er ahnte etwas und holte die Leute von der Spusi, die mittlerweile in der Küche beschäftigt waren.

»Helft mir mal, die Vitrine beiseitezuschieben.«

Nachdem Wolff und seine Kollegen das wertvolle Porzellan herausgenommen und Tücher untergelegt hatten, um keine Schleifspuren im Parkett zu verursachen, hörte er einen spitzen Schrei aus dem Schlafzimmer, und fast im selben Moment stand Katja im Raum und schwenkte eine Visitenkarte: *Milena Vogt, Bauaufsichtsamt,* und eine Telefonnummer.

»Na gut«, sagte Wolff. »Dass ein Investor zu Gesprächen ins Bauamt geht, besagt ja nicht viel.«

»Die Rückseite. Du ahnst ja nicht …«

Wolff sah eine handschriftliche Notiz und unterdrückte den Wunsch, Katja die Karte aus der Hand zu reißen. »Also, was steht noch drauf?«, fragte er ungeduldig.

Mit triumphierender Stimme fuhr die Kollegin fort: »Strandkorb Nummer sieben.«

Jetzt pfiff Wolff durch die Zähne. »Warum interessiert sich unser Mann für den Strandkorb der Regierungsrätin, die ihm das Bauen verboten hat?«

Weiter kamen sie nicht in ihren Mutmaßungen, denn Wolffs Handy klingelte.

»Halt dich fest«, sagte der Kollege vom Lagedienst, der im Strafregister nach den Bergmanns fahnden sollte. »Gegen Lars Bergmann liefen Verfahren wegen Bestechung, Hausfriedensbruch, Körperverletzung, Nötigung. Das meiste stammt aus Anzeigen von Hausbesetzern und Umweltschützern. Bis auf 'ne Geldstrafe wegen Steuerhinterziehung ist alles eingestellt worden.«

»Na, so spannend ist das nun nicht.«

»Aber jetzt wird's spannend: Seine Frau Linda wurde vor etlichen Jahren vom Landgericht Berlin wegen fahrlässiger Tötung verurteilt.«

»Verkehrsdelikt?«

»Nix da. Eine Mieterin in einem besetzten Haus in Berlin-Friedrichshain hat angezeigt, dass die Gasheizung schadhaft ist. Und das hat die feine Linda nicht an den Hauswart weitergegeben. Die junge Frau ist nachts an ausströmendem Kohlenmonoxyd erstickt.«

20

Linda Haas-Bergmann saß auf einer kleinen Piazza in der Nähe des Arno und schaute einem Wasserspiel zu. Eine Wippe, die immer dann kippte, wenn das Gefäß an dem einen Ende mit Wasser vollgelaufen war.

Was für eine idiotische Idee, Florenz wiederhaben zu wollen, dachte Linda. Sie war die alten Wege abgelaufen, weg von den Touristenpfaden von der Piazza della Signoria nach Santa Croce, hatte einen Abstecher gemacht in die Via dei Rustici mit kleinen Galerien moderner Künstler und zum Kirchplatz, auf dem sie vor langer Zeit Skizzen gefertigt hatte. Damals konnte sie noch malen. Dann verfiel sie einem Studenten der Betriebswirtschaft in Berlin und folgte ihm fünfundzwanzig Jahre lang. Und jetzt? Hat sie denn gedacht, sie brauchte nur ihr marmorgefliestes Bad gegen einen betonierten Raum auszutauschen, in dem das Wasser in ein Loch auf dem Fußboden ablief und das Ungeziefer gleich mit? Hat sie gedacht, sie brauchte nur ihr Kostüm auszuwechseln gegen Jeans und Rucksack und dann würde sie in die Akademie gehen und wieder malen? Sie konnte den Pinsel nicht mehr führen, ihre Hand hatte sich verändert. Zu viel Geschäftspapier.

Linda starrte auf die Wippe, die jetzt kippte und das Wasser wieder aus dem Gefäß laufen ließ und dann wieder zurück und dann … Wie ihr Leben. Lange Zeit war sie im Aufwärtsschwung gewesen, aber der Scheitelpunkt war überschritten und jetzt kippten die Ereignisse und brachten sie in eine Situation, in der sie nicht mehr ein und aus wusste.

Du hast es getan, dachte sie, du hast hingeworfen, hast gekniffen, bist abgehauen. Es war wie mit dem Gefäß. Voll, übergelaufen, ausgekippt. Linda schniefte.

Würde sie jetzt auch verfolgt werden? Sie sah den Kommissar Wolff vor der Landkarte Brandenburgs stehen. Er ließ die verdächtige Ehefrau des Investors suchen. Hatte Wolff mittlerweile die Wohnung der Vogt auf den Kopf gestellt, Hinweise auf erfolglose Bestechungsversuche, auf Bedrohung gefunden, wenn sie nicht mitspielen würde?

Ein junger Mann kam vorbei, die dunkelblonden Haare lang bis auf die Schultern, warf ihr einen Blick aus hellen Augen zu. Hatte er Mitleid mit einer traurigen Frau oder hielt er sie für eine durchgeknallte Type? Linda blickte dem Mann hinterher, der sich noch einmal umwandte, vielleicht überlegte, ob er der älteren weinenden Frau helfen sollte. Sie zog den Mund in die Breite. Er erinnerte sie an Lars in seinen Zwanzigern.

Hand in Hand waren sie nach der Wende durch den Ostteil Berlins gegangen, hatten erschüttert die grauen Fassaden, die abgewohnten Mietshäuser betrachtet und überlegt, wie man sie verschönern könnte. Elan hatten sie gehabt, Ideen, sogar Visionen von einer behutsamen Sanierung eines heruntergekommenen Straßenzuges. Der Rausch, verfallende Häuser zu verschönern und zu verkaufen, war längst verflogen.

Linda blickte auf das Wippenspiel, das Gefäß füllte sich, nein, das wollte sie nicht noch einmal mit ansehen. Sie griff zum Taschenspiegel. Florentiner Hitze, Tränen und wasserlösliches Make-up vertrugen sich nicht. Ein fremdes Gesicht mit schwarzen Bahnen abgeweinter Wimperntusche über den Wangen blickte ihr entgegen.

Vielleicht sollte sie in die nächste Kirche beichten gehen. Ich habe einen Verbrecher geliebt, Padre. Habe sogar mitgemacht,

Schwarzgeld beiseitegeschafft, ab und zu eine Immobilie zu teuer verkauft. Kleine Sünden kann man vergeben, würde der Padre finden, und dann würde sie den Spendenbehälter füllen. Aber konnte sie beichten, dass eine Frau umgebracht worden ist, die sich gegen die Geschäfte ihres Mannes gestellt hat?

Sind Sie sicher, Signora?

Ja. Das heißt nein, Padre, nicht ganz sicher.

Sie hatte Angst.

21

Die Kaffeemaschine zischte, sie hatte vergessen, Wasser einzufüllen. Verena Starke seufzte. In ihrem Wohn-Schlaf-Kanzleizimmer saß ihr neuer Mandant Lars Bergmann und wartete, dass sie ihm seine von der Kripo beschlagnahmten Computer wiederholte. Und sie stand in ihrer Küche und wusste nicht weiter. Auch ihr letzter Fall hatte ähnlich angefangen. Ein in Mordverdacht geratener Ehemann bat um ihre Hilfe. Sie rettete ihn aus der Haft und geriet bei der Suche nach dem wahren Täter in Lebensgefahr. Jetzt saß da ein Mann aus dem Investorenmilieu, das ihr fremd war. Bergmann selbst war ihr vom Typus her allerdings nicht fremd. Er ähnelte Klaus, ihrem früheren Freund und jetzigen Sozius der Münchener Kanzlei Abraham & Partner, für die sie den Standort Babelsberg aufbauen sollte. Dann hatte Klaus eine andere und sie hatte sich getrennt, zugleich auch von der Münchener Kanzlei. Sie wollte nicht die überlastete Anwältin mit Aussicht auf Teilhaberschaft, vielleicht aber auch auf Burnout sein. Das war das eine. Das andere war: Sie brauchte Geld. Und Bergmann hatte es. Nach ihrer Kündigung fand sie in Babelsberg keinen erschwinglichen Büroraum und stellte fest, dass es wenig spektakuläre Fälle gab.

Ihre Arbeit bestand darin, Bescheide der Jobcenter zu überprüfen oder Scheidungen mittelloser Eheleute durchzuführen, so dass es wie ein Geldregen war, wenn ein Mandant mit einer Rechtsschutzversicherung einen Verkehrsverstoß begangen hatte. Außerdem fühlte sie Neugier, was wirklich geschehen war, und ein bisschen Schadenfreude, dass auch ein cleverer Geschäftsmann mal in der Klemme steckte.

»Kaffee?« Sie kehrte ins Zimmer zurück und schenkte dem ungeduldig mit den Fingern trommelnden Bergmann ein.

»Stoppen Sie diesen Quatsch der Kripo«, sagte er. »Ich will meine Geschäftsausstattung wiederhaben, und zwar sofort.«

Verena runzelte die Stirn. »Wenn ich heute die Beschwerde schreibe, geht das über die Staatsanwaltschaft zum Richter. Frühestens in zwei, drei Tagen haben wir eine Entscheidung.«

»Dann gehen Sie selbst hin und machen Druck.«

»Die beste Verteidigung ist es, wenn man einen Täter präsentieren kann«, sagte sie.

»Präsentieren!« Bergmanns Brauen hoben sich. »Als hätte ich es nötig, einen Verdacht auf andere zu schieben.«

Verena befürchtete, er werde jetzt seine Aktentasche nehmen und gehen. Sie führte die Kaffeetasse an den Mund, bemerkte, dass sie leer war und tat so, als trinke sie den letzten Schluck.

»Sie wollen also einen Täter«, sagte der Unternehmer. »Ich will kein falsches Gerücht streuen. Aber es gab einen Mitbewerber um das Projekt Wellness-Anlage.«

»Wer ist das?«

»Karl Schneider. Bauunternehmer der Generation vor mir.« Es sollte wohl herablassend klingen, aber ein gewisser Respekt schwang mit.

»Herr Schneider soll also für den Mord an Frau Vogt verantwortlich sein?«

Bergmann hob theatralisch die Schultern und ließ sie wieder fallen. Verena notierte den Namen Karl Schneider für eine Internetrecherche. Wäre er ein unterlegener Konkurrent, könnte sie einen Verdacht in seine Richtung lenken und vor allem Zeit gewinnen. Aber, verdammt, sie hatte keine Ahnung, wie es weitergehen sollte, welche Unternehmer, Firmen, Behörden, Interessenvereine bei so einem Riesenprojekt mitmachen würden. Und, noch mal verdammt, warum sollte Schneider eine Regierungsrätin umbringen, wenn er im Kampf um die Baugenehmigung ohnehin unterlegen war?

»Sie wollen ja Namen. Auch wenn es nicht gentlemanlike ist, das auszuplaudern: ich hatte mehrere kleine Verhältnisse.« Bergmann fuhr mit der Hand über Verenas Couchtisch, nahm sie aber gleich wieder weg, als würde ihm klar werden, dass das eine vereinnahmende Geste war. »Vielleicht hat mich eine enttäuschte Frau bei der Kripo angeschwärzt.«

»Anzeigen enttäuschter Frauen sprechen nicht gerade für brauchbare objektive Beweise.«

Verena notierte ein paar Namen und Anschriften von Frauen, die Bergmann nannte.

»Das bleibt unter uns?«, fragte er. »Sie wissen, ich bin verheiratet.«

Verena stand auf, um zu zeigen, dass fürs erste genug geredet wäre. »Ich lege Beschwerde gegen die Aktion der Kripo ein und schreibe für Sie eine Schutzschrift, dass Sie jeden Verdacht von sich weisen.«

Beim Gehen musterte Bergmann das Bild des Judogründers Kanō Jigorō, das Verena aufgehängt hatte, um sich selbst an ihren Weg zu erinnern.

»Judoka?«, fragte er lächelnd und wirkte in diesem Augenblick offen und sympathisch.

»Ich liebe den sanften Weg und die Fairness.«

»Und ich bin zuversichtlich, dass Sie mir helfen können.«

»Gibt es noch etwas, was ich wissen müsste?«

»Ich werde verfolgt.«

Verena sah den Unternehmer verblüfft an. »Von wem?«

Bergmann lachte in einer Weise, als sei das keine intelligente Frage. »Die Person ist mir unbekannt. Neulich ist mir jemand mit dem Fahrrad hinterhergefahren, als ich ausritt, er kreuzte mehrfach meinen Weg. Dann hat mir jemand vorm Schwimmbad aufgelauert, als ich mit Geldgebern von einer Ortsbesichtigung kam. Als er merkte, dass ich ihn gesehen hatte, ist er weggelaufen.«

»Wie sah der Mann aus?«

»Haben Sie mal die Typen gesehen, die militant agieren? Die zeigen ihr Gesicht nicht. Ich weiß nicht mal, ob es ein Mann oder eine Frau war.«

»Vielleicht kann die Polizei die Person identifizieren.«

»Vergessen Sie's. Wenn ich auf die Polizei vertrauen würde, wäre ich vermutlich schon tot.«

Er gab ihr die Hand und verließ ihre Wohnung.

22

Hinter der Vitrine im Wohnzimmer Bergmanns verbarg sich eine Tür. Diesmal hielt sich Wolff nicht damit auf, Lehmann zu rufen, der sich ans Beschneiden der Hecke gemacht hatte. Zu groß war seine Neugier. Mit Hilfe seines Zieh-Fix war es kein Problem, das Schloss zu öffnen. Wegen der zweiten Eingangstür an der Schmalseite des Hauses war er davon ausgegangen, dass Linda Haas-Bergmann hier ihr Büro hatte.

Aber jetzt stand er in einem weiteren Wohnraum, der das genaue Gegenteil des rustikalen Zimmers auf der anderen Seite war. Überrascht zog er die Luft ein. Weiße Wände, gefliester Fußboden, bedeckt mit einem riesigen Berberteppich, eine weiße Couchgarnitur aus Leder, davor ein niedriger Glastisch. Die einzigen Farbtupfer waren knallrote Kissen. Trotz des warmen Wetters waren die Fenster mit Lamellenvorhängen fest verschlossen und die Luft roch abgestanden. Wolff bemerkte einen blinkenden Anrufbeantworter und dachte daran, dass Linda Haas-Bergmann nach Angaben des Hausmeisters ihre Wohnung gestern Abend mit einem Koffer verlassen hatte.

»Wow«, sagte Katja, die hinterhergekommen war.

Wolff war sich nicht sicher, ob das der Inneneinrichtung galt oder dem Umstand, dass die Eheleute Bergmann sich räumlich getrennt hatten.

»So 'ne Mauer hätt ich bei mir zu Hause auch gern, aber in 'ner Zweizimmerwohnung geht das schlecht.«

Wolff hielt es für besser, nicht näher nachzufragen. »Die Dame des Hauses ist ausgeflogen.« Er berichtete Katja, was der Hausmeister ihm über den Streit zwischen den Eheleuten mitgeteilt hatte.

»Und jetzt macht Linda auf kunstsinnig in Florenz?«

»Ich tippe eher drauf, dass es ihr hier zu heiß geworden ist. Sie ist vorbestraft wegen fahrlässiger Tötung im Zusammenhang mit einem Sanierungsobjekt in Friedrichshain.«

Katja, die bewundernd die teure karge Einrichtung anschaute, fuhr herum. »Ey, was hast du grad gesagt? Fahrlässige Tötung?«

»Eine Mieterin ist im Schlaf durch ausströmendes Kohlenmonoxid vergiftet worden. Frau Haas-Bergmann wusste von der schadhaften Heizung und hat nichts unternommen.«

Katja ließ sich auf die Ledercouch fallen und streckte die langen Beine von sich. Ihre weißen Jeans wiesen einige Flecken auf und das T-Shirt war zerknittert. Wolff dachte, dass seine hübsche Kollegin auch schon einmal gepflegter ausgesehen hatte. »Jetzt hat sie so richtig Schiss und ist abgehauen«, sagte Katja. »Hast du schon mal über 'nen Haftbefehl nachgedacht?«

»Du meinst, einen internationalen HB?«, fragte er ironisch.

»Die ist in Florenz«, sagte Katja. »Unten im Briefkasten lag die

Broschüre über die Schönen Künste. Brauchst sie bloß durch die italienischen Kollegen suchen lassen.«

»Kleinigkeit.« Eine deutsche Frau suchen zu lassen, die vielleicht unter falschem Namen irgendwo in Florenz abgestiegen war, war nicht das, was er vorhatte. »Die wartet erst mal ab, was wir rauskriegen, und dann kommt sie wieder. Die ist viel zu geldgierig, um sich einfach abzusetzen.« Wolff dachte an die sorgfältig zurechtgemachte Geschäftsfrau, die ihm in der Mordnacht im Schwimmbad ruhig und äußerlich emotionslos über das Investitionsvorhaben und den Kampf gegen die Dorfbewohner berichtet hatte. Keine Bemerkung über eine Trennung von ihrem Mann, keine offensichtliche Angst, selbst in den Fokus der Polizei zu geraten.

»Neulich in einem Krimi hat eine Frau das Konto ihres Gatten abgeräumt, die Haare von hell auf dunkel gefärbt und ist abgetaucht«, sagte Katja, die offensichtlich dabei war, sich in die Seele einer Frau, die die Nase voll hat, hineinzuversetzen. »Kein Abschiedsbrief, keine Spur, nichts.«

»Das mit dem Konto können wir klären.«

Katja machte sich auf, die Wohnung zu erkunden. »Ich schau mal, ob Sachen fehlen, die man auf längere Reisen mitnimmt.«

Wolff ließ sie machen, er war froh, dass ihr Ermittlungseifer wiedergekehrt war. Und beim Durchsuchen von Kleidung und Schubfächern war sie ohnehin besser.

Er selbst ging ins Badezimmer, das ganz in Weiß gehalten war, abgesehen von einer tropischen Pflanze, die ihre grünen Ranken weit verteilte. Im Badezimmerschrank fand er Prozac und ein Schlafmittel.

»Na, Linda, Sie scheinen doch Probleme mit dem Leben hier gehabt zu haben«, murmelte er. Dann fiel ihm ein, dass Katja auch Probleme mit dem Leben hatte. Er hoffte, dass sie die mit ihrer robusten Natur ohne chemische Mittel überwinden würde. Etwas später fiel ihm ein, dass Rechtsmedizinerin Bahlke von einem starken Beruhigungsmittel im Magen der Toten gesprochen hatte.

Ein Ausruf der Verwunderung riss ihn aus seinen Gedanken: »Boa, die Linda!«

Er betrat das Schlafzimmer, das ähnlich modern und karg eingerichtet war wie das Wohnzimmer. In der Mitte stand ein breites Bett, bedeckt mit einem weißseidenen Überwurf und roten Kissen.

Katja stand regungslos da und betrachtete ein in kräftigen Ölstrichen gemaltes Porträt, das über dem Bett hing. Eine riesige Frau, weiß das Gesicht, die Augen verdeckt von einer schwarzen Brille, knallrot der Mund, knallrot das Kleid.

»Die Linda hat sich selbstgemalt. Zinnoberrot, Signalrot, Blutrot.«

»Ich hätte Lust auf Kirschtorte«, sagte Wolff.

Katja öffnete die Schiebetüren des Kleiderschranks. Dicht an dicht ordentlich aufgehängte Kleider und Kostüme. Wolff wusste nicht recht, was er tun sollte, und drehte die Musikanlage an. Alte italienische Schlager erklangen. Adriano Celentano. *Azzurro.*

»Ich sag's doch, Florenz.« Katja begann in der ihr eigenen ausgreifenden Art die Schubladen der Wäschekommode zu durchsuchen. Dessous quollen ihr entgegen, viel Satin und Spitze, wenig Stoff.

Wolff hielt es für angemessen, dass es Katja war, die sich mit der Unterwäsche der Haas-Bergmann beschäftigte. Er ging wieder in den Wohnraum, schob die Lamellenvorhänge beiseite, öffnete die Balkontür und trat hinaus.

Die Aussicht gewährte einen Postkartenblick auf den Tiefen See, davor die Wiese mit Laubbäumen und am Horizont der Babelsberger Park. Eben kam die Abendsonne hinter einer hohen Linde hervor. Wolff hielt sein Gesicht ins Helle und versuchte, sich ein wenig zu entspannen. Die Ausbeute dieser nicht vom Richter genehmigten Durchsuchungsaktion war nicht schlecht: Krach zwischen den Eheleuten Bergmann, räumliche Trennung. Linda reist nach einem Streit mit ihrem Mann überstürzt ab, weil ihr das Projekt zu groß geworden ist. Oder aus Angst, dass man sie des Mordes an Vogt verdächtigt? Allein hatte sie das bestimmt nicht durchgezogen, denn der unmittelbare Nutznießer wäre ihr Mann. Wolff dachte an den Vermerk Bergmanns auf der Visitenkarte der Vogt: Strandkorb Nummer sieben.

Seine kurze Entspannungspause endete abrupt.

»Ich glaub, mich knutscht ein Elch«, hörte er Katja von drinnen rufen.

Schnell trat er wieder ins Schlafzimmer. Seine Kollegin stand vor der Kommode, BHs und Slips in allen Farben und Materialien lagen auf dem Fußboden. Sie hielt ein Notizheft in die Höhe. Papier, mit der Hand beschrieben. Wolffs Kriminalistenherz machte einen Sprung.

»Denken ist nur ein Traum des Fühlens, ein erstorbenes Fühlen«, deklamierte Katja. »Ist ein Zitat«, fügte sie hinzu, als Wolff die Stirn runzelte.

Hört sich spinnig an, dachte er, jedenfalls kriminalistisch unverwertbar.

»Lars, du dachtest schon lange wieder, als ich noch fühlte. So wie das Licht zum Herbst kälter und silbriger wurde, das Grün brauner, erstarb dein Fühlen.«

»Nichts als 'ne abgekühlte Liebe.« Wolffs kurze Freude war verflogen.

»Da springt bei mir 'ne innere Tür auf.« Katja starrte ins Weite. »Aber das verstehst du nicht.«

Wolff zog es vor, nichts zu sagen.

Katja setzte sich auf das Bett der Haas-Bergmann und blätterte hektisch. »Da kommt noch ganz viel: *Jahrelang brav herumgetrabt, Kontakte machen, Gefälligkeiten erbringen, Abhängigkeit schaffen. Meine Lust ist groß, mit einer Sprühflasche VERBRECHER auf deine Häuser zu spritzen. Aber das wäre nichts als Fliegenscheiß an einem Schloss.«*

Wolffs Interesse kam wieder. Gern hätte er sich neben Katja

aufs Bett gesetzt und mitgelesen, aber er fühlte Scheu davor. »Lies weiter«, sagte er.

»Mir ist ein Gedanke gekommen, der mich erschreckt und fasziniert. Wenn ich der Kripo sage, wie's wirklich war? Soll Lars doch auffliegen. Aber er fliegt nicht auf. Alles Fliegenscheiß.« Katjas grüne Augen leuchteten, während sie weiterlas. *»Ich kenne deine Vorliebe für Ärsche auf den entscheidenden Stühlen. Bei Claudia vom Bauamt Berlin-Mitte hat's geklappt. Erst die Liebe. Oh, Cl-oh-oh-diehn. Dann dein Anliegen. Als du die Baugenehmigung hattest, konntest du Cl-oh-oh-diehn nicht mehr sehen. Wie die Frauen sich doch verändern.«*

Wolff musste lachen. Katja lachte nicht.

Verbrechen werden häufig durch Rache aufgedeckt, dachte er. Nicht wir sind die großen Aufklärer. Das Leben ist es, die verletzten Gefühle. Aber das sprach er Katja gegenüber lieber nicht aus. Stattdessen sagte er: »Das Tagebuch nehme ich mit.«

23

O-Goshi war ein bekannter Wurf im Judo. Verena Starke war diesmal *Uke*, die Angegriffene und Geworfene. Sie war ins Sportstudio Satori in Babelsberg gegangen, um Judo zu üben, die beste Art, um Abstand zwischen sich und ihrem neuen Fall zu wahren. Hier in der Kampfsporthalle traf sie Judoka, denen es egal war, welchen Beruf sie ausübte, wie viel Geld sie verdiente, ob sie Ehefrau und Mutter war oder die abgehalfterte Freundin, die nicht mehr mit ihrem Kollegen und Exfreund Klaus gemeinsam in der Münchener Großkanzlei Abraham & Partner arbeiten wollte.

Verena schob einen Fuß vor, ihre Partnerin, die jetzt Tori, die Angreiferin, war, drehte sich bis zur Blockade von Verenas Hüfte ein, hob sie mit Schwung hoch, zog sie mit kräftigem Zug am Arm und viel Druck nach vorn und warf sie über die Schulter. Verena wusste, dass auch sie mit ihren einssechzig, wie sie die fehlenden zwei Zentimeter gern überspielte, ihre einen Kopf größere Partnerin werfen konnte, obwohl mehrere Gewichtsklassen zwischen ihnen lagen. Früh hatte Verena erkannt, dass sie als zierliche und dazu noch hellblonde Frau nur ein Mittel hatte gegen das Unterschätztwerden: Geschickt-, Wendig- und Starksein. Sie trugen beide blaue Gürtel, obwohl Verena mittlerweile dabei war, sich das Können für den Braunen anzueignen.

Verena erhob sich von der Matte und wäre jetzt Tori, die Angreiferin, als ihr Handy klingelte. Sie entschuldigte sich bei ihrer Partnerin mit einer demütigen Verbeugung, murmelte etwas von dringenden Angelegenheiten.

»Meine Frau ist weg«, dröhnte ihr die Stimme ihres neuen Mandanten entgegen.

Die Haas-Bergmann hat Dreck am Stecken, war das Erste, was Verena dachte. »Herr Bergmann, ich rufe Sie zurück.«

»Die Kripo hat nicht nur die Geschäftsräume durchsucht, sondern auch noch meine Wohnung und die von Linda. Dieser Kommissar hat mit meinem Hausmeister gequatscht. Linda ist abgehauen. Sie müssen diesen Wahnsinn stoppen.«

Nein, dachte Verena, ich ziehe mein Training durch. Disziplin war die hervorragende Eigenschaft einer Judoka. »Wenn Ihre Frau abgereist ist, kommt es auf eine Stunde mehr nicht an. Ich melde mich.« Damit schaltete sie ihr Handy ab, näherte sich ihrer Partnerin und verbeugte sich erneut.

Sie übten jetzt *Sumi-Gaeshi*, die Eckenkippe, bei dem die Angreiferin ihren rechten Spann von innen in den rechten Oberschenkel der Gegnerin einhakte, sich auf den Rücken fallen ließ und die Gegnerin über die Schulter warf.

»Autsch!« Verena fing den Fall auf die Matte nicht optimal ab und fiel hart auf die Schulter.

»Neue Liebesprobleme?«, fragte ihre Gegnerin in Anspielung auf ihre Trennung von Klaus aus der Münchener Anwaltskanzlei.

»Fremde Eheprobleme, zum Glück«, sagte Verena lachend, aber sie spürte die Unruhe hochkommen. Bekam der Mordfall eine neue Dimension?

Zum Abschluss des Trainings verneigten sich beide voreinander, und Verena dachte, dass es beim Kampf um Investorenland nicht so fair und ehrerbietig vor sich gehen würde.

24

Kommissar Sven Noack hing gegen seine Gewohnheit mit krummem Rücken über dem Schreibtisch, als Wolff nach der Durchsuchung der zweigeteilten Wohnung der Bergmanns bei ihm klopfte.

»Es geht um die Kredite für die Brandenburg-Therme.« Sven tropfte etwas aus einem Fläschchen in die brennenden Augen. »In der Finanzierungsplanung ist die Investorengesellschaft davon ausgegangen, dass die Baugenehmigung ohne Probleme erteilt wird. Hier ein Schreiben der Bank.« Er nahm von den auf seinem Schreibtisch ausgebreiteten Unterlagen ein Schriftstück und reichte es Wolff.

Der Fortschritt des Projekts wird durch politische Gegenströmungen und radikal agierende Nutzer des Geländes behindert. Wir beabsichtigen deshalb, den Kreditvertrag zu kündigen, es sei denn, Sie weisen uns nach, dass die Baugenehmigung alsbald erteilt wird.

»Unserem Investor steht das Wasser bis zum Hals«, sagte Wolff, »der arbeitet jetzt mit allen Mitteln.« Er berichtete Sven, den er seit der gestrigen Besprechung nicht mehr gesehen hatte, von dem Überfall auf Ina Kowalski. »Sie soll Weideland abgeben für Bergmanns Projekt. Sie hat Anzeige gegen unbekannt wegen Körperverletzung und Nötigung erstattet.«

Sven wiegte den Kopf. »Wie willst du nachweisen, dass Bergmann dahintersteckt?«

»Vielleicht finden wir 'ne Rechnung eines dubiosen Security-Unternehmens«, sagte Wolff, mühsam grinsend. Er wusste, dass manche windigen Büros auch Aufträge zur Einschüchterung unliebsamer Personen annahmen, allerdings erfolgte die Entlohnung derartiger Dienste meist in Cash ohne etwas Schriftliches.

»Im Augenblick komme ich mit Bergmann nicht weiter. Passwortgeschützte PCs. Die Techniker sind am Ball«, sagte Sven. »Immerhin etwas Interessantes habe ich.« Er hielt ein Ticket in die Höhe. »Bergmann hat einen Flug nach Peking gebucht. Er lässt dort Eigentumswohnungen errichten.«

»Wann fliegt er?«

»Übermorgen. Der Rückflug ist noch nicht gebucht.«

»Darauf einen Kirschkuchen.«

Wolff war eingefallen, dass er von Frau Gaulands Bäckerladen Proviant mitgebracht hatte. Er ging zu seinem Roller, in dessen Hecktasche der Kuchen lag, brachte ihn hoch und stellte ihn in den Kühlschrank der kleinen Kaffeeküche. Dort herrschte Leere bis auf ein Stück Kirschstreusel, wahrscheinlich von letzter Woche, so bröckelig, wie er war. Katja hatte ihn mitgebracht, was sie öfter tat, und Wolff versorgte sie dafür mit landwirtschaftlichen Produkten vom Bauernhof seiner Mutter. Er überlegte, den alten Kuchen zu entsorgen, aber er war von Katja. So nahm er den Kirschstreusel und ein Fläschchen selbstgebrannten Kirschschnaps, ebenfalls vom Hof seiner Mutter. Nach so vielen Stunden Ermittlungsarbeit konnte er sich eine kurze Verschnaufpause gönnen.

Wolff betrat sein Dienstzimmer, das größer als das seiner Kollegen war, und zur Hälfte von zwei aneinandergestellten Tischen sowie zwölf Stühlen vereinnahmt wurde, an denen er seine Kollegen zu den morgendlichen Besprechungen zusammenrief. In einer Nische hatte er sein Lieblingsstück aufgestellt: eine Chaiselongue von seinen Großeltern, die viele Jahre auf dem Dachboden gestanden hatte, bis er sich an die *Tschäselong* erinnerte und bemerkte, dass man sich darauf wunderbar für eine kurze Pause ausstrecken konnte. Seine *Tschäse* war mit weinrotem Samt bezogen, der an der Lehne vom Kopf seiner Großmutter, die darauf ihre Mittagschläfchen gehalten hatte, abgelegen war.

Wolff spülte die trockenen Streusel mit einem Schluck Kirschwasser hinunter und streckte sich für ein paar ruhige Minuten auf seiner *Tschäse* aus, die Hände überm Bauch gefaltet, die Augen geschlossen. Sein kaputter Knöchel schmerzte nach fünfzehn Stunden Arbeit vor Ort. Aber sollte er sich für den Innendienst bewerben? Nee, danke. Er dachte über die Bergmanns nach, die sich im Kampf auf dem rauen Immobilienmarkt auseinandergelebt hatten und nur noch nach außen das überzeugende Power-Paar gaben. Er überlegte, ob Bergmanns China-Flug Fluchtgefahr bedeutete. Linda war bereits abgetaucht. Fluchtgefahr eines Täters bedeutete in der Regel Haftbefehl. Müsste er den beiden nur den dringenden Tatverdacht des Mordes an Milena Vogt nachweisen – Kleinigkeit, dachte er sarkastisch.

Nach einer Viertelstunde stand er wieder in Sven Zimmer und berichtete dem Kollegen, dass Linda Haas-Bergmann wegen fahrlässiger Tötung verurteilt worden war.

Sven fuhr in die Höhe. »Die Frau weiß von einer morschen Gasheizung und nimmt in Kauf, dass eine Mieterin umkommt?«

»Stell mal alles zusammen, was du über den Gas-Tod der Mieterin in Friedrichshain findest.« Wolff setzte sich auf den Stuhl gegenüber Svens Schreibtisch, streckte die Beine von sich.

Sven drehte sich zu seinem PC. »Hier, ich habe einen alten Zeitungsartikel gefunden: *Der Tod kommt im Schlaf. Eine defekte Heizung ist die Ursache für das Drama in Berlin-Friedrichshain.*

Eine junge Frau ist an einer Kohlenmonoxidvergiftung gestorben. Das giftige Gas ist farb- und geruchlos, erklärt die Feuerwehr. Die Konzentration steigt unbemerkt an, bis es zur Unterversorgung mit Sauerstoff und zu Bewusstlosigkeit und Atemlähmung kommt.«

»Es gibt Kohlenmonoxid-Melder«, sagte Wolff. »Aber natürlich nicht in einem Haus, aus dem die Mieter vertrieben werden sollen.«

Sven las weiter vor: *»Der Eigentümer des Mietshauses, LB-Immobilien, sprach der Familie der Toten sein Beileid aus. Die Anlage sei regelmäßig gewartet worden, betonte er.«*

»Lars Bergmann-Immos.« Wolff schnaufte.

»Oder Linda Bergmann?«, fragte Sven.

Wolff zuckte die Achseln. »In der Todesnacht habe ich länger mit Linda gesprochen, da hatte ich nicht den Eindruck, dass sie über Leichen geht, um ein Mietshaus leer zu bekommen. Wie man sich doch täuschen kann.«

In diesem Augenblick klopfte es, und eine kleine drahtige Frau mit blondem Pferdeschwanz betrat den Raum.

»Entschuldigung, wenn ich Ihre Besprechung störe.«

Das gibt's doch nicht, dachte Wolff. Offensichtlich hatte es Rechtsanwältin Verena Starke geschafft, am Pförtner vorbeizukommen.

»Ich bin die Anwältin von Herrn Bergmann«, platzte Starke heraus.

Wolff räusperte sich. »Eine Vollmacht liegt für Sie nicht vor.«

Die Rechtsanwältin zog die Vollmachtsurkunde aus ihrer knallroten Tasche. Rot ist anscheinend Modefarbe, dachte Wolff, Katja hat auch so eine rote Tasche. Und dieses Ölgemälde von der Haas-Bergmann über ihrem Bett war auch so rot. Und Kirschtorte war sein Lieblingskuchen. Dann dachte er, dass sein übermüdetes Gehirn Quatsch produzierte.

»Herr Bergmann ist völlig außer sich, dass die Kripo sein Büro ausgeräumt hat«, sagte Starke.

»Na, der große Investor scheint ja was zu verbergen zu haben«, bemerkte Wolff süffisant.

Er mochte die junge Anwältin, die vor wenigen Monaten mit viel Elan einen Unschuldigen verteidigt hatte. Und sie mochte ihn, seit er sie aus Lebensgefahr gerettet hatte, in die sie in der naiven Annahme, selbst den Mörder überführen zu können, hineingeraten war. Aber als seine Gegnerin in Sachen Bergmann wollte er sie nicht haben.

»Ich werde mich beim Richter beschweren. Mein Mandant will seine PCs zurückhaben«, konterte Starke. »Es gibt keinen Anhaltspunkt, dass er in einen Mord verwickelt ist.«

»Beschweren Sie sich ruhig«, sagte Wolff. »Ist schließlich Ihr Job. Und unser Job ist es, einem Mordverdacht nachzugehen.«

Er geleitete die Rechtsanwältin zum Ausgang und öffnete ihr übertrieben galant die Tür.

»Mit ihrer Beschwerde wird die Anwältin vielleicht recht bekommen«, sagte Sven als Wolff wieder ins Zimmer trat.

»Deshalb sollten wir die Sachen auswerten, ehe der Gerichtsbeschluss da ist. Schau mal, ob du ein paar Kollegen auftreiben kannst, die frischer sind als ich.«

Sven sah ihn zweifelnd an. »Wir können doch nicht Bergmanns Unterlagen durchsehen, jetzt wo die Anwältin Beschwerde einlegen will.« Er blätterte in der Strafprozessordnung.

»Du ewiger Bedenkenträger«, sagte Wolff sarkastisch.

Er befürchtete ja selbst, dass der Richter das ähnlich wie die Starke sehen würde. Und dazu das Tagebuch, das Katja in den Dessous der Haas-Bergmann gefunden hatte … Aber das würde er auf seine Kappe nehmen. Es war zu verlockend, Geheimnisse zu erfahren, und ja, die Früchte des verbotenen Baums schmeckten halt süß.

»Ich halte mich eben an die Gesetze«, sagte Sven pikiert.

»Whow.« Wolff hieb mit der Faust auf Svens Schreibtisch und

stand auf. Seine Laune war seit dem Besuch der Anwältin auf dem Tiefpunkt.

In der Tür wandte er sich um. Sven sah gekränkt aus. Er öffnete den Mund zu einer Erwiderung und schloss ihn wieder.

»Sei ruhig widerspenstig.« Wolff sah, dass Sven angestrengt an ihm vorbeiblickte. »Du bist mein gutes Gewissen.«

Sven lachte gequält. »Der Stachel im Fleisch des Chefs.«

»Genau. Eine sinnvolle Aggressivität erfordert das Bewusstsein, auf dem richtigen Weg zu sein.« Wolff hob die Faust und ging zur Tür. »Nur noch ein Tag, dann fliegt Bergmann nach China.«

25

Wolff litt nicht unter Schlaflosigkeit. Aber in dieser Nacht blieb er wach. Er spürte eine unangenehme Mischung aus Müdigkeit nach den beiden anstrengenden Ermittlungstagen und Unruhe, die ihn am Einschlafen hinderte. Er wollte etwas tun und wusste nicht was.

Er ging ins Wohnzimmer, blickte auf seine Märklin-Eisenbahn, die seit zwei Tagen nicht mehr fuhr. Er setzte sich auf den Boden, bestückte den neuen grünen Ladecontainer mit der Aufschrift *Evergreen*, lud ihn auf einen Güterwaggon, baute ein paar Gleise an, ließ die Bahn tuten und fahren. Aber die Freude über die voll funktionstüchtige Eisenbahnanlage blieb aus. Er legte sich auf die Couch, die Beine über der Lehne, starrte ins Dunkle. Sollte er das Tagebuch der Linda Haas-Bergmann zurückbringen? Aber er wollte weiterlesen, weiter durchs Schlüsselloch gucken.

Weghören, wegsehen, weggehen. Ich bleibe. Ich will es wissen. Und habe Angst davor. Wie beruhigt es, nicht genau zu wissen. Wissen ist schlimm.

Was würde der Richter zur Beschwerde der Rechtsanwältin Starke sagen?

›Woher haben Sie denn das Tagebuch, Herr Wolff?‹

›Es lag so herum, Herr Richter.‹ Versteckt in der Unterwäsche, aber das brauchte der Richter nicht zu wissen.

›Haben Sie schon mal was vom Persönlichkeitsrecht gehört?‹

›Ich dachte, es ist 'ne Kladde, wo die Frau ihre Ausgaben reinschreibt.‹

›Pech für Sie, Herr Kommissar. Verwertungsverbot!‹

Draußen war das Fauchen und Kreischen miteinander kämpfender Katzen zu hören. Wolff stand auf von seiner Couch, schloss das Fenster. Er ging an seine Bar und goss sich einen Hennessy ein. Mann Uwe, sagte er zu sich, bau dir nicht 'ne Falle, noch kannst du zurück. Wieder rein in die Wohnung, das Tagebuch dahin, wo du's gefunden hast. Gleich morgen früh.

Potsdam, 7. Juni

Der Tag, der alles verändert hat. Lars telefoniert. Ich höre seine gehetzte Stimme. Keine Baugenehmigung. Beschwerde beim Vorgesetzten erfolglos. Widerspruch dauert zu lange. Schnell muss es geschehen, die Banken, die Kredite ... Ich wollte wirklich nicht lauschen. Aber ich hab was von einer windigen Detektei gehört ...

Mit dem Glas in der Hand starrte Wolff in die Nacht und tat das, was ihm schon öfter geholfen hatte. Im Geist schob er die Personen wie Schachfiguren hin und her. Milena, das Mädchen vom Land, hat in der Politik Karriere gemacht. Kehrt zurück in die Heimat, ist gegen die Wellness-Anlage, versagt die Baugenehmigung, um die Wiesen ihres Dorfes zu retten. Vor allem ist sie dafür, weil Umwelt- und Naturschutz in ihrer Partei gerade angesagt sind. Milena gerät an einen kämpferischen Gegner. Bergmann. Sein Plan ist da. Das nötige Kapital ist da. Alle Zeichen stehen auf Sieg. Da kommt die neue Regierungsrätin und ist dagegen. Die Kapitalgeber ziehen sich zurück. Bergmann muss Kredite mit hohen Zinsen zurückzahlen. Das kann er nicht, wenn das Wellness-Zentrum nicht gebaut wird. Ihm droht Insolvenz.

Jetzt ist der Kommissar am Ball. Ein Zeichen, dass es mit Lars zu Ende geht? Ist er erstmalig wirklich zu weit gegangen? Einer, der immer wusste, wie weit er zu weit gehen durfte??

Neuer Schachzug. Was ist mit dem Bauamtsmenschen Sabrinski? Milenas Tod kommt ihm entgegen, denn er will ihren Job. Wahrscheinlich ist er für die Baugenehmigung, auch wenn der Taktiker das nicht direkt ausspricht. Mordet man dafür?

Und der Bürgermeister? Weber hasste Milena, das war seinem aufgebrachten Minenspiel heute Nachmittag an der Imbissbude anzusehen. Milena, Nestflüchtling, ist plötzlich wieder da und will seinen Posten. Aber Weber hat für die Mordnacht ein Alibi. War brav zu Hause. Seine Frau wird's bestätigen, was nicht viel besagt, wenn's um Auftragsmord geht.

Zurück zu Bergmann. Warum beschwert er sich nicht bei Vogts Vorgesetzten, geht weiter bis zum Landrat? Weil sie bis in die Spitze gegen das Wellness-Zentrum sind? Wäre ganz was Neues, dass Brandenburger Politiker gegen ein Großprojekt wären. Was hätte es Bergmann genutzt, allein die Regierungsrätin zu beseitigen?

Wolff nahm einen Schluck Hennessy, spürte der Wärme hinterher, durch die Kehle bis in den Magen. Neuer Gedanke: Vielleicht hat Milena den Bergmann erpresst? Was ist mit der toten jungen Frau aus Friedrichshain? Fahrlässige Tötung, so ein Schandfleck macht sich nicht gut auf 'ner weißen Weste. Aber dafür ist Linda verurteilt worden. Wie sollte Milena den Bergmann damit erpressen?

Gedankenspiele. Okay, Kai Nehrkorn beschuldigt ihn, aber ist der Typ in seinem Hass aufs Establishment glaubwürdig? Ach ja, Ina Kowalski. Milena und sie, Mädchen-Feindschaft mit langer Tradition. Schon ihre Eltern waren zerstritten. Die jüngere Milena hatte immer die Nase vorn. Zeigt deutlich ihre Verachtung für die bodenständige Ina. Reicht das für 'nen Verdacht? Wolff schüttelte den Kopf. Er traute es der Ina nicht zu.

Bleibt die Linda und ihr Tagebuch.

Soll ich dem Kommissar sagen, dass es einen alten Stasi-Typen mit seiner Firma gibt? Der Dienste jeder Art anbietet, wirklich jeder Art.

Wolff dachte an den Anruf von Doris Bahlke: Flunitrazepam wirkt unterschiedlich. Der Mörder muss das Opfer gut gekannt haben. Ist jemand beauftragt worden, Milena zu beobachten? Dafür könnte der Tagebucheintrag mit dem Stasi-Typen und dessen dubiosen Dienstleistungen sprechen. Sollte der sich um Milena in spezieller Weise kümmern?

Ob ich endlich alles aufdecke? Verzweifelte kommen auf komische Ideen.

Wolff spürte das Bedürfnis nach Bewegung. Herumlaufen im Wohnzimmer ging nicht, weil die Eisenbahn den freien Boden einnahm. Er musste etwas tun. Er erinnerte sich an einen früheren Kumpel aus der Handball-Nationalmannschaft, der später fürs Ministerium für Staatssicherheit gearbeitet hatte und seine dort erworbenen Kenntnisse heute geldbringend in der Beobachtung, Verfolgung, Einschüchterung von Menschen anbrachte. Bergmann hatte sich nach der Nummer von Milenas Strandkorb erkundigt. Abgeschieden, ein kleiner Klapptisch fürs Fitnessgetränk, das sie immer in einer Thermoskanne mit sich herumtrug. Kein Problem, da was reinzuschmuggeln.

Der Cognac war ausgetrunken. Eine Entscheidung stand an. Die Haas-Bergmann war abgetaucht. Und Bergmann wollte übermorgen nach China. Wie war das mit den zwei Arten von Ermittlungen? Da gibt's die gesetzmäßige Variante, die mit dem Gerichtsbeschluss. Und dann gibt's die erfolgreiche …

26

Was für eine Schnapsidee, nachts um zwei ins Kommissariat zu fahren. Schlafen wäre angezeigt, aber Wolff konnte das Bild der Tagebuch schreibenden Linda nicht verdrängen. Der Himmel war verhangen, keine Sterne waren zu sehen und am Horizont grollte es. Erste Regentropfen trafen ihn, als er vor der Direktion aus dem Auto stieg. Ein Gewitter kam näher und Wolff dachte, dass er sich auf seine Chaiselongue legen und noch ein bisschen im Halbschlaf grübeln sollte, ob er morgen früh einen Haftbefehl gegen die Bergmanns erwirkte oder nicht. Oder ob er Linda das Tagebuch zurückbrächte oder nicht.

Er öffnete mit seinem Dienstschlüssel, ging an der Wache der Schutzpolizei vorbei über den Hof in das alte Backsteingebäude. Es war dunkel bis auf die schwache Nachtbeleuchtung. Er stieg hoch zur zweiten Etage und ging den Gang entlang zu seinem Zimmer. Lange war es her, dass er hier ein paar Nachtstunden verbracht hatte. Meist hatte es sich dann aus unterschiedlichen Gründen nicht mehr gelohnt, noch nach Hause zu fahren.

Er öffnete seine Tür. Die Scheinwerfer, die draußen den Platz beleuchteten, warfen gespenstische Schatten ins Büro. Die Wedel der Phönixpalme, mit der ihn Katja beglückt hatte, wirkten wie Geisterfinger.

Ein spitzer Schrei ließ ihn zusammenzucken. Er machte Licht. Auf seiner Chaiselongue lag Katja und starrte ihn mit aufgerissenen Augen an.

»Was machst du denn hier?«

Blöde Frage. Katja wäre bestimmt nicht hier, wenn sie in ihrem eigenen Bett schlafen könnte. Wie zur Antwort schoss ihr ein Strom Tränen aus den Augen. Während Wolff noch überlegte, was er jetzt tun sollte, heulte draußen ein Sturm auf, ein greller Blitz beleuchtete das Büro, irgendwo schlug eine Tür zu. Katja schrie unterdrückt auf.

»Probleme zu Hause?« Eigentlich wollte er nicht in den Liebeskummer einer Mitarbeiterin eingeweiht werden. Aber hier war etwas geschehen, was es Katja unmöglich machte, zu Hause zu bleiben.

»Wir hatten Zoff«, sagte sie schluchzend. »Ist ja nichts Neues. Aber diesmal ist etwas passiert.«

Wolff wartete schweigend ab.

»Ich hab ihm eine verpasst.«

»Und?« Ein gezielter Handkantenschlag an die Halsschlagader konnte durchaus gravierende Folgen haben.

»Er ist gestolpert und dann mit dem Kopf auf die Heizung. Platzwunde, total viel Blut. Feuerwehr.«

»Tot ist er aber nicht?«

Heftiges Kopfschütteln, erneuter Tränenstrom. »Er war betrunken und hat mich angebrüllt und geschüttelt, dass ich gar keine Überstunden mache, sondern mich rumtreibe. Dann ist er auf mich los ... Und dann ist bei mir die Sicherung durchgebrannt ... Mein Gott, ich hätte ihn umbringen können!« Das Schluchzen schüttelte sie geradezu.

»Manchmal kann man sich nicht abbremsen in so ’ner aufgeladenen Situation.«

»Er zeigt mich an«, stöhnte Katja. »Ein Disziplinarverfahren und ich bin raus.«

»Na, na«, sagte Wolff. Etwas Besseres fiel ihm nicht ein.

Katja beruhigte sich nicht. Ihre Betrübnis der letzten Zeit schien sich Bahn zu brechen, verstärkt durch die Angst, vom Dienst suspendiert zu werden. Eine Polizistin, der die Sicherung durchgebrannt war. Er reichte ihr sein Taschentuch und bemühte sich um Ruhe.

»Ich hol uns mal ’nen Schnaps.« Er ging in die Kaffeeküche.

»Schwarzer Kirschgeist«, sagte er mühsam grinsend, als er wieder im Zimmer war. »Hat meine Mutter gebraut. Ich brauch jetzt 'nen Schluck.« Er setzte die Flasche an die Lippen. Eine Hitzewelle schoss ihm durch den Körper.

»Gib her«, sagte Katja ruhiger.

Er reichte ihr die Flasche, blieb vor ihr stehen, sah zu, wie sie einen Schluck nahm und ächzte, als ihr das Zeug durch die Kehle lief.

»Du kannst dich neben mich setzen.«

Wolff setzte sich auf die Kopflehne der *Tschäse*. »Es war doch bestimmt Notwehr«, sagte er in plötzlicher Verlegenheit.

»Weiß nicht, ging alles so schnell.«

Wolff überlegte, ob er sie jetzt ausfragen und gleich ein Protokoll machen sollte. Aber Katja war in einem seelischen Ausnahmezustand, und er war auch zu unruhig.

Beide schwiegen. Katja schnäuzte sich. Es war unbequem auf der Lehne. Wolffs Bein begann einzuschlafen. Er bewegte es ein wenig. Was für eine verrückte Situation. Das Bein wurde langsam taub. Warum, verdammt, war er hergekommen? Um seine geistigen Schachfiguren noch einmal hin und her zu schieben und dann die Entscheidung zu treffen. Ging halt besser im Büro als neben seiner Spielzeugeisenbahn.

»Morgen gehst du zum Arzt und lässt dich krankschreiben.«

»Und dann?«, schluchzte sie.

Dann muss man einfach abwarten, ob der Typ dich anzeigt, dachte er. Katja soll zu Verena Starke gehen und die Anwältin soll auf Notwehr plädieren. Wolff blies genervt Luft durch die Nase bei dem Gedanken, dass eine Polizistin zur Anwältin ging, um sich in ihrer eigenen Strafsache beraten zu lassen.

Katja kroch an ihn heran, als suche sie Schutz. Er spürte ihren immer noch leicht zuckenden Körper. Ihm blieb nichts übrig, als sie in die Arme zu nehmen.

»Ist ja gut«, sagte er leise und hielt sie fest.

Sie beruhigte sich wirklich. »Hab gar nicht gewusst, dass du so nett sein kannst.«

Er wusste im Augenblick auch nichts. Wieder fuhr ein Windstoß gegen die Scheibe, das alte Glas ächzte.

»Wir können hier nicht so herumliegen, ab sechs kommen die ersten Kollegen«, sagte er.

Nichts geschah.

»Du musst mir helfen.« Ihre Nase bohrte sich in sein Ohr.

Er spürte ihren Atem wie einen warmen, zarten Hauch in sich eindringen. Nein, dachte er, nein, das bringt nichts als Ärger. Er löste seine Arme, sprang auf und sagte streng: »Katja, du gehst gleich morgen zur Anwältin. Ich halte dich auf dem Laufenden mit allem, was hier geschieht.«

»Du schickst mich weg?« Ihre Stimme kiekste. »Wo soll ich denn hin?«

Ja, wohin? Jedenfalls nicht auf seine *Tschäselong* im Dienstzimmer. »Was ist mit deiner Wohnung?«

»Seine Wohnung.«

»Such dir eine hier in Potsdam.« Es klang brüsker, als er gewollt hatte, aber der Drang zur Vernunft wurde kleiner. Draußen trommelte der Nachtregen. Es war kalt.

»Komm her«, sagte Katja, »hilf mir beim Nachdenken.«

»Ein bisschen eng auf der *Tschäse*.«

»Ich mach mich klein.«

Das tat sie auch, und als er sich wieder zu ihr setzte, war genügend Platz da.

»Weißt du, dass ich zu Anfang immer ein bisschen Angst vor dir hatte? Dass ich zu ungeschickt wäre, zu dumm …«

Diese Bedenken musste Wolff zerstreuen. »Du bist die Seele des Kommissariats. Ich bin der Haudegen.« Der Gerechtigkeit halber fügte er hinzu: »Und Sven ist mein gutes Gewissen. Wir passen schon zusammen.«

Katja kicherte sogar ein bisschen. Und kroch näher heran. Jetzt griff sie in seine Haare, und idiotischerweise dachte er, dass er sich vor seinem nächtlichen Aufbruch nicht gekämmt hatte.

»Man kann so schön darin wühlen«, sagte sie.

Er ließ sie machen. Es war zu spät. Im Licht eines grellen Blitzes sah er, dass sich ihre verweinten Züge gelöst hatten, ihre Verspanntheit wich. Er sah auch, dass ihr helles T-Shirt fleckig war. Rotfleckig.

»Ich hatte mein Rotweinglas stehen«, sagte Katja. »Er hat es genommen und gegen mich … ach, egal jetzt.«

Wolff dachte, dass ein geschleudertes Rotweinglas ein Angriff wäre und dass Katja Notwehr üben dürfe. Das fleckige Shirt sollte aus. Es zeugte von Gewalt gegen eine liebenswerte Frau. Das Gefühl, eine Entscheidung treffen zu müssen, war verflogen. Ein anderes Gefühl war da, das jeden Gedanken an den herannahenden Arbeitstag verdrängte. Das Shirt ist ein Beweismittel, war der letzte Gedanke, den sein Kriminalistengehirn ihm funkte. Dann war er bei ihr. Katjas Brüste waren klein, ihr Oberkörper schmal, ganz anders als derjenige Eleonores, die sich von einer hübsch gerundeten Frau zu einer schwammigen Matrone entwickelt hatte.

Er roch, dass Katja nicht geduscht hatte, sie war nicht aufgebrezelt wie bei einem ersten verlegenen Rendezvous. Es war, als müsste es genau so sein. Sie flüchteten zueinander. Katja, weg von ihrem gewalttätigen Mann, hin zu Zärtlichkeit, Wärme, Schutz. Er, weg von der Entscheidung, die vor ihm lag, hin zum Augenblick voll Lust. Sie waren schon lange erwachsen, es war Erfahrung dabei, zugleich Neugier und Unschuld. Einen Augenblick tauchten Pferde vor seinem inneren Auge auf, die nach einem verregneten Tag im Stall auf die Wiese galoppierten. Dann war auch dieses Bild weg und nichts anderes da als eine riesige Kraft, die ihn zu ihr trieb und sie zu ihm. Sie versanken ineinander, er in ihr, sie in ihm.

»Kati«, sagte er und lächelte.

»Hey, Uwe.«

Mittwoch

27

Um sieben Uhr früh war der Anruf vom Lagedienst gekommen. Ein Spaziergänger hatte im Wald einen Toten gefunden.

Der Schreck fuhr Wolff in die Glieder, obwohl er sich sagte, dass dieser Tote wahrscheinlich nichts mit dem Verbrechen an Milena Vogt zu tun hatte. Zwei Leichen in einer Rufbereitschaft waren selten, aber es konnte passieren. Wolff war sehr dankbar, dass er nicht über Videotelefonie mit dem Kollegen vom ersten Zugriff kommunizierte, sonst hätte der gesehen, wie sich Katja verstohlen von der Chaiselongue im Dienstzimmer ihres Chefs erhob, ihre Sachen hastig überstreifte, vorsichtig durch den Türspalt in den Flur spähte und dann blitzschnell in ihrem Zimmer verschwand.

Wolff sagte dem Kollegen, dass er sich auf den Weg mache, nahm eine schnelle Dusche im Sportraum, zog sein Ersatzhemd aus dem Spind und streifte es über, griff seinen Fall-Koffer, den er erstmals nicht darauf kontrollierte, ob alles darin war, und setzte sich in einen Wagen aus dem Fuhrpark der Polizei.

Hoffentlich ein natürlicher Todesfall, dachte er auf dem Weg zu einem größeren Waldstück in der Nähe des Klosters Lehnin, hab genug Probleme an der Backe. Die Entscheidung, ob er einen Haftbefehl gegen die Bergmanns beantragen sollte, musste er aufschieben. Nachher, sagte er sich, der Bergmann startet ja erst morgen früh nach China.

Der Tote trug Reitkleidung. Sein Pferd hatte ihn abgeworfen und war vermutlich zum Stall galoppiert. Kollegen vom ersten Zugriff waren dabei, die Spuren zurückzuverfolgen, um im Reitstall nach der Identität des Reiters zu fragen.

Vor Ort stand ein Wagen der Schutzpolizei, der wie Wolff auf einem Fahrweg für Holzladefahrzeuge gekommen war. Mehrere Polizisten waren dabei, den Tatort abzusperren. Der Tote lag hinter einem Holzstapel. Die ruhige Haltung der Kollegen sagte Wolff, dass er sich nicht beeilen musste. Ein weiterer Polizeiwagen traf ein, aus ihm stiegen zwei Männer und eine Frau aus und zogen ihre weißen Schutzanzüge an. Die Kollegen von der Spurensicherung würden die nächsten Stunden damit verbringen, die Umgebung der Leiche akribisch abzusuchen und Material aufzunehmen.

Drei Walkerinnen sahen fassungslos den Polizisten bei der Arbeit zu und machten ihrem Schreck mit nutzlosen Hilferufen und Weinen Luft. Wolff ging auf die Frauen zu.

»Beruhigen Sie sich, bitte. Gehen Sie zum Streifenwagen und geben Sie dort Ihre Personalien an, vielleicht brauchen wir Sie noch.«

Die Frauen gingen zum Kollegen, die Stöcke hinter sich herschleifend.

Wolff trat zu einem älteren Mann mit einem Dalmatiner an der Leine, der etwas abseits stand und mit offenem Mund den Schauplatz beobachtete.

»Schulze«, sagte der Mann beflissen. »Bin um sieben raus mit dem Hund, meine übliche Runde hier.« Er lachte wichtigtuerisch. »Plötzlich hat Hektor verrückt gespielt, ist losgerast und hat wie wild gebellt.« Er strich dem schwarzweiß gefleckten Hund über den Kopf. »Da bin ich hinterher, und was glauben Sie? Da liegt der Mann im Gestrüpp und ist tot. Dann hab ich gleich eins-eins-null gewählt.« Schulze hängte die Daumen in seinen Gürtel.

»Kommt Ihnen der Mann bekannt vor?«

»Hab ihn öfter um diese Zeit ausreiten sehen. Aber wer er ist, weiß ich nicht.«

Wolffs Kriminalistengehirn notierte: Opfer hat Rituale gehabt. Jemand konnte ihm also auflauern. Er bedankte sich bei Schulze, der ein wenig zur ersten Klärung beigetragen hatte.

Wolff setzte sich auf einen abgesägten Baumstamm und beobachtete den Notarzt, der den Tod des Mannes festgestellt hatte, jetzt seinen schwarzen Koffer nahm und ins Auto stieg. Die Kollegen von der Spusi hockten um die Leiche herum und nahmen Proben auf. Todeszeit gegen sechs Uhr früh, dachte Wolff. Die Zeit, als er mit Katja eng beieinander auf der Chaiselongue gelegen und dieses ungeplante, aufregende, wunderbare Zusammensein genossen hatte.

»Sauber erschossen.« Ein Kollege vom ersten Zugriff trat auf ihn zu. Sein hellblaues kurzärmeliges Diensthemd zeigte Schweißspuren. Es war schwül nach dem Gewitter heute Nacht. »Vor diesem Waldstück ist ein Feld mit einem Hochsitz«, sagte der Kollege. »Da führt der Reitweg vorbei. Der Täter hatte einen ruhigen, übersichtlichen Ort, um sein Zielfernrohr zu platzieren. Das Pferd ist nach den Schüssen in den Wald galoppiert, der Mann hing noch im Sattel. Der Täter hat sich nach der Tat sofort entfernt. Keine offensichtlich verwertbaren Spuren.«

Wolff trat zur Leiche. Es war ein Mann um die fünfzig in teurer Reitkleidung. Er war nach den tödlichen Schüssen offensichtlich zusammengesackt, zur Seite gefallen und mit dem Stiefel im Steigbügel hängen geblieben. Das Pferd hatte ihn noch einige Zeit quer durch die Büsche mitgeschleift, im Stoff der Reitkleidung hatten sich Blätter und kleine Zweige verhakt. Die Kollegen von der Spusi hatten den Toten umgedreht. Er lag jetzt auf dem Rücken in der matschigen Erde.

Graue Augen in einem grauweißen Gesicht starrten in einen grauen dunstigen Morgenhimmel. Über Stirn und Augen des

Mannes waren Blutrinnsale gelaufen, die jetzt eingetrocknet waren. Er war wahrscheinlich mit dem Kopf auf einem Stein aufgeschlagen. Die Kleidung wies vorn kein Blut auf. Offensichtlich war das Geschoss nicht durch den Körper gedrungen, sondern in den Rippen stecken geblieben. Wer war der Tote? Vermutlich ein gutsituierter Mann, der den Reitsport liebte.

In diesem Augenblick klingelte Wolffs Diensthandy. Ein Kollege vom ersten Zugriff teilte mit, dass sie den Weg des Pferdes zurückverfolgt hätten. Sie wüssten jetzt, wer der Reiter sei. Er nannte den Namen.

Wolff stieß Luft aus, als habe ihm jemand mit der Faust in den Magen geschlagen. Wie durch eine Glaswand nahm er wahr, dass die Kollegen den Toten in einen grauen Plastiksack packten, hochhoben und auf eine Bahre legten. Wolff starrte dem Leichnam in seiner Plastikverpackung hinterher, der jetzt durch die offenen Türen ins Innere des Wagens der Rechtsmedizin geschoben wurde. Ihm war schwindlig und flau vor Wut und Entsetzen.

Hatte er bisher den Falschen verdächtigt? War es ein und derselbe Täter, der Milena Vogt und Lars Bergmann auf dem Gewissen hatte? Hätte er diesen zweiten Mord verhindern können, wenn er nicht so lange über dem Tagebuch von dessen Frau gegrübelt hätte, wenn er nicht nachts ins Kommissariat gefahren wäre, mit Katja Liebe auf der Chaiselongue gemacht hätte? Wenn er Lars Bergmann wenige Stunden früher festgenommen hätte?

28

Wolff war vom Tatort zum nächstgelegenen Imbiss gefahren und hatte sich einen starken Kaffee und ein Bauernfrühstück machen lassen. Aber die Hoffnung, dass ein gefüllter Magen die Unruhe nehmen würde, bewahrheitete sich nicht. Immer wieder sah er eine Gestalt auf den Hochsitz steigen, das Gewehr anlegen, durchs Fernrohr zielen, abdrücken, als Bergmann vorbeiritt.

Wolff kaute schwer an seinem Frühstück. Der Tod eines weiteren Menschen während polizeilicher Ermittlungen war der denkbar schlimmste Vorfall. Ein Bericht an den Vorgesetzten war fällig, und über der Tragödie schwebte der Selbstvorwurf, etwas übersehen zu haben. Hätte er Bergmann schützen können? Hatte der Mord an dem Unternehmer überhaupt etwas zu tun mit dem Mord an Milena Vogt? Hatte Bergmann Feinde gehabt, von denen er nichts wusste? Fragen, unbeantwortete Fragen …

»Na, junger Mann, irgendwie sehn Sie nicht so fröhlich aus.« Die rothaarige Imbissbudenbesitzerin neigte sich heraus. »Hier.« Sie schob ihm einen Kümmel über den Tresen.

»Ja, manchmal ist das Leben ganz schön schwierig«, sagte Wolff und kippte den Schnaps, ohne zu zögern.

»Einfach weitermachen. Irgendwas wird werden.«

Mit diesem guten Rat setzte sich Wolff ins Auto und fuhr nach Potsdam. Es ging ihm tatsächlich etwas besser. Das Entsetzen wich, er fühlte langsam das bekannte innerliche Vibrieren. Tu etwas, ermittle, kläre auf, finde den Täter, wenigstens das.

Sein Diensthandy klingelte.

»Herr Wolff, hier liegt eine Anzeige gegen Ihre Kollegin Katja Eickelbaum vor«, sagte sein Vorgesetzter aus der Polizeiverwaltung. »Bitte kommen Sie beide um elf Uhr zu mir.« Aufgelegt.

Wolff schnaufte. Es entwickelte sich alles so schwierig, wie befürchtet.

Katja hatte geduscht und war dabei, ihre feuchten Haare zu kämmen, als Wolff ihr Büro betrat. Er war erstaunt. War sie doch in die Wohnung zurückgekehrt, zu dem Mann, der sie geschlagen und ein Weinglas nach ihr geschleudert hatte?

»Ich war in der Sporthalle«, sagte sie. »War gerade leer, da konnte ich unauffällig in die Dusche.« Sie lächelte verlegen.

Wolff schoss durch den Kopf, wo sie wohl die nächste Nacht schlafen würde. »Der Chef hat uns beide einbestellt. Sag einfach, dass es Notwehr war. Und sonst gar nichts.«

Katja atmete tief und nickte. Sie standen sich gegenüber, wenige Meter entfernt.

»Wie war deine Leiche?« fragte sie.

Wolff entschied sich, ihr jetzt nichts von der Identität des Toten zu sagen. Erst musste diese verdammte Besprechung beim Chef vorbei sein.

»Ich hätte mir statt der Leiche was Appetitlicheres vorstellen können.« Er ging auf Katja zu, nahm sie in die Arme. Sie roch nach Duschzeug und steriler als in der Nacht, aber das war auch gut so.

»Uwe, hilf mir.« Sie legte die Arme um seinen Hals. »Ich hab so Angst, dass der Chef mich rauswirft. Was ist, wenn mein Ex behauptet, dass ich ihn umbringen wollte?«

»Tja, dann siehst du unsere Zelle mal als Insassin.« Wolff löste sich aus der Umarmung, weil er befürchtete, dass gleich ein Kollege hereinkommen würde.

Die nächste Stunde bis zum Antritt zum Appell, wie er das nannte, verbrachte er mit ununterbrochenen Telefongesprächen. Als Erstes rief er Sven an, der vor Ort auf der Suche nach einer Freundin der verschwundenen Linda Haas-Bergmann war. Er berichtete Sven davon, dass Bergmann bei seinem morgendlichen Ausritt einem Mord zum Opfer gefallen war. Selbst der beherrschte Sven sog die Luft ein.

»Behalt das für dich, bis wir uns abgesprochen haben. Und bemüh dich, herauszubekommen, wo die Linda sich aufhält.«

»Schon klar«, sagte Sven.

Als Nächstes rief Wolff die Rechtsmedizinerin Bahlke an und

bat um möglichst schnelle Obduktion. Und sie solle ihn sofort vom Ergebnis unterrichten. Dann war der Leiter der Spurensicherung dran. Spuren vom Weg, den der Mörder genommen hatte, und vom Hochsitz sollten vorrangig ausgewertet werden. Und bitte vorab telefonischen Bericht. Dann der Pressesprecher. Nichts von dem Mord an Bergmann nach draußen geben, auf keinen Fall.

»Was ist mit deiner Kollegin?«, fragte der Pressesprecher, was Wolff einen kurzen Schauer über den Rücken jagte.

»Was soll sein? Eifersüchtiger Ex, der seiner Verflossenen eins auswischen will.«

»Meinst du?«

»Ja, meine ich. Und du kriegst richtig Ärger, wenn du irgendwas rausposaunst.« Wolff fühlte Druck in der Magengegend. Wie konnte diese verdammte Anzeige eines Trinkers sich schon in der Polizei herumgesprochen haben?

Dann rief Rechtsanwältin Verena Starke an.

»Ich habe Beschwerde beim Gericht gegen Ihre Durchsuchung bei Bergmann erhoben.«

»Aha.«

»Mit ziemlich viel Aussicht auf Erfolg.«

Wolff dachte an die Tagebücher, die in seinem Schubfach lagen. Es war zu viel dazwischen gekommen in den letzten Stunden. Vielleicht schaffte er es noch, sie heimlich zurückzubringen. Dem Richter wollte er sie keinesfalls präsentieren. Und er wollte der Anwältin jetzt auch noch nicht sagen, dass ihre Beschwerde ins Leere ging, weil der Betroffene mittlerweile tot war.

»Ich rufe Sie heute Nachmittag an«, sagte er. Er musste Zeit gewinnen, um eine Linie zu finden.

Dann kam Katja und setzte sich auf die *Tschäse* und wirkte so verloren, dass er sich am liebsten danebengesetzt hätte.

»Fünf vor elf«, sagte er. »Los jetzt.«

29

»Nimm dir bloß keine Polizistin zur Frau«, sagte ein Kollege vom benachbarten Morddezernat grinsend, als Katja und Wolff vor der Tür des Chefs der Kripo Potsdam standen.

Wolff spürte, wie Katja zusammenzuckte. »Ich steh auf Polizistinnen«, sagte er. »Bringen einen Kerl zu mehr Selbstkontrolle.« Er dachte daran, dass jeder seiner kriminalistisch geschulten Kollegen mit Leichtigkeit feststellen könnte, was sich letzte Nacht auf seiner Chaiselongue ereignet hatte. Er nahm Katja am Arm und drückte sie behutsam auf einen der Stühle, die im Flur standen, wobei er sich auf den bevorstehenden Appell konzentrierte.

Zunächst hieß es warten. In der Polizeiverwaltung schienen die Uhren langsamer zu ticken. Hier oben war der Hauptkommissar, der Leiter einer Morddirektion, ein kleines Licht. Das war Wolff im Prinzip egal, solange man ihm nicht in seine Ermittlungen hineinregierte. Er konzentrierte sich auf das vor ihm und Katja liegende Gespräch. Es hatte keinen Zweck, jetzt den Draufgänger zu geben. Das, was Katja getan hatte, konnte Notwehr gewesen sein. Oder aber ein gezielter Jiu-Jitsu-Schlag, weil ihr die Nerven durchgegangen waren. Gefährliche Körperverletzung wäre noch das mindeste, schlimmstenfalls versuchte Tötung. Wolff schloss die Knöpfe seines Jacketts, das neben seinem Ersatzhemd und einem zweiten Paar Jeans im Spind hing. Katja hatte ein geblümtes kurzärmeliges Kleid aus ihrem Schrank geholt, das Wolff noch nie gesehen hatte und das ihr einen Ausdruck der Harmlosigkeit verlieh.

Es gehörte wohl dazu, gehetzt von einer Besprechung zu kommen. Diesmal ging es um nächtliche blutige Auseinandersetzungen am Potsdamer Hauptbahnhof. Der Chef, ein Mann von kleiner, schmaler Statur, war ohne Sakko, sein Hemdkragen stand offen und der Schlips war verrutscht. Hinter ihm folgte ein junger Beamter im Anzug. Mit einer stummen Kopfbewegung befahl der Kripo-Leiter den beiden Kommissaren, mit in sein Büro zu kommen.

»Es ist nicht angenehm, eine Strafanzeige gegen eine Kommissarin der Mordkommission zu bekommen«, sagte der Chef. »Wegen versuchter Tötung des Lebensgefährten.« Er ließ sich mit dramatischem Seufzen in die Sitzecke fallen.

Die wuchtige Eichenholzgarnitur, die Wolff noch aus seiner Anfangszeit kannte, war weg. Der Tisch mit der Glasplatte sollte wohl die durchsichtige Hauspolitik darstellen. Nach einem Wink seines Vorgesetzten setzte er sich aufs Sofa. Neben ihm hockte sich Katja zunächst auf die vordere Kante und rutschte dann nach hinten. Der junge Beamte nahm als letzter Platz.

»Das mit der Anzeige stimmt nicht …«, setzte Katja an, stoppte, sagte dann: »Ich habe nicht angegriffen. Er war betrunken und dann …«

Wolff, der befürchtete, dass die Kollegin in ihrer Not zu konkret werden würde, unterbrach sie. »Meine Herren«, er blickte seinen Vorgesetzten und den jungen Mann gleichermaßen an, »als direkter Vorgesetzter habe ich Frau Eickelbaum geraten, sich zunächst mit ihrer Anwältin zu besprechen und dann zu entscheiden, ob sie Stellung zu der Strafanzeige nimmt.«

Er bemühte sich um eine korrekte Polizeisprache. Es stand ein gravierender Vorwurf gegen eine Kriminalbeamtin im Raum. Katja durfte hier nichts preisgeben. War es erst raus, dann würde es seinen Weg durch die Direktion in die Öffentlichkeit bahnen und sie wäre vorbelastet.

»Es war Notwehr«, stieß Katja aufgeregt hervor. »Er hat …«

Jetzt war es der Chef, der zum Glück eine unbedachte Äußerung Katjas unterbrach. »Wenn es Notwehr war, müssen wir gegen Ihren Lebensgefährten, Entschuldigung, gegen diesen Mann wegen Körperverletzung ermitteln. Sie kennen den Straftatbestand der falschen Verdächtigung?« Er fixierte Katja aus müden Augen. »Und den Tatbestand der Verleumdung?«

»Ich habe an der Fachhochschule studiert.« Katja schien zum Gegenangriff übergehen zu wollen.

»Das besagt nicht, dass Sie sich nicht zu … hm … realitätsfernen Angaben gedrängt fühlen könnten.«

Wolff hörte, wie Katja leise schnaufte. »Frau Eickelbaum wird sich gegen jeden Vorwurf verteidigen«, sagte er. »Es gibt Beweise für ihre Unschuld.« Er dachte an Katjas T-Shirt mit den Flecken, die von einem geschleuderten Rotweinglas zeugten, er dachte an die blauen Flecken auf ihrer Brust.

»Es ist jedenfalls … hm … ein sehr grenzwertiges Verhalten«, sagte der Chef.

»Wie reagieren wir denn nun auf die Anzeige gegen Frau Eickelbaum?« Der junge Polizeibeamte, der ein Protokoll erstellen musste, legte die Stirn in Falten und grübelte über einer diplomatischen Formulierung.

»Wir legen einen Vorgang an, ganz normal. Der Vorwurf muss geklärt werden, und zwar unverzüglich.«

Wolff atmete durch. »Ich habe Frau Eickelbaum bereits gesagt, dass ich sie so lange von ihren Aufgaben freistelle, bis sich ihre Unschuld herausgestellt hat.«

»Bringen Sie das mit der Anzeige irgendwie in Ordnung. Ein Verdacht ist halt ein Verdacht.«

»Und nichts weiter«, setzte Wolff fort.

Sein Vorgesetzter lächelte dünn und wollte sich hinter seinen Schreibtisch setzen, da klingelte sein Telefon.

»Was sagen Sie da?«, brüllte er nach einer Weile des Zuhörens in den Hörer.

Wolff witterte die nächste Schwierigkeit. Der Chef deckte mit der Hand die Sprechmuschel ab und schnauzte ihn an:

»Wieso verschweigen Sie mir, dass Lars Bergmann ermordet wurde?«

Verdammt, dachte Wolff, gerade als ich die örtliche Polizeiwache zum Stillhalten verdonnern wollte, rief die Anwältin Starke an. »Ich bin nicht davon ausgegangen, dass ich Sie sofort über ein Tötungsdelikt unterrichten muss, ehe ich den Bericht geschrieben habe«, sagte er.

Natürlich wollte der Chef unverzüglich Bescheid wissen, wenn es um eine öffentlichkeitswirksame Straftat ging, wie das im internen Jargon hieß. Genau das hatte Wolff vermeiden wollten, bis er eine Strategie hatte. Neben ihm war Katja bei der Erwähnung von Bergmanns Tod erschrocken hochgefahren.

»Sie entschuldigen mich kurz, ich möchte meine Kollegin hinausbegleiten.« Wolff gab Katja mit den Augen einen Wink, und sie erhoben sich beide.

»Du willst mich nicht mehr in deinem Team«, sagte Katja vorwurfsvoll, als sie zu zweit im Flur standen.

»Doch«, sagte Wolff, »aber nicht so.«

»Was soll ich denn jetzt machen?«

»Geh zum Friseur. Ich würde gern wissen, welche Farbe deine Haare in echt haben.«

Sie knuffte ihn in die Seite, halb lächelnd, halb verzweifelt.

Wolff trat wieder ins Zimmer des Kripo-Leiters und verzog die Mundwinkel zum Lächeln in der Hoffnung, das Unheil abwenden zu können.

»Wir haben eine ermordete Regierungsrätin der Bauverwaltung, die gegen ein Großprojekt war. Ihr Tod ist bisher ungeklärt«, begann der Chef mit mühsam beherrschter Stimme. »Und jetzt ist genau dieser Investor tot, den Sie des Mordes an der Regierungsrätin verdächtigt haben. Da ist doch etwas schiefgelaufen.«

»Ich hatte noch nicht genügend in der Hand, um Bergmann festzunehmen«, sagte Wolff bemüht, keinen Fehler zu machen.

»Dann wäre er jetzt nicht tot«, bemerkte der Chef.

Wolff versenkte seine Hand in der Jacketttasche und ballte sie zur Faust. »Vielleicht hat den Mörder von Frau Vogt die gerechte Strafe ereilt.«

Der Chef blies Luft aus. »Dann müssen wir uns im Umfeld von Frau Vogt umtun. Jemand wollte vielleicht ihren Tod rächen.«

Wär ich gar nicht drauf gekommen, dachte Wolff ironisch. Er hielt es für besser, jetzt die Klappe zu halten, und erhob sich.

Der junge Polizeibeamte krakelte etwas auf seinem Block, ohne Wolff oder seinen Vorgesetzten anzublicken.

»Geben Sie mir Verstärkung«, sagte Wolff. »Frau Eickelbaum wird sehr fehlen.«

»Ihnen ist klar, dass die Ermittlungen gegen Ihre Kollegin von jemand aus der Verwaltung geführt werden?«

»Natürlich.« Wolff hoffte, dass Katja ihn auf dem Laufenden halten würde. Und noch mehr hoffte er, dass es wirklich Notwehr gewesen war.

»Wir können uns keinen Fehler leisten, wo Kollegin Eickelbaum uns negativ in die Presse bringt.«

»Ich übergebe Ihnen gern die Ermittlungen«, sagte Wolff, wohl wissend, dass die Aufklärung eines Mordes nicht Aufgabe seines Chefs war.

»Sie erstatten mir täglich Bericht. Und zwar persönlich. Auf Wiedersehen.«

Der Vorgesetzte bot ihm nicht die Hand. Wolff ging zur Tür, drehte sich noch einmal um. Beide Männer starrten ihm hinterher.

»Ein Verdacht entsteht hier und hier.« Er deutete auf seinen Bauch und dann auf seinen Kopf. »Ich schreibe Ihnen gern fortlaufend SMS, wie es gerade um mein kriminalistisches Gespür steht.« Er zog die Tür zu.

Als er am Ende des Ganges war, sah er den Pressesprecher kommen. Viel Zeit würde ihm nicht bleiben.

30

Wolff genoss es diesmal nicht, auf seinem Roller zu fahren und sich die warme Luft ins Gesicht blasen zu lassen. Zu groß war der Erfolgsdruck. Vor dem Bürogebäude des Immobilienunternehmers Karl Schneider stellte er den Roller am Rand des Parkplatzes ab, nahm den Helm ab, fuhr sich mit der Hand durch die grauen Locken und betrachtete sein Spiegelbild im Fensterglas. Ein großer, kräftiger, nicht mehr junger Mann in Jeans, Hemd, Sportschuhen. Typischer Kapitalanleger, etwas zerknittert, weil er die Nacht über den Börsenkursen verbracht hat, dachte er und zwang sich zu schmunzeln.

Nachdem er seinen Kripo-Ausweis gezeigt hatte, war es für die Empfangsdame, die anscheinend versuchte, ihre Jugendlichkeit hinter einem taillierten grauen Kleid und schwarzgefärbten, zum Schwalbennest hochgesteckten Haaren zu verstecken, kein Problem, den Chef höchstpersönlich ins Foyer zu holen.

Es kam ein großer, wuchtiger Mann Ende sechzig im dunklen Anzug auf Wolff zu, der ihm hart die Hand drückte.

»Mein Name ist Schneider. Sie sind sicher nicht hergekommen, um sich über Immobilien beraten zu lassen.«

Wolff nickte bedeutungsvoll.

»Wir sind in meinem Büro. Keine Anrufe, keine Störungen, es sei denn, es ist wichtig«, sagte Schneider zu der Empfangsdame. »Hier entlang, bitte.«

Sie gingen einen breiten, in Zartgrau gehaltenen Korridor entlang, dessen Wände mit Gemälden der Vorfahren geschmückt waren. Ein grauhaariger Mann mit glasklaren Augen und zusammengewachsenen Augenbrauen starrte auf den Besucher herunter. Wie ein überdimensionaler Wächter, der den Umsatz kontrolliert, dachte Wolff. Ein anderer hielt sein Kinn mit der mächtigen Furche weit in die Höhe. Dinosaurier der Immobilienwirtschaft, die überall ihre Schilder ins Land gepflanzt hatten.

Schneider führte ihn in ein geräumiges, mit wuchtigen Mahagoni-Möbeln ausgestattetes Büro. Wolff fand, dass sie zum Äußeren des Unternehmers passten. Der wies auf seine altrosa-grau-resedagrün gepolsterte Sitzgruppe, die zehn Personen Platz geboten hätte.

»Kann ich Ihnen etwas anbieten?« Er fügte hinzu: »Keine Sorge, ich meinte Mineralwasser.«

Ohne eine Antwort abzuwarten, ging Schneider durch eine kleine Tür und kam nach kurzer Zeit mit zwei Kristallgläsern und einem Glasgefäß wieder, wie Wolff es vom Dekantieren guten Rotweins kannte, darin sprudelndes Wasser. Er entschied sich, kein Problem damit zu haben, das Getränk anzunehmen. Schneider war sein Zeuge, nicht sein Beschuldigter. Noch nicht.

»Ganz schrecklich, erst diese junge Frau und …«

»Sie meinen sicher die für die Baugenehmigung der Brandenburg-Therme zuständige Regierungsrätin.« Wolff hielt einen direkten Blick auf sein Gegenüber für angebracht.

Der Unternehmer schaute tiefsinnig in die aufsteigenden Perlen seines Getränks. Sven Noack hatte mittlerweile aus den Bauakten entnommen, dass Schneider neben Bergmann der andere Interessent für einen Kauf des Areals in Alt-Stolzendorf gewesen war.

»Ich hörte von dem bedauerlichen … äh … Ende«, sagte Schneider. »Ich sehe nur nicht, wie ich Ihnen da weiterhelfen könnte.«

Wolff musterte den Unternehmer, um dessen Mund ein flüchtiges Lächeln spielte. »Sie haben Frau Vogt eine Baubeschreibung für ein Großprojekt in Alt-Stolzendorf vorgelegt und die Baugenehmigung beantragt. Und nicht erhalten.«

Das Lächeln Schneiders verstärkte sich. »Und deshalb bringe ich die Regierungsrätin im Schwimmbad um?«

Es klopfte, die in Grau gekleidete junge Empfangsdame trat

ein und blieb im Türrahmen stehen. Schneider erhob sich ächzend und ging zu ihr hin.

»Entschuldigen Sie die Störung, aber Frau von Gehlen lässt nachfragen, ob die Bauvoranfrage vom Amt schon beschieden ist«, hörte Wolff die Mitarbeiterin laut flüstern. »Die Bank drängelt.«

»Ich melde mich gleich, das hier dauert nicht lange«, sagte der Unternehmer.

Wolff holte sein Diktiergerät heraus. »Ich schreibe so ungern mit der Hand«, sagte er grinsend seinen Spruch auf. »Stört es Sie, wenn ich aufnehme, was wir sagen? Ich möchte alles richtig mitbekommen.«

Schneider musterte das Gerät mit gerunzelter Stirn. »Machen Sie ruhig.«

»Was darf ich als Ihren Beruf aufnehmen?«

»Ich initiiere Kapitalanlagen im Immobiliengeschäft.«

»Das ist kein Beruf.«

»Doch, ich lebe davon.«

»Okay.« Wolff grinste. »Beruf: Initiator.« Fragt sich nur, von was, dachte er.

»Auch Ihr Konkurrent, Lars Bergmann, wurde ermordet.«

»Ich habe soeben davon in den Nachrichten gehört. Er hatte bei dem Thermen-Projekt die besseren Karten, aber das Thema hat sich ja nun erledigt.« Schneider lachte laut und unkontrolliert. »Entschuldigung, das war daneben.« Er verschränkte die Arme vor der Brust. »Meine Reaktion kam daher, dass Herr Bergmann, seit er groß genug ist … ich meine, groß genug für unser Geschäft, er ist immerhin zwanzig Jahre jünger … öfter mit mir um Grundstücke rivalisiert hat. Mal erhalte ich den Zuschlag, mal er, das ist nun mal so. Und die Gegend da in Alt… Wie hieß das Dorf gleich?«

Wolff hatte keine Lust, ihm zu helfen.

»Also, das mit dem Thermen-Projekt ist mir dann doch zu teuer gewesen, bei der unsicheren Genehmigungslage.« Schneider warf einen weiten Blick nach draußen auf die Villen der Berliner Vorstadt. Hinter grünen Gartenanlagen glitzerte die Havel. »Eine Geschäftsbeziehung zu Frau Vogt ist von meiner Seite gar nicht zustande gekommen.«

»Aber es hätte Ihnen sicher geholfen, wenn der Mitbewerber Bergmann aus dem Rennen gewesen wäre?«

Schneider beugte sich vor und stellte sein Glas mit Wucht auf den Tisch. »Sie wollen doch nicht behaupten, dass ich hinter dem Mord an Bergmann stecke?«

»Vielleicht ging es um Kopf und Kragen. Sie wollten das Projekt realisieren und Bergmann auch, um jeden Preis«, sagte Wolff provokativ.

»Herr Kommissar, Sie kennen sich im Metier nicht aus.« Schneider legte den Kopf schief und lächelte gönnerhaft. »Wir Großinitiatoren kennen uns alle. Wir sind nicht befreundet, wir sind Geschäftsgegner. Jeder erbeutet mal ein Filetstück und der andere ärgert sich. Das ist es dann aber auch. Wir Initiatoren haben allerdings dieselben Gegner. Damit meine ich nicht Sie und Ihre Leute von der Polizei. Ich meine die radikalen Aktivisten. Diese Leute sind dagegen, dass überhaupt gebaut wird. Sie verstehen nichts von den Bedürfnissen des Wohnungsmarktes, nichts von zukunftsoffener Erschließung. Dabei sind wir diejenigen, die die Steuern für deren Sozialunterstützung aufbringen.«

»Wollen Sie behaupten, die Aktivisten ermorden erst eine Regierungsrätin, die sozusagen auf ihrer Seite steht, und im Anschluss den rücksichtslosen Investor?«

»Das aufzuklären ist Ihre Sache.«

Wolff schaltete sein Diktiergerät auf Aufnahme. »Der Zeuge gibt an, zwar am Erwerb des Geländes in Alt-Stolzendorf interessiert gewesen zu sein. Nachdem sein Geschäftskonkurrent Lars Bergmann die besseren Chancen hatte, das Thermen-Projekt zu realisieren, habe er keinen Kontakt mehr zu der Regierungsrätin Frau Vogt hergestellt …«

»Niemals gab es einen persönlichen Kontakt«, unterbrach Schneider ihn. »Die Bauvoranfrage hat mein Architekt gemacht.«

Ehe Wolff etwas erwidern konnte, klopfte es, und die Empfangsdame stand in der Tür.

»So sorry«, säuselte sie. »Herr Bodenbach möchte unbedingt wissen …«

Schneider stöhnte demonstrativ und erhob sich.

»Es geht um die Anlage Spreeblick«, flüsterte die Angestellte so laut, dass der Kommissar es hören musste.

Wolff überlegte, das zu tun, was er als »auf die Kacke hauen« bezeichnete, hielt sich aber gerade noch zurück. Es war schon zu viel schiefgegangen.

»Also, wo waren wir stehen geblieben?«, fragte Schneider, als er seine Sekretärin wieder verabschiedet hatte. »Ah ja, es fällt mir ein.« Er lächelte nachsichtig. »Meine Kontakte zur Baubehörde. Es gibt ja nicht nur Frau Vogt, Entschuldigung, ich vergesse immer, dass sie tot ist. Ich stehe mit vielen Politikern und Beamten der Bauverwaltung in gutem Kontakt.« Jetzt hob er seine Stimme. »Ich habe seit den Siebzigern, damals noch mit meinem Vater, vor allem in sozialen Wohnungsbau investiert, im damaligen Westberlin. Die städtische Wohnungsgesellschaft BEWOBAU besaß Tausende von reparaturbedürftigen Wohnungen.« Er lehnte sich in seinem Sessel zurück und schlug die Beine übereinander. »Wir übernahmen die Häuser, retteten, was wir konnten …«

»Herr Schneider, es geht nicht um Ihre früheren Verdienste im sozialen Wohnungsbau«, sagte Wolff aufgebracht. Seine Strategie, den Unternehmer reden zu lassen in der Hoffnung, dass er irgendetwas Brauchbares sagte, ging daneben.

»Also: Es war ärgerlich, dass ich die Therme da draußen in diesem Dorf nicht realisieren konnte. Aber ich habe neue Projekte.« Schneider stand auf, ging zu seinem Schreibtisch und holte ein Etui aus Elfenbein heraus. »Zigarette?«

»Nein, danke, ich rauche nicht im Dienst«, sagte Wolff, was

nicht ganz stimmte. Mit einer gewissen Befriedigung sah er, dass der Unternehmer die Zigaretten wieder einsteckte. »Rauchen Sie ruhig«, setzte Wolff mit breitem Lächeln hinzu.

Das Telefon klingelte. Der Unternehmer warf Wolff einen Blick zu, der wohl sagen sollte: Sie stehlen meine Zeit. Dann ging er an den Apparat. Wolff blieb sitzen.

Offensichtlich rief eine Journalistin an. Wolff hörte eine überdreht klingende hohe Stimme, die etwas fragte, und dann legte Schneider los. Seine Firma, übernommen von Vater und Großvater, über hundert Jahre bestehend, er sei ja ein Wessi und residiere nur in Potsdam, weil dieses Grundstück hier seinen Vorfahren gehört habe und er nach der Wende ... Namen, Titel, Bauprojekte flogen der Gesprächspartnerin um die Ohren, während Schneider immer größer zu werden schien.

Gerade als Wolff den Unternehmer auffordern wollte, sein Gespräch doch nach der Befragung fortzusetzen, merkte er auf.

»Es wäre schön, Frau König«, sagte Schneider, »wenn Sie in Ihrer September-Ausgabe über mein Bauvorhaben Havel-Strand berichten würden. Jetzt ist das Licht besonders günstig.« Er wendete Wolff den Rücken zu, hob das Kinn und blickte aus dem Fenster. »Ich kann gegen neunzehn Uhr vor Ort sein, dann kann Ihr Fotograf in der Abendsonne ... Ich freue mich auf Ihre Reportage in *Country Life*. Sie wählen ja immer schöne Orte aus ...«

Country Life, schöne Orte? Die Bäckerin Elfriede Gauland, bei der Wolff gestern Kirschkuchen gekauft hatte, sprach von einer Freundin der Vogt, einer Journalistin, die über *Sehnsuchtsorte* in einem Magazin schrieb. Aufmerksamer als zuvor hörte er hin, wobei er sich nach außen uninteressiert gab, und schickte Katja eine SMS, sie solle ihn gleich anrufen.

Es ging noch eine Weile weiter mit Schneiders telefonischen Lobhudeleien. Da klingelte Wolffs Handy.

»Bin gerade beim Friseur. Du glaubst ja nicht, wie lange es dauert, die ganzen Farbschichten rauszukriegen«, berichtete Katja in ähnlich überdrehter Weise wie die Journalistin, mit der Schneider immer noch sprach.

Wolffs übermüdetes Gehirn brauchte eine Weile, um den Anschluss zu finden. Stimmt ja, er selbst hatte die Kollegin hingeschickt, nachdem sie vom Dienst suspendiert worden war. »Ah, verstehe. Die Katja in echt?«

»Rotblond hab ich seit der Schule nicht mehr … Egal jetzt, mir ist nämlich was eingefallen, wie ich hier so sitze …«

»Bist du auf Außenermittlungen?«, fragte Wolff, was sinnlos war, aber Schneider sollte denken, dass die Kollegen am Ball waren.

»Auf Wiederhören, Frau König«, sagte er gerade.

»Wer redet denn da?«, fragte Katja irritiert.

Wolff räusperte sich bedeutungsvoll und die pfiffige Kollegin verstand. »Okay, wo war ich? Ach ja, Sachen gibt's, die gibt's gar nicht …«

»Du hast also bei der Durchsuchung etwas gefunden?«, fragte Wolff deutlich in Schneiders Richtung.

»Mann, ja. Milenas Privathandy, lag in ihrem Schlafzimmer.«

»Weiter«, sagte Wolff, der bemerkte, dass Schneider ungeduldig wartete.

»Dann kam dein Brandanruf gestern Nachmittag, dass ich alles stehen und liegen lassen und zur Bergmann-Wohnung düsen soll. Da hab ich Oberdussel das Handy liegen lassen und es dann über meinem privaten Problem vergessen. Aber wie ich jetzt so in Ruhe beim Friseur sitze …«

»Ah. Du hast also das Handy der Regierungsrätin beschlagnahmt?« Immer deutlich zu Schneider hin.

»Genau. Ich ruf Sven an, dass er hinfährt und es holt.«

»Ich glaube, jetzt reicht es«, sagte Wolff und blickte zufrieden.

Unruhig wanderte der Unternehmer, dessen Gesichtsausdruck nun etwas Wachsames hatte, auf und ab.

»Du weißt ja, wie man eine Durchsuchung macht.« Wolff

beendete sein Gespräch. »Entschuldigung«, sagte er grinsend zu Schneider, »eine eilige Ermittlungshandlung.« Dann stand er auf und packte sein Diktiergerät wieder ein.

»Nehmen Sie bitte auf, dass Lars Bergmann sich in unseren Kreisen unbeliebt gemacht hatte«, platzte es plötzlich aus Schneider heraus. »Es gibt gewisse Regeln. Dazu gehört, dass man den geschäftlichen Konkurrenten offen gegenübertritt. Wir alle wollen Profit, aber meine Generation ging die dafür vorgesehenen Wege.«

»Was wollen Sie damit sagen?«, fragte Wolff ungeduldig.

»Ich wollte sagen, dass der Mord an Lars Schneider möglicherweise in einem Investorenmilieu angesiedelt ist, mit dem ich nichts zu tun habe. Es gibt zunehmend Geldleute aus Russland, China und anderen Ländern, die aus dem Hintergrund Fäden ziehen. Ich selbst führe in der dritten Generation ein Immobilienunternehmen und habe es nicht nötig, mich mit Herrn Bergmann um ein Landstück in einem Kaff zu schlagen.«

Wolff packte sein Diktiergerät wieder aus. »Der Zeuge Schneider gibt an, nichts mit den Morden an Milena Vogt und Lars Bergmann zu tun zu haben«, sprach er drauf. »Mit Frau Vogt sei er gar nicht direkt in Kontakt getreten. Herr Bergmann habe möglicherweise Feinde im ausländischen Investorenmilieu.«

Dann stand er auf und verabschiedete sich. Der Unternehmer ging mit bis zur Tür. Ihre Blicke trafen sich.

»Ich danke Ihnen für das interessante Gespräch«, sagte Wolff. »Es hat meine Fantasie angeheizt.« Er dachte daran, wie er als junger Handball-Nationalspieler den Arm zum Treffer ins gegnerische Tor erhoben hatte. »Alle Personen, die mit Frau Vogt und Herrn Bergmann zu tun hatten, schiebe ich im Geist sozusagen als Schachfiguren hin und her. Jeder kommt als *Mörder* in Betracht. Bis zur Ausschlussdiagnose.«

Schneider schluckte. »Alles weitere über meinen Anwalt.«

»Natürlich«, sagte Wolff verbindlich.

31

Unmittelbar nachdem er das Bürogebäude des Immobilienunternehmers verlassen hatte, recherchierte Wolff in seinem Smartphone nach einer Lifestyle-Journalistin namens König, mit der Schneider einen Fototermin für heute Abend vereinbart hatte. Die Bäckerin Gauland hatte von einer engen Freundin der Vogt gesprochen, die über Sehnsuchtsorte in einem Hochglanzmagazin schrieb. Aber König hatte entweder keine eigene Website oder sie firmierte anders. Wolff suchte unter dem Namen des Magazins, das Schneider genannt hatte: *Country Life.* Dort meldete sich eine Praktikantin, die sagte, dass die Redakteurin vom Dienst gleich zurückrufen würde. Es dauerte und Wolff trommelte mit den Fingern ungeduldig auf den Lenker seines Motorrollers. Im Kommissariat anzurufen, damit Sven im Meldeverzeichnis nach einer Frau König recherchierte, schien aussichtslos. Er wusste ja nicht einmal, ob sie in Potsdam wohnte. Endlich rief die Redakteurin zurück.

»Ich brauche Adresse und Handynummer von Frau König«, sagte Wolff ohne Umschweife.

»Pressegeheimnis«, kam es wie aus der Pistole geschossen.

»Es geht hier nicht ums Zeugnisverweigerungsrecht der Presse. Ich brauche Frau König dringend zur Aufklärung zweier Mordfälle.«

Im Hintergrund hörte er Stimmen, Klappern von PC-Tasten, Klingeln von Telefonen.

»Wir haben gleich Deadline. Sie rufen im ungünstigsten Augenblick an. Am besten wäre morgen Vormittag.«

Wolff befürchtete, dass die Redakteurin das Gespräch beenden wollte. »Verbrechen hält sich nicht an Geschäftszeiten. Soll ich in meine Akte schreiben, die Presse unterdrückt in einer

Mordsache die Adresse einer wichtigen Zeugin?« Mit diesem Vorwurf bewegte er sich an der Grenze rechtmäßigen Handelns, das war Wolff klar.

Die Journalistin am Telefon atmete hörbar, wahrscheinlich wog sie das Für und Wider ab.

»Es geht auch um Datenschutz«, sagte sie dann.

»Es geht auch um zwei Morde, die geahndet werden müssen.«

»Erklären Sie mir mal, inwiefern Frau König zur Aufklärung der Morde beitragen könnte.«

»Meine Erklärung als ermittelnder Hauptkommissar müsste Ihnen genügen. Aber wenn Sie nicht wollen ...« Wolff machte eine Pause, »... dann schaue ich heute Abend um sieben mal vorbei, wenn Ihre Mitarbeiterin Herrn Schneider interviewt und Ihr Fotograf Lifestyle-Aufnahmen macht.«

Es war ein Schuss ins Blaue. Ganz sicher war sich Wolff nicht, ob die Journalistin König, mit der Schneider telefoniert hatte, die Person war, die die Bäckerin Gauland meinte.

Aber die Redakteurin, vermutlich gestresst von der bevorstehenden Deadline, sagte: »Ich versuche, Frau König zu erreichen, sie ist außer Haus.«

»Und denken Sie dran: So ein Kripo-Besuch bei Lifestyle-Aufnahmen kommt nicht gut.« Wolff lehnte sich zurück, und zum ersten Mal an diesem Vormittag lächelte er.

Jetzt näherte sich Wolff unangemeldet einem zu DDR-Zeiten errichteten und modernisierten Wohnblock *Am Stern* und dachte, dass eine erhebliche Lücke klaffte zwischen Schein und Sein. Nur wenig entfernt von der eleganten Geschäftsvilla Schneiders stand er vor Mietshäusern, die nicht von Country Life und den Sehnsuchtsorten zeugten, die Frau König in Magazinen beschrieb, sondern von kleinen Einkommen oder Sozialunterstützung.

Von der gegenüberliegenden Straßenseite beobachtete Wolff die Eingangstür des zehngeschossigen Hauses, aus der Menschen kamen oder hineingingen. Er wollte gerade über die Straße zum Haustor gehen, da sah er einen Mann herauskommen, der ihm bekannt vorkam. Mittelgroß, schlank, dunkle Haare und Vollbart, kniekurze Jeans, den rechten Arm leicht abgewinkelt. Kai Nehrkorn. Wolff zog überrascht den Atem ein. Schnell machte er ein Foto. Dann war Nehrkorn schon verschwunden. Wolff ging zur Haustür. *Amelie König,* stand am Klingelbrett.

»Kai, hast du was vergessen?«, ertönte eine helle Frauenstimme.

»Wolff, Kripo Potsdam, ich würde Sie gern sprechen, Frau König.«

Es dauerte lange, bis der Surrer ertönte.

Amelie König war eine hübsche Frau Mitte dreißig mit hellbraunen, langen Haaren, die sie mit einem Gummi zusammengebunden hatte. Wolff hatte den Eindruck, als komme ihr sein Besuch äußerst ungelegen. Sie war ungeschminkt und blass, trug ein Shirt und kurze Hosen, die wirkten, als hätten sie ihr als Schlafanzug gedient. War Nehrkorn über Nacht bei ihr gewesen? Wolff hatte das Gefühl, dass er mit Ina Kowalski zusammen war, auf deren Hof er arbeitete und bei der er ein Zimmer überm Stall bewohnte. Und wie passte Lifestyle mit Naturschutzaktivismus zusammen?

»Wollen Sie mich verhören?«, fragte König.

»Nicht verhören. Sie sollen mir helfen«, sagte Wolff und ahnte bei weitem nicht, was die Frau tatsächlich wusste.

König ging mit der Bemerkung, sie müsse gleich auf Recherche und sich fertig machen, voran in einen großen Raum, in dem sich auf dem Boden Magazine mit bunten Bildern stapelten.

»Ich mach mir einen Kaffee. Für Sie auch?«

Wolff nahm dankend an, so hatte er Gelegenheit, sich im Raum umzusehen. In der Mitte standen ein Sofa aus abgewetztem Leder und zwei Sessel, in der Ecke eine Musikanlage. An den Wänden hingen Poster mit unterschiedlichen, eindrucksvollen

Landschaften, aber ungerahmt und mit Reißzwecken befestigt. Die Wohnung lag im achten Stock. So einfach, wie das Haus von der Straße aus wirkte, so schön war der Blick über Potsdam bis in die Innenstadt und hin zu den Gewässern. Vor einem schmalen Standspiegel in der Ecke glättete Wolff schnell ein paar hochstehende Locken.

Die zierliche Frau kam mit einer Glaskaraffe mit gestampftem Kaffee wieder aus der Küche. Auf den flachen Couchtisch stellte sie Becher, die nicht rund waren, sondern an zwei Seiten spitz zuliefen. Stylish, dachte Wolff, bestimmt würde die Journalistin sich äußerst gern eine Wohnung wie die der Bergmanns einrichten, wenn sie nicht um jeden Auftrag kämpfen müsste. Der Kaffee schmeckte frisch gebraut wesentlich besser als der Maschinenkaffee aus der Direktion, und Wolff entschied sich, sein Schreibzeug nicht herauszuholen.

»Hier finden Sie Ihren Mörder bestimmt nicht«, versuchte König zu scherzen.

»In Ihre Schränke wollte ich auch nicht reingucken.« Wolff lachte höflich, dann ging er unvermittelt zur Befragung über. »Sie kannten Frau Vogt noch aus dem Gymnasium in Berlin. Was hat Milena denn so gemacht in der Zeit bis heute?«

König beschäftigte sich damit, Zucker in ihren Kaffee zu tun und umzurühren. »Ich habe nicht viel Kontakt mit ihr gehabt«, sagte sie unwirsch. »Sie sind bei mir an der falschen Stelle.«

Glaub ich nicht, dachte Wolff, immerhin hatte die Bäckerin Gauland Milena und Amelie vor wenigen Tagen freundschaftlich untergehakt vorbeigehen gesehen.

König schien sein zweifelndes Gesicht richtig zu deuten und bemühte sich um eine Erklärung. »Milena war ehrgeizig, vielbeschäftigt. Wir haben manchmal zusammen Fitness gemacht, hinterher ein Drink, dann hatte sie eine politische Besprechung und ich einen Fototermin. Das war's.«

»Sagt Ihnen der Name Lars Bergmann etwas?«

Keine Antwort.

»Herr Bergmann ist heute früh beim Ausreiten erschossen worden.«

König schluckte. »Da stecken bestimmt dubiose Immobiliengeschäfte hinter.« Die Frau warf ihm einen Blick zu und schaute schnell wieder weg. »Milena hat erzählt, wie heißumkämpft das Gelände ist.« Sie schniefte. »Entschuldigung, Heuschnupfen. Ich muss meine Globuli nehmen. Und dann hab ich einen Termin.«

Wolff, der glaubte, einschätzen zu können, ob ein Gesprächspartner etwas verheimlichte, betrachtete die Frau nachdenklich. War sie wirklich in Eile oder wollte sie etwas nicht sagen? »Herr Bergmann soll sich mit Milena in dem Schwimmbad getroffen haben. Ging es um die Baugenehmigung?«

König zuckte zusammen, als störe sie die Erwähnung beider Namen. »Milena war hin- und hergerissen. Einerseits die drohende Zerstörung einer dörflichen Landschaft, andererseits Umsätze und Arbeitsplätze«, sagte sie dann leise. »Aber sie hat sich fürs Dorf entschieden.«

»Bergmann hatte also Ihrer Ansicht nach ein Motiv, weil Milena seine Pläne zerstört hat?«

»Ich verdächtige niemand«, sagte die Frau erschrocken.

»Wissen Sie etwas über einen neuen Mann im Leben Milenas?« Wolff entschloss sich, die Mitteilung der Bäckerin Gauland als eigene Erkenntnis auszugeben.

»Über Männergeschichten haben wir nicht gesprochen.« Die schroffe Antwort passte nicht zu der plötzlich auf dem Gesicht der Frau auftretenden Angst.

»Das glaub ich Ihnen nicht.« Wolff setzte sein charmantes Lächeln auf, obwohl es ihm angesichts des bescheidenen Erfolgs der Vernehmung schwerfiel.

Aggressives Schulterzucken. »Sie hatte halt ein paar Freunde, wie ich auch. Aber nichts mit Eifersucht oder Rache.« Die Zeugin schnäuzte sich.

Wolff stand vom Sofa auf. Die Frau wollte nicht aussagen, und er konnte sie nicht dazu zwingen.

»Wenn Sie jemand schützen wollen, der ein schweres Delikt begangen hat, ist das Strafvereitelung.«

»Ich weiß nicht, wer schuld ist an Milenas Tod.« Die Frau fuhr sich hektisch durchs Haar und zog dabei eine Strähne aus dem Gummi. »Und mit Bergmann hatte ich schon gar nichts zu tun.«

»Och, mit Bauunternehmern stehen Sie doch ganz gut?« Wolff dachte an die Verabredung mit Schneider zu Fotoaufnahmen in der Abendsonne.

»Wie meinen Sie das?« König fuhr mit dem Kopf abrupt von ihrem Taschentuch hoch.

Wolff zuckte vielsagend die Achseln. »Nicht nur Sie gehen auf Recherche.« Er ging in Richtung Ausgang, wandte sich dann noch mal zu der Frau hin. »Letzte Frage: Was hat denn Herr Nehrkorn eben bei Ihnen gemacht?«

»Wir kennen uns halt von früher, noch aus Berlin. Studentenzeiten, Prenzlauer Berg, wenn Sie verstehen …« Sie warf ihm einen schrägen Blick zu, als wollte sie sagen, dass er so etwas als Polizist bestimmt nicht verstand.

Wolff ließ seine Fußspitze auf- und abtippen.

»Na gut, Kai hat mich gebeten, ein bisschen Werbung für die Naturschützer in Alt-Stolzendorf zu machen. Gute Werbung mit schönen Fotos, wenn Sie verstehen.«

»Falls Sie mich doch noch mal sprechen möchten, hier.«

Wolff bemühte sich, der Journalistin seine Visitenkarte genau vor die Füße zu werfen. »Und schöne Fotos heute Abend mit Herrn Schneider.«

32

»Interessante Fingerabdrücke hab ich gefunden«, teilte der forensische Techniker Wolff per Handy mit.

Nach dem unergiebigen Gespräch mit Amelie König hoffte Wolff, wenigstens hier etwas Neues zu erfahren.

Das Labor war in einem Raum untergebracht, der nach Norden ging, so dass selbst die knallgelb gestrichenen Wände fahl wirkten. Die Halogenröhren an der Decke waren eingeschaltet, außerdem hatte die Arbeitsplatte noch eine helle Tischlampe. Wolff begrüßte den Techniker, ein Mann mittleren Alters mit fülligem Gesicht und Vollbart, der für ihn schon etliche Untersuchungen vorgenommen hatte.

»Spuck deine Neuigkeit aus.« Wolff betrachtete die langgestreckten Untersuchungstische mit den Mikroskopen, Laptops, Diktiergeräten, die in dem großen Raum der forensischen Technik standen. Das einzige Nichttechnische war eine halb ausgetrunkene Cola.

Einige Spuren in der Wohnung Milena Vogts waren ausgewertet worden. Und herausgekommen waren nicht nur Handymitteilungen, Aufzeichnungen auf dem Anrufbeantworter, heruntergeladene Dateien, nein, der Kollege hatte etwas Besonderes, was er Wolff persönlich mitteilen wollte.

»Hier.« Der Techniker zeigte zufrieden lächelnd auf den Bildschirm seines Laptops.

Wolff sah einen vergrößerten Fingerabdruck. »Und?«

Es war klar, dass eine ehrgeizige und politisch aktive Frau wie die Vogt öfter Gäste empfangen hatte, die jede Menge verschiedener Fingerabdrücke hinterließen.

»Ich helf dir mal auf die Sprünge.« Der Techniker drehte sich auf seinem Stuhl zum Monitor und arbeitete schnell und geschickt mit der Maus. »Ich lass mal 'ne ganze Serie durchlaufen. Der Fingerabdruck als ein biometrisches Merkmal eignet sich gut zur Identifizierung einer bestimmten Person.«

»Danke.«

»Guck mal genau hin, Uwe.« Er stoppte die Bildergalerie. »Kannst meine Brille haben.«

Wolff setzte die Brille auf, und jetzt sah er tatsächlich am unteren Rand des Bildes einen Namen. Erst glaubte er, sich getäuscht zu haben. Spielten seine überreizten Nerven ihm einen Streich? *Lars Bergmann.*

»Wie? Woher ...?«

»Saubere Arbeit der Spusi. Ich hab bei der Rechtsmedizin angerufen, wegen Abdrücken der Vogt, damit wir die aussondern können. In ihrer Wohnung findet man davon natürlich massenweise. Aber dann gibt's noch Spuren von deiner zweiten Leiche.« Der Techniker nahm die Brille ab und blinzelte Wolff an. »Der Abdruck, den du gerade siehst, stammt aus Milenas Schlafzimmer.«

Wolff fuhr hoch. »Bergmann hat offensichtlich mit allen Mitteln versucht, die Baugenehmigung zu bekommen«, sagte er nach einer Weile, mühsam grinsend.

»Tja, Uwe, mein Part ist erledigt. Was du draus machst ...« Der Techniker ließ seine Hände über die technische Anlage gleiten. Die Bilder liefen weiter. Ein Fingerabdruck nach dem anderen.

»Ist gut.« Wolff winkte ab. »Kannst du bestimmen, wie alt die Abdrücke sind?«

Der Techniker nickte. »In etwa. Nicht auf den Tag genau. Ist das denn wichtig?«

Wolff lehnte sich zurück, schloss die Augen und überlegte. »Ältere Abdrücke sprechen dafür, dass Bergmanns körperlicher Einsatz ohne Erfolg war.«

»Mordmotiv?«

»Vielleicht.« Wolff spürte, dass das Eisenkorsett, das sich seit dem Anblick des ermordeten Bergmann um seine Brust gelegt hatte, sich ein wenig lockerte. Der Mörder Milenas tot? Ein Fall aufgeklärt.

»Und wenn die Fingerabdrücke vom Tag vor ihrem Tod stammen?«, fragte der Kollege.

»Das könnte bedeuten, dass die beiden ein Verhältnis hatten, unabhängig von der Baugenehmigung.« Wolff schüttelte den Kopf. »So eine planlose Liebelei trau ich dem Strategen Bergmann nicht zu. Vielleicht hat er Milena überzeugt. Und sie war drauf und dran, dem Mann die Baugenehmigung doch zu erteilen. Aber dann bringt er sie nicht um.«

»Das rauszufinden ist dein Job.«

»Danke dir.« Wolff rempelte den Techniker freundschaftlich mit dem Arm an und verließ die Untersuchungsstelle.

Ein neuer Gedanke entwickelte sich in seinem Kopf.

33

Ina war mit Amigo beim Longieren. Sie stand in der Mitte der Reitbahn und ließ das Pferd auf der Zirkellinie im Kreis um sie herumlaufen, die zehn Meter lange Longe in der Hand. Amigo als wertvolles und sensibles Hochleistungspferd brauchte die tägliche Beschäftigung, um Vertrauen aufzubauen. Außerdem war die Bodenarbeit wichtig, um die Rangordnung zwischen Ina und dem Pferd deutlich zu machen. Probleme am Boden waren Probleme im Sattel.

Das Geräusch eines Presslufthammers von der Baustelle der Nachbarn durchschnitt die Stille. Sofort warf Amigo den Kopf nach hinten und schnaubte. Inas Pensionspferde hatten unterschiedliche Temperamente, und während einige kaum eine Reaktion zeigten, wenn gegenüber die Baumaschinen arbeiteten, brachte sie Amigo partout nicht mehr in diese Ecke des Außengeländes.

»Ist gut, mein Schöner«, sagte Ina beruhigend. »Die Maschine tut dir nichts.«

Sie war dabei, Amigo nach ein paar Runden rechts herum jetzt links im Kreis laufen zu lassen, da sah sie den Kommissar vor dem Lattenzaun stehen. Angst erfasste sie. War ja klar, dass er gleich nach dem Bergmann-Mord wieder hier auftauchen würde. Jetzt waren die Umweltaktivisten im Fokus.

Ina tat, als bemerke sie den Kommissar nicht. Warum musste die schöne Erinnerung an die letzte Nacht mit Kai gestört werden durch eine neue Gewalttat hier in der Gegend?

Seit seiner Rückkehr vom letzten Demo-Camp hatte Kai in dem ausgebauten Raum überm Stall geschlafen. Aber gestern Abend hatten sie gemeinsam gegessen, Wein getrunken und er hatte ihre Wunden infolge des Überfalls zart berührt und sie getröstet und war dann wie selbstverständlich über Nacht bei ihr geblieben. Ina schöpfte Hoffnung, dass er das Leben hier mit ihr zu mögen begann. Immerhin hatte sie ihm einen Anteil am Hof zur Abgeltung seiner unentgeltlichen Arbeit übertragen.

»Los, Amigo, noch ein paar Runden, dann geht's raus auf die Wiese.« Ina wollte sich nicht beunruhigen lassen. »Am Wochenende freut sich deine Besitzerin, was für ein ausgeglichenes Pferd sie hat. Nun mach schon, Schöner.«

Jetzt öffnete der Kommissar das Tor, trat ein und verschloss das Gatter. Er setzte sich auf eine Bank, etwas entfernt von dem links im Kreis herumtrabenden Amigo. Aus dem Augenwinkel sah Ina, dass er sich abseits hielt und ihre Bodenarbeit beobachtete. Das machte sie nervös. Wieder der Pressluftbohrer. Amigo scheute. Hätte sie ihn nicht an der Leine, würde er weggaloppieren.

Sie brachte das Pferd mit einem Zug an der Longe vom Traben

zum Schritt und entschloss sich, das lästige Verhör hinter sich zu bringen. Sie würde Wolff sagen, dass sie nichts wisse, und dann mit Amigo auf der Wiese reiten. Ihr Auge juckte und sie rieb vorsichtig. Die Schwellung nach dem Überfall vorgestern Abend ging langsam zurück und auch die Wunde in der Augenbraue verschorfte. Noch lebe ich, dachte Ina, und noch kämpfe ich.

»Was gibt's?«, fragte sie.

Der Kommissar stand von der schmalen Holzbank auf und kam auf sie zu. »Sie haben vom Tod Bergmanns gehört?«

»Klar, unter Reitern spricht es sich rum. Die Inhaberin des Reitstalls, wo Bergmann einen Stellplatz hat, rief mich an. Sein Pferd kam völlig verstört vom Ausritt zurück. Ohne ihn.«

»Ich frage mal ganz direkt: Wo waren Sie denn heute früh zwischen sechs und sieben?«

Ina hätte fast die Longe losgelassen. »Im Bett, wo sonst? Um halb sieben bin ich hoch und hab Kaffee gemacht. Wie immer.«

»Und Herr Nehrkorn?«

»Bei mir. Die ganze Nacht.«

»Wo ist er jetzt?« Der Kommissar warf ihr einen prüfenden Blick zu.

»Irgendwo im Gelände. Arbeiten.«

Der nächste Satz des Kommissars ließ Ina erstarren.

»Können Sie sich vorstellen, dass Milena sich anders entschieden hat und die Baugenehmigung doch erteilen wollte?«

»Wie kommen Sie denn da drauf?«

Niemand hier hatte so etwas vermutet. Milena hatte sich damit eingeschmeichelt, dass sie das Dorf so belassen wollte, wie es war. Waren sie alle reingelegt worden?

»Wie ich drauf komme? Ermittlungsgeheimnis.« Der Kommissar stemmte die Fäuste in die Hüften und schien sein Herrschaftswissen zu genießen.

»Scheiß auf Ihr Ermittlungsgeheimnis«, sagte Ina gröber, als sie wollte. »Wir haben mit dem Tod Bergmanns nichts zu tun. Die

Genehmigung hätte er nicht bekommen, denn sie verstößt gegen geltendes Baurecht. Und wir alle hier werden verhindern, dass irgendein dahergelaufener Investor jetzt in Bergmanns Stiefel tritt.«

»Man kann den Spieß auch umdrehen«, sagte der Kommissar jetzt ebenfalls laut. »War die Ermordung Bergmanns vielleicht das letzte Mittel, um sein Projekt zu verhindern?«

Ina, die ein paar Meter weg gestanden hatte, ließ jetzt die Longe durch die Finger gleiten und kam auf ihn zu. Sie fühlte sich so müde und so enttäuscht und so wütend.

»Ich hätte Sie für intelligenter gehalten, Herr Kommissar«, sagte sie und wandte sich wieder Amigo zu.

34

»Ich hab's!« Katja schoss ihm geradezu entgegen. In der Hand schwenkte sie ein Handy.

Wolff, der gerade von der unerfreulichen Auseinandersetzung mit Ina Kowalski in die Direktion kam, hätte Katja fast nicht erkannt. Roter Lippenstift stach aus ihrem blassen, mit Sommersprossen gesprenkelten Gesicht hervor, dessen angespannter Ausdruck verschwunden schien. Ihre Haare, bis vor wenigen Stunden schwarz mit einer gezackten silbernen Strähne, waren jetzt rotblond.

»Ah. Das ist die Katja in echt?«

Wolff musste schmunzeln, obwohl er äußerst angespannt war. Es ging nicht schnell genug voran und er hatte zu wenige Leute. Je zwei Kommissare waren unterwegs zu dem Reitstall, wo Bergmanns Pferd stand, um Kontaktpersonen zu befragen, zwei weitere observierten seine Wohnung und zwei andere sein Büro. Sven war zu Recherchearbeiten abgetaucht, um alles, was über Bergmann publiziert worden war, zusammenzustellen. Doris Bahlke war dabei, den Leichnam zu obduzieren und die Kugel zur ballistischen Untersuchung aus Bergmanns Herz herauszuoperieren. Die Spurensicherung wertete Abdrücke aus dem Waldstück aus, in dem Bergmann getötet worden war. Wolff selbst hatte auf dem Rückweg von der Polizeitechnik ein unerfreuliches Telefonat mit dem Pressesprecher hinter sich gebracht, der ihm Namen von tatverdächtigen Personen entlocken und nicht akzeptieren wollte, dass es die noch nicht gab.

»Du ahnst ja nicht, was auf dem Handy drauf ist …«, sagte Katja in seine Gedanken hinein. »Da schnallst du ab.«

»Milenas Handy?« Wolff vergaß für einen Augenblick, dass sie vom Dienst suspendiert war. Das war die Katja, die er immer gemocht hatte, die in ihrer überschwänglichen Art öfter so tat, als sei sie auf einer heißen Spur. Und manchmal war sie das wirklich.

»Das hier toppt alles, was wir bisher ermittelt haben.«

»Würdest du es mir anvertraun?« Wolff ahnte seit seinem Besuch beim Polizeitechniker, welche Neuigkeit Katja hatte.

»Das schmeißt dich echt um.«

»Nun spuck's schon aus.« Er stützte seine Hände in die Hüften und ließ die Finger leicht trommeln.

Katja starrte so konzentriert aufs Display, dass sie fast schielte. *»Ich sehe jetzt die Welt mit ganz anderen Augen«,* schmetterte sie.

»Sehr schmeichelhaft. Du meinst damit sicher eine SMS von Milena?«

»Unterschrieben hat sie nicht, aber es ist ihr privates Handy.«

»Und wer hat Milena die Augen so geöffnet?«

Katja machte einen filmreifen Aufschlag mit ihren grün geschminkten Augendeckeln und schnarrte eine Mobilfunknummer herunter.

Wirklich eine nette Frau, die einen alten Hasen motivieren könnte, dachte Wolff, wenn da nicht eine gefährliche Strafanzeige lauerte. »Ich tippe auf den geheimen verheirateten Liebhaber.«

»Die SMS wurde an das Handy von …« Spannungspause.

Wolff hörte hinter sich Kollegen den Flur entlangkommen. »Nun mach schon.« Er wollte nicht im zu vertrauten Umgang mit Katja gesehen werden, deren plötzliche Suspendierung sich wie ein Lauffeuer verbreitet hatte.

»SMS von Milena Vogt an Lars Bergmann.«

Hätte er nicht bei der Polizeitechnik von den Fingerabdrücken Bergmanns im Schlafzimmer erfahren, hätte er sich ein »hä« kaum verkneifen können.

»Bergmann, das Schwein«, sagte Katja strahlend, dass sie ihren Chef überraschen konnte. »Kämpft wirklich mit allen Waffen.«

Wolff musste an das Tagebuch von Linda Haas-Bergmann denken, und dass sie darin von der Vorliebe ihres Mannes für *Ärsche auf den entscheidenden Stühlen* geschrieben hatte.

»Wenn er die Regierungsrätin so weit hat, dass sie anfängt, umzudenken, warum sollte er sie dann abmurksen?«

»Passt auf den ersten Blick nicht zusammen.« Katja schüttelte den Kopf. »Vielleicht wollte Milena ihn ganz. Und er wollte nichts als die Baugenehmigung?«

»Aber die Baugenehmigung ist trotzdem nicht erteilt«, sagte Wolff. »Gibst du mir das Handy?«

Katja reichte es ihm und sah wieder betrübt aus. »Und was mach ich jetzt? Beim Friseur war ich ja.«

»Such dir 'ne Bleibe.«

»Ha, die freien Hotelzimmer in Potsdam kosten ab achtzig Euro aufwärts.«

Wolff überlegte kurz. Zu sich einladen wollte er sie nicht, solange gegen sie wegen Körperverletzung ermittelt wurde. »Du kannst erst mal bei meiner Mutter schlafen. Die hat 'nen Bauernhof im Fläming. Ich sag ihr Bescheid.« Da wäre Katja weit genug von der Direktion und den lauernden Kollegen entfernt.

Katja sah erfreut aus. Sie blickte sich um, trat an ihn heran und gab ihm einen Kuss auf die Wange.

»Du müsstest nur die Schweine füttern«, sagte Wolff.

35

DER KAMPF HAT BEGONNEN! Umweltaktivisten attackieren Polizisten mit Steinen und Flaschen. Ein Container geht in Flammen auf. Mit Helmen und Visieren geschützte Polizisten sperren das Gebiet um den Lausitzer Braunkohle-Tagebau ab. Die Polizei setzt Tränengas, Pfefferspray, Wasserwerfer ein. Durcheinanderlaufen, Gekreische, Wurfgeschosse.

Sven Noack hatte nach den Aktivisten-Gegnern des getöteten Investors Bergmann recherchiert.

»Nehrkorn war übrigens auch aktiv bei den Braunkohle-Gegnern und hat mit ihnen das Gelände besetzt«, sagte er zu Wolff.

Beide saßen vor Svens privatem Notebook und schauten sich einen auf YouTube gestellten Videofilm an. Ein riesiges Banner wird gespannt: ENDE! GELÄNDE!

»Es sollen mehr als zweitausend Menschen zur Blockade der Schwarzen Pumpe gekommen sein«, erklärte Sven. »Einige haben die Bahnstrecke zum Kraftwerk blockiert und sich an die Schienen gekettet. Es wird wegen Landfriedensbruch, Eingriff in den Bahnverkehr und Widerstand gegen mehr als zweihundert Aktivisten ermittelt.«

»Und wir kommen nicht mal mit zwei Morden klar«, sagte Wolff in dem Bemühen, mit einem kleinen Scherz seine Unruhe zu kaschieren. »Mach mal 'nen Schnelldurchlauf. Ich möchte mir Nehrkorn näher anschauen. Das ist der Freund von Ina Kowalski, er lebt meist in Alt-Stolzendorf.«

»Da ist er.« Sven stoppte den Film.

Ein schlanker sehniger Mann in Jeans und Sweatshirt mit dunklem krausen Haar blockiert mit anderen Demonstranten die Straßenzufahrt mit quergestellten Pkws, um die anrückende Polizei aufzuhalten. Andere klettern auf Braunkohle-Bagger und Verladekräne.

»Das ist aber hübsch«, bemerkte Wolff süffisant, als plötzlich zwischen Absperrungen und Industriemaschinen Menschen auftauchen. Einige tanzen, Musik ist zu hören, bunte Luftballons steigen. Er dachte an den von Ina Kowalski geklebten Protestaufruf in Alt-Stolzendorf: *Lieber Zeichen setzen als Land besetzen!*

»Die polizeimäßige Absicherung dieser Aktion kostet Tausende«, sagte Sven mit leicht klagender Stimme, weil er sich mit chaotischen Demonstranten beschäftigen musste, deren Ziele ihm fremd waren.

»Und ich bekomme nicht mal 'ne halbe Schreibkraft«, setzte Wolff fort. »Ah, schau mal, da ist der Typ ja direkt sympathisch.«

Auf dem Video war zu sehen, wie Nehrkorn neben einer zusammengebrochenen Demonstrantin auf dem Boden hockt, ihr zu trinken gibt und beruhigend auf sie einspricht. Dann winkt er einen anderen Mann heran und sie tragen die Frau zu einem Aktionsbus.

»Der Mann hat Vorstrafen wegen Landfriedensbruch, gefährlichem Eingriff in den Bahnverkehr, Hausfriedensbruch, Körperverletzung, Widerstand gegen Vollstreckungsbeamte«, sagte Sven. »Und Ina Kowalski ist auch einschlägig bekannt. Sie hat mit anderen Leuten die Besichtigung des Schwimmbades in Alt-Stolzendorf durch Investoren mittels Sitzblockaden verhindert. Die Polizei musste alle wegtragen. Das hat mehrere Stunden gedauert, so lange konnten keine zahlenden Besucher ins Bad gelassen werden.«

»Ja, ja«, sagte Wolff. Er fand die Kowalski mit ihrem Pferdehof ganz sympathisch, durfte sich aber auch nicht vereinnahmen lassen von einem Gefühl der Solidarität mit Leuten, die wie er vom Land stammten.

»Ich habe noch einen anderen Film gefunden«, sagte Sven. »Da wird Nehrkorn gerade verhaftet.«

Die Tür eines besetzten Hauses öffnet sich und zwei Polizisten führen den Aktivisten, der einen orangeroten Pullover trägt, heraus. Nehrkorns rechter Arm hängt schlaff und im Ellenbogen abgeknickt herunter.

»Da hat er bereits die Verletzung.« Wolff berichtete Sven von seinem Treffen mit Nehrkorn in Alt-Stolzendorf, als der mit dem linken Arm Protestaufrufe an die Zäune hämmerte. »Von wann ist dieses Video?«

»Berlin-Friedrichshain, zweitausenddrei, bei der polizeilichen Räumung eines besetzten Mietshauses«, sagte Sven. »Ich habe mehrere Videos gefunden und zusammengeschnitten.« Seiner neutralen Stimme war nicht anzuhören, ob er dachte, dass jemand, der bei solchen Ausschreitungen verletzt wurde, selbst schuld sei.

»Wir kämpfen weiter!«, ertönte eine heisere Stimme. Nehrkorn hebt den unverletzten linken Arm und macht mit der Hand das Victory-Zeichen. Hinter ihm werden weitere Männer in dunklen Shirts und Jeans und eine junge Frau mit einem orangeroten Cap aus dem Haus geholt und abgeführt. Polizisten haben ihnen die Arme auf den Rücken gedreht und schieben die Aktivisten mühsam in den Polizeiwagen.

»Wer ist denn die Frau da?«, fragte Wolff. Ina Kowalski war das nicht.

Sven zuckte die Schultern. »Taucht bisher nur einmal auf. Aber es sind ja immer Frauen dabei, damit diese Aktionen mehr Beachtung in der Öffentlichkeit finden.«

36

Wolff hatte Svens Zimmer verlassen und war in die Kaffeeküche gegangen. Im Kühlschrank lag lediglich sein Kirschkuchenpaket von Frau Gauland. Er spürte den Hunger wie ein Loch im Magen und wollte endlich etwas Herzhaftes. Mittlerweile war es sieben Uhr abends und die letzte Mahlzeit war heute früh das Bauernfrühstück am Imbiss in der Nähe des Tatortes gewesen.

Wolff ließ das Auto stehen, ging am Lustgarten vorbei zur Langen Brücke, die über die Havel mit der Freundschaftsinsel führte, vorbei am Hochhaus des Mercure Hotels in Richtung Bahnhof. Es war das erste Mal seit der Nacht im Schwimmbad in Alt-Stolzendorf vor drei Tagen, dass er nicht eilig unterwegs war. Die Langsamkeit tat ihm gut, denn ein Gedanke entwickelte sich in seinem Gehirn. Morgen würde er bei der Rechtsmedizinerin Doris Bahlke vorbeischauen und sich ihre Meinung aus forensischer Sicht zu seinem Gedanken anhören.

Wolff kehrte im Ladenlokal *Nordsee* in den Bahnhofspassagen ein, das bis acht geöffnet hatte. Kaum saß er an einem Holztisch, eine lecker gebratene Scholle mit Speckwürfeln vor sich, läutete sein Handy. Erstaunt sah er eine bekannte Festnetznummer.

»Die Polizei ist hier«, rief seine achtzigjährige Mutter mit einer aufgeregten Stimme, die er lange nicht bei ihr gehört hatte.

»Du hättest deine Buchhaltung eher machen sollen.«

»Uwe, kein Quatsch jetzt. Die sind hier wegen Katja.«

Bitte nicht, dachte Wolff. »Gib mir mal den Kollegen«, sagte er und stand auf, damit die anderen Gäste sein Gespräch nicht mithörten.

Der Kollege von der örtlichen Wache in Bad Belzig schien jung und unerfahren zu sein. »Wir haben auch nur die Info aus Werder«, sagte er. »Der Mann von Frau Eickelbaum hat Anzeige wegen versuchter Tötung erstattet.«

»Habt ihr einen Haftbefehl?«, fragte Wolff mit aufkommender Befürchtung.

»Noch nicht. Wir tun nichts, als die Frau vorläufig festzusetzen, und dann geht die Sache sowieso zu euch.«

Ich muss verhindern, dass sie festgenommen und hierher in die Direktion gebracht wird, dachte Wolff. »Ich kenne die Frau«, sagte er. »Sie ist eine gute und zuverlässige Kommissarin in meiner Direktion.«

Er hörte den Kollegen geradezu nach Luft schnappen. Für ihn war es irgendeine Frau aus Werder, die ihrem Mann gegenüber gewalttätig geworden war.

»Frau Eickelbaum hat in Notwehr gehandelt. Ihr Mann war betrunken und hat sie angegriffen.«

»Das kann sie morgen dem Richter erzählen.«

»Pass mal auf«, sagte Wolff so ruhig wie möglich. »Ich garantiere dir, dass Frau Eickelbaum nicht abhaut. Und dass sie jede Vorladung befolgen wird.«

»Das kann ich nicht entscheiden«, sagte der junge Polizist aufgeregt. »Da muss Werder ...«

Die nächste Stunde verbrachte Wolff damit, den Kollegen aus Werder, der die Order zur vorläufigen Festnahme gegeben hatte, davon zu überzeugen, dass die wegen versuchter Tötung angezeigte Frau Eickelbaum nicht flüchten werde. Dann beschwor er seine Mutter, auf Katja ein Auge zu haben und sie nicht aus dem Haus zu lassen.

»Gib mir mal Katja«, sagte er dann.

»Hallo«, hörte er eine klägliche Stimme. »Es tut mir so leid, Uwe, dass du Schwierigkeiten mit mir hast.«

»Quatsch«, sagte er. »Und jetzt hör mir genau zu: Ich werde mit Rechtsanwältin Starke sprechen, dass sie deine Verteidigung übernimmt, wenn du einverstanden bist.«

»Ja, natürlich«, erklang es schwach.

»Du verlässt nicht mehr das Haus, bis die Rechtsanwältin sich bei dir meldet und dir sagt, wie es weitergeht. Du sprichst mit niemand über die Sache, nur mit deiner Anwältin. Mit niemand, hörst du, auch nicht mit meiner Mutter, die regt sich nur auf.«

»Ich schwöre, ich schließe mich im Gästezimmer ein, bis mich jemand holt und ich endlich sagen kann, wie's wirklich war.«

Wolff musste ein bisschen lächeln. »Zu schwören brauchst

du nicht, du weißt ja, dass ein Beschuldigter gar nichts machen muss.«

»Meine Güte«, die Stimme klang ein wenig forscher, »ich bin eine Beschuldigte. Wie das Leben doch so spielt.«

»Mach's gut, Katja, alles wird werden.«

Dann wählte er die Nummer von Rechtsanwältin Starke.

»Bergmann ist tot?«, fragte Verena Starke entsetzt. »Das kann doch nicht ... Er hat mich gestern Abend angerufen, als sich beim Judo war, und gesagt, dass seine Frau weg ist. Ich hatte ihn für heute Vormittag zu mir bestellt, aber er ist nicht gekommen. Ich hatte so viel mit diesem Mandat zu tun, dass ich heute noch gar keine Nachrichten gehört habe.«

Wolff schilderte ihr kurz die näheren Umstände des Mordes und dass man noch keinen Tatverdächtigen habe. »Hat Bergmann irgendeine Vermutung geäußert, wer Milena Vogt auf dem Gewissen hat?« Er merkte, dass die Anwältin zögerte. »Ihre Schweigepflicht dürfte durch den Tod Ihres Mandanten beendet sein. Und wenn doch nicht, dann geht's hier um übergeordnete Interessen.«

»Okay.« Verena Starke seufzte inbrünstig. »Herr Bergmann hat angedeutet, dass er mit Frau Vogt ein Verhältnis begonnen hatte, aus welchen Gründen auch immer.« Sie lachte kurz auf. »Seine Ehe war ziemlich am Ende, seine Frau eifersüchtig, man hatte sich bereits räumlich getrennt. Es klang für mich plausibel, dass er Frau Vogt nicht umgebracht hat. Sie hatte ihm versprochen, ihre Entscheidung mit der Baugenehmigung zu überdenken. Er hatte sich gute Chancen ausgerechnet.«

»Danke«, sagte Wolff. »Das entspricht etwa meinen Erkenntnissen. Hatte Bergmann eine Idee, wo seine Frau hingefahren sein könnte?«

»Möglicherweise nach Düsseldorf zu ihren Verwandten, möglicherweise zu irgendeiner Freundin, möglicherweise nach Florenz, davon hat sie in letzter Zeit öfter gesprochen.«

»Das mit den Verwandten können wir nachprüfen, das andere nicht.« Wolff holte tief Luft. »Ein Mandat sind Sie jetzt los. Sind Sie bereit für ein neues Mandat?«

»Immer. Sie wissen, ich bin eine kleine selbständige Anwältin.«

»Warten Sie, bis ich Ihnen gesagt habe, wen Sie verteidigen sollen.«

Wolff erklärte es der Anwältin. Eine Weile blieb es still.

»Ach, du meine Güte«, sagte Starke dann, und nach einer weiteren Pause des Nachdenkens: »Ich fahre morgen hin.«

»Danke«, sagte Wolff und meinte es wirklich ehrlich.

»Mir fällt grad noch was ein«, sagte Starke abschließend. »Herr Bergmann fühlte sich verfolgt. Irgendein Typ hat ihm an verschiedenen Orten aufgelauert. Mehr weiß ich nicht. Das fällt in Ihren Jobbereich.«

Jemand hatte Bergmann ausspioniert, dachte Wolff und gönnte sich noch ein großes Bier in einem Lokal dicht am Hauptbahnhof. Sollte er nach Hause fahren und Eisenbahn spielen? Und schlafen, endlich schlafen. Praktisch zu tun gab es im Augenblick nichts, solange Spusi und Rechtsmedizin die Umstände von Bergmanns Tod auswerteten.

Wolff dachte an Katja, wie sie sich im Gästezimmer seiner Mutter einigelte, und ging zu Direktion zurück. In seinem Dienstzimmer legte er sich auf die Chaiselongue, die noch ein wenig nach Katja duftete.

Donnerstag

37

Wolff wollte gerade nochmals eine ganz bestimmte Stelle auf einem der von Sven zusammengestellten YouTube-Videos über eine Hausbesetzung in Friedrichshain ansehen, da klingelte sein Handy. Eine Stimme, aufgeregt und schnell.

»Amelie König, Sie waren gestern bei mir.«

Wolff, der zunächst bei dem Gedanken, dass er ihr seine Karte vor die Füße geworfen hatte, zufrieden über ihren schnellen Rückruf grinste, zuckte zusammen, als sie weitersprach.

»Auf mich ist geschossen worden!« Die Stimme kiekste. »Ich war in der Tiefgarage und gehe zum Ausgang, und plötzlich …« Der Kontakt brach ab.

»Frau König, sind Sie getroffen worden?« Seine Stimme klang heiser.

Nichts. Seine Gedanken rasten. Milena Vogt – Lars Bergmann – und jetzt Amelie König?

Wolff versuchte es noch mal bei ihr.

»Bin so fertig«, hörte er ein Schluchzen.

»Sind Sie verletzt?«

Hatte sie *nein* geflüstert?

»Gehn Sie in Ihre Wohnung. Polizei kommt gleich.«

Er wählte den Lagedienst an, gab Amelie Königs Adresse durch, forderte einen Mannschaftswagen an.

Dann setzte er sich ins Auto und raste zu ihrer Wohnung *Am Stern.* Der Himmel zog sich zu, ein neues Sommergewitter nahte.

Jetzt begann leiser Regen, der Wischer kratzte über die staubige Scheibe, innen war alles beschlagen. Wolff schaltete die Klimaanlage an und sagte sich das Kriminalisten-ABC auf: Wer könnte warum auf Amelie König geschossen haben? Derselbe Täter, der auf Bergmann schoss? Der Milena Vogt vergiftete? Oder dieselbe Täterin? Wo hielt sich Linda Haas-Bergmann auf? Ein Fahndungsblatt war an die italienische Polizei rausgegangen. Aber eine Hotelanmeldung in Florenz auf eine Frau dieses Namens war nicht feststellbar.

Es ging zu langsam voran, rechte Spur, linke Spur, er hupte mehrmals, was er sonst nicht tat, der Regen wurde stärker, prasselte heftig, manchmal sah er fast nichts. Er lockerte seine Hände, die verkrampft das Steuer umfassten. Die Strecke bis zu den Wohnblocks *Am Stern* war nicht lang, aber die Großbeerenstraße war verstopft, an jeder Kreuzung sprang die Ampel auf Rot.

Endlich da, kein Parkplatz, Halteverbot. Schirm im Auto. Kleine Rinnsale liefen Wolff von den Haaren über Stirn und Wangen. Er rannte. Der Knöchel schmerzte. Als er den Wohnblock in Sichtweite hatte, sah er den Wagen der Schutzpolizei davor stehen, atmete auf und verlangsamte.

Im Hausflur hatten sich ein paar Mieter versammelt, die gespannt den Einsatz verfolgten. Es roch nach nassen Sachen. Wolff nickte flüchtig dem Polizeiposten am Eingang zu, ein übernächtigt aussehender junger Mann gegen Ende der Schicht. Wahrscheinlich sah er selbst ebenso fertig aus.

»Sie ist unverletzt, aber sie hat einen Schock«, sagte der junge Kollege. »Der Arzt ist da.«

Wolff atmete auf. Sein Instinkt sagte ihm, dass Amelie König ein gefährliches Wissen hatte, sonst wäre nicht auf sie geschossen worden. Der Begriff *Kronzeugin* kam ihm in den Sinn. Jetzt ran an die Frau, sagte er sich, jetzt wo sie so fertig ist.

Während er zum achten Stock hochfuhr, glättete Wolff seine Haare, die sich in der feuchten Luft noch mehr als sonst kringelten, und wischte den Schweiß ab.

Amelie König lag auf der abgewetzten Couch, auf der Wolff gestern bei seiner fruchtlosen Befragung gesessen hatte. Ein Mann in den Fünfzigern, dessen dünne Arme aus dem weißen, kurzärmeligen Hemd schauten, erhob sich und kam auf ihn zu.

»Doktor Krüger. Ihre Kollegen haben mich gerufen. Frau König hat einen psychogenen Schock erlitten. Ich habe ihr ein Beruhigungsmittel gegeben.«

Mist, dachte Wolff, hoffentlich schläft sie mir jetzt nicht weg. Er versuchte, Blickkontakt zu seiner Zeugin herzustellen. Die Haut der Frau war fahl, das Haar verschwitzt und unordentlich, ihre braunen Augen halbgeöffnet. »Darf ich mich zu Ihnen setzen?«

Sie nickte, und Wolff setzte sich vorsichtig auf die vordere Mitte der Couch. Es kam ihm vor, als hocke er, egal, nur so dicht wie möglich bei ihr, um sie am Einschlafen zu hindern.

»Regen Sie Frau König bloß nicht auf«, sagte der Arzt, der sich ans Fenster gestellt hatte und seine Patientin aufmerksam beobachtete.

»Ich bin aus meinem Auto, wollte zum Lift, da hat es geknallt«, sagte Amelie leise und kreuzte die Hände über der Brust.

»Hatten Sie das Gefühl, dass der Schuss Ihnen galt?« Die Spurensicherung würde hoffentlich das Projektil sichern, vielleicht sogar die Hülse, die zur Bestimmung von Kaliber und Hersteller wichtig war.

»Es war 'ne schnelle Bewegung hinter mir. Ich hätte tot sein können.« Ihre Stimme zitterte. Keine Kronzeuginnen-Stimme. »Können Sie mir 'ne Decke geben? Ich friere.«

Wolff ging ins Schlafzimmer, holte eine Decke mit geblümtem Bezug, legte sie vorsichtig über die Frau.

»Der Täter hat offensichtlich nicht direkt auf Sie gezielt. Das spricht für Einschüchterung.«

»Ich weiß nicht. Mein Kopf ist voller Watte.« Ihre Finger krampften sich um die Decke. »Milena musste sterben. Und jetzt bin ich dran.«

»Quatsch«, sagte Wolff laut.

Die Frau zuckte zusammen.

Der Arzt trat hinzu und legte ihr seine Hand auf den Arm. »Bitte, nicht aufregen.«

»Ihr Angreifer hat sein Ziel erreicht, wenn Sie schweigen«, sagte Wolff. Es tat ihm leid, aber er konnte jetzt keine Zurückhaltung üben. »Hat Milena mit Ihnen über ihr Verhältnis zu Bergmann gesprochen?« Es war ein Schuss ins Blaue, kombiniert aus den Fingerabdrücken in Milenas Schlafzimmer, der SMS auf ihrem Handy und den Angaben von Rechtsanwältin Starke.

»Woher …«

»Egal, jetzt. Hatte Milena mit Bergmann etwas vereinbart?«

»Ein neues Gutachten.« Die Augen der Frau fielen immer wieder zu.

Wolff entschloss sich, da nicht nachzuhaken. Ein neues Gutachten würde sich in den Bauakten finden, wenn es amtlich war.

»Was wollte Kai Nehrkorn gestern bei Ihnen?«

»Nichts.« Es war nur noch ein Flüstern.

Wolff packte die Frau beim Handgelenk. »Alte Berliner Zeiten wiederbeleben? Das glauben Sie doch selbst nicht.«

»Herr Wolff, Schluss jetzt.« Dr. Krüger trat auf ihn zu.

»Ich lasse Frau König gleich schlafen«, sagte Wolff, während er dachte: Zufassen, jetzt war der richtige Augenblick. »Was hat Nehrkorn gesagt?«

»Einfach quatschen … Hat gesagt: ›Die denken, ich war's‹, nur weil im Polizeicomputer … Kai würde niemals …« Der Kopf der Frau fiel zur Seite.

Das war's, dachte Wolff. Er strich seiner Zeugin leicht über den Arm. Amelie König schlief.

Dr. Krüger begleitete Wolff zur Tür. »Ich will mich nur überzeugen, dass Sie wirklich weg sind.« Der Arzt grinste ihm zu.

38

Doris Bahlke wirkte erfreut, als Wolff nach seinem Einsatz bei Amelie König im Brandenburgischen Landesinstitut für Rechtsmedizin eintraf.

»Ich sitze an deinem Obduktionsbericht«, sagte sie lachend.

»Na, na, ganz so weit ist es mit mir noch nicht.«

Die Rechtsmedizinerin stand in einem gefliesten Raum, in dem eine Liege, ein schwenkbares Röntgengerät und ein Schreibtisch mit Computer standen, und hielt eine Aufnahme gegen das durch die Jalousetten hereindringende Sonnenlicht. Das Gewitter von vorhin hatte sich verzogen, schon füllte wieder schwüle Hitze den Raum.

»Ich schaue mir gerade den Einschuss bei deinem Bergmann an«, sagte sie. »Glatt und treffsicher von hinten hinein und in den Rippen stecken geblieben.«

Wolff trat neben Bahlke. Sie trug an diesem Tag eine kurzärmelige, hellblaue Bluse und wirkte weniger ausladend als im grünen Kittel bei der Obduktion Milena Vogts. Er spürte ein wenig von der alten Vertrautheit aus ihrer kurzen Beziehung vor dreißig Jahren.

»Wenn jemand einen Profikiller beauftragt hat, hast du schlechte Karten«, sagte sie. »Bei mir ist das Ergebnis glasklar.«

Wolff betrachtete das Geschoss im Körper. »Ich hab Bergmanns näheres Umfeld prüfen lassen. Einen Waffenschein hat niemand.«

»Hast du übrigens ein orthopädisches Problem? Dann kannst du auf den Tisch unter den Röntgenapparat. Spart dir die Zeit für den Doktor.«

Wolff grinste. »Nur mein altes Problem mit dem Knöchel.«

Bahlke gehörte zu den wenigen Menschen, die von seinem alkoholisierten Sturz als NVA-Soldat wussten.

»Das Gute an Krankheiten und Verletzungen liegt in der Chance zur Entwicklung der Persönlichkeit«, sagte sie.

Der erfolgsgewohnte National-Handballspieler Uwe Wolff sah das damals völlig anders. Erst viel später dachte er, dass sein eigenes Handicap das Verständnis für die Schwächen anderer Menschen in ihm geweckt hatte.

Sie betraten Bahlkes karges Büro, das lediglich durch eine Schale mit Schokoladenkeksen sowie einem Korb Äpfel aufgeheitert wurde.

»Ich konnte übrigens einen Teil der Tattoo-Aufschrift klären.«

Wolff brauchte einen Augenblick, um den Anschluss zu finden, zu viel war in den letzten Tagen über ihn hereingebrochen. »Ach ja, du sagtest bei der Obduktion, dass Spuren vom Entfernen eines Tattoos auf der Schulter von Milena wären.«

»Genau. Sie hat es weglasern lassen. Was ich noch aus den verbliebenen Farbpigmenten und den Narben unter der Haut entziffern konnte, war: … *nicht zähmen.* Ich konnte nur die letzten beiden Wörter aufschlüsseln.«

»Das könnte zu einem Gedanken passen, den ich habe«, sagte Wolff. »Ich brauch mal deine Meinung dazu.«

»Du weißt, dass es Schwierigkeiten geben kann, wenn wir hier Mordmotive kreieren?« Bahlke blickte Wolff aus hellblauen Augen prüfend an.

Er wusste, was sie meinte: Vielleicht würde sie später als Sachverständige vor Gericht auftreten, und da wäre es schlecht, wenn sie sich dem Kommissar gegenüber festgelegt hätte.

»Och, wir essen Kekse und Äpfel und plaudern. Ich sag dir mal, was ich so denke.« Wolff meinte, dass ein paar Vitamine nicht schaden könnten, und nahm sich einen Apfel. »Es kommt ein Geschäftsfeind in Betracht.« Er dachte an Schneider, der vielleicht doch noch eine alte Rechnung zu begleichen hatte. »Es ist Eifersucht im Spiel.« Bergmann sollte diverse Liebeleien gehabt haben, hatte Rechtsanwältin Verena Starke ihm anvertraut. »Er soll sogar mit Milena Vogt was gehabt haben.« Er blickte Bahlke an, die jetzt krachend in einen Apfel biss und in der linken Hand einen Schokokeks hielt. »Es sind seine Fingerabdrücke in ihrem Schlafzimmer gefunden worden. Und außerdem eine SMS Milenas an ihn mit vertraulichem Inhalt.«

Bahlke schmatzte ihm einen Luftkuss zu. »Wenn du's schon weißt, verrate ich ja kein Geheimnis. Nicht nur Fingerabdrücke. Speichel, Sperma mit seiner DNA an ihrer Leiche.«

»Vielleicht verrätst du mir auch, warum er Milena dann umgebracht haben soll?«

»Forensische Psychiatrie ist nicht mein Fachgebiet.«

»Versuch's trotzdem. Ich brauche eine unbefangene Meinung.«

»Es war ein Zweckverhältnis«, mutmaßte Bahlke. »Vielleicht hat Milena geschwankt, ob sie nicht doch die Baugenehmigung erteilen sollte. Du kennst die Politiker. Aufwertung der Gegend, Arbeitsplätze und so weiter.«

»Milena hatte eine Freundin, so eine Lifestyle-Journalistin. Die hat von einem neuen Gutachten gesprochen, das Bergmann vorgelegt hat.«

»Und?«

»Nichts und. Sie ist dann eingeschlafen.«

Bahlke blickte ihn irritiert an.

»Ich verrat dir mal aktuelle interne Ermittlungen.« Wolff zog die Augenbrauen hoch und machte eine kleine Pause. »Auf Amelie König, so heißt Milenas Freundin, wurde ein Anschlag verübt. Jemand hat in der Tiefgarage auf sie geschossen, sie aber nicht getroffen. Vermutlich sollte sie nicht verletzt, sondern nur eingeschüchtert werden. Die Ballistik ist dran. Amelie war sehr erschrocken, so dass der Arzt ihr ein Beruhigungsmittel verpasst hat.«

»Du Rohling verhörst die arme Frau unter Schock?« Bahlke drohte spielerisch mit dem Finger.

»Besondere Umstände erfordern besondere Maßnahmen. Jedenfalls hab ich gleich Sven, meinen Kollegen, angerufen, und der hat in den Bauakten ein mikroverfilmtes Gutachten eines bekannten Architekten und Landschaftsplaners gefunden …«

»Verstehe. Deine Milena war am Kippen. Halb zog er sie, halb sank sie hin.«

»Jetzt sag mir endlich, warum er sie dann umbringen sollte.«

»Ich muss schon wieder meine Bildung anbringen: Der Mohr hat seine Schuldigkeit getan.«

»Dann soll er sie halt abservieren. Aber töten?«

»Vielleicht wollte sie ihn ganz und gar. Da schwirrt doch so eine Ehefrau rum.«

»Ja, Linda. Sie ist abgehauen, wahrscheinlich nach Florenz. Sie hat keinen Waffenschein.«

»Vielleicht hat sie aus sicherer Entfernung jemand beauftragt?«

»Linda könnte doch erst mal abwarten, ob wir ihren Kerl einbuchten. Wär doch eine schönere Rache als der Tod.«

»Warst du mal eifersüchtig, so richtig? Du hast doch auch 'ne Ehe hinter dir.«

Eifersucht? Wolff dachte an den Moment, als er nach anstrengender Schicht den Brief seiner Frau Eleonore vorgefunden hatte. Sie wolle einen Mann mit zuverlässigen Arbeitszeiten, mit dem sie etwas unternehmen könne, daher habe sie sich jetzt einem Finanzbeamten mit Dienstschluss um zwanzig nach drei zugewendet. Es hatte ihn kalt erwischt. Ungläubigkeit, Wut, ja auch Enttäuschung. Aber Eifersucht auf diesen Buchhaltertypen? Erst nach und nach fielen Wolff die vielen Vorhaben Eleonores ein, aus denen nichts geworden war, weil ein neuer Todesfall geklärt werden musste, weil er die Bereitschaft mit einem Kollegen getauscht hatte, weil er einfach keine Lust verspürte oder zu müde war. Nach und nach verstand er Eleonores Beweggründe. Aber es hatte ihn verletzt, dass sie damals den Schlussstrich zog. Etwas für ihn sehr Wichtiges hatte sie ihm genommen: die Selbstbestimmung.

»Vielleicht ist Linda hinter das Verhältnis gekommen«, sagte Bahlke in seine Gedanken hinein. »Starke Kränkung, große Eifersucht auf die Nebenbuhlerin, Machtverlust, enttäuschte Besitzansprüche.«

»Dass Linda jemand beauftragt hat, Milena umzubringen, würde mir ja noch einleuchten. Aber warum ihn?« Wolff schüttelte den Kopf. »Sie kann sich doch trennen. Sie ist wirtschaftlich unabhängig und hat genug Beziehungen, um ein neues Leben aufzubauen.«

»Wenn ich dich nicht haben kann, soll dich auch keine andere haben«, sagte Bahlke und ein Schokokeks verschwand hinter ihren Zähnen. »Ich erzähl dir mal ein peinliches Stück aus meiner Vergangenheit.« Sie blickte angestrengt an Wolff vorbei durchs Fenster. »Da gab's mal eine Frau, die verbissen Waldläufe trainierte, weil sie hoffte, dass er beim gemeinsamen Lauf mal mit ihr reden würde. Die drauf und dran war, ihren Beruf zu verraten, weil er sich von einer Ärztin obduziert fühlte. Die sogar daran dachte, die süße unbedarfte Konkurrentin umzubringen, die Mittel dafür hätte sie ja gehabt. In der Psychiatrie heißt das: krankhafte Störung der Erlebnisverarbeitung.«

»Aber du hast dich darauf beschränkt, beim Obduzieren das Skalpell etwas fester zu führen«, sagte Wolff unwirsch. Das Gespräch glitt ihm zu sehr ins Private und brachte nichts.

Bahlke schien anders zu fühlen. »Manche Neurotiker flüchten sich in Ersatzhandlungen«, fuhr sie fort. »Wir nennen das Sublimierung. Das starke Bedürfnis kann nicht ausgelebt werden, der Betroffene hebt es auf eine andere Ebene, etwa soziale Arbeit, Leistungssport, Kunst.«

»Okay. Linda ist nach Florenz, vielleicht will sie dort Malerei studieren.« Wolff wiegte den Kopf.

»Bin noch nicht fertig. Manche Psychopathen reagieren auch in Form von Selbstjustiz. Sie stellen den Zustand her, den sie für richtig halten.«

»Indem man den Menschen zerstört, den man liebt und der einen verlassen hat?«

»Ja. Oder indem man den Nebenbuhler zerstört, der die Ursache für all das Unglück war. Oder beides.«

Wolff starrte nachdenklich auf den Apfelgriebsch in seiner Hand. Den Menschen töten, der einen verlassen hat. Den Menschen töten, der das verursacht hat …

»Mit was für unschönen Dingen müssen wir uns an einem so schönen Tag beschäftigen.« Im hohen Bogen warf er das abgegessene Apfelgehäuse in den Mülleimer in der Ecke, stand auf und umarmte seine Gesprächspartnerin.

Doris bot ihm ihren Mund und er küsste sie auf die Wange. Katja tauchte vor seinem inneren Auge auf, ihre wieder rotblonden Haare, ihre Sommersprossen, ihre grünen Augen. Er musste unbedingt Rechtsanwältin Starke anrufen, ob sie schon zu seiner Mutter gefahren war und mit Katja gesprochen hatte. Wolff hatte den Drang, aus dem Sektionsbereich herauszukommen.

39

Ina und Kai diskutierten seit etlicher Zeit über den Tod Bergmanns und was der für sie bedeutete. Ina hatte die aufgewühlte Stimmung, nachdem sie die Nachricht von der Inhaberin seines Reitstalls erfahren hatte, nutzen wollen, um mit Kai über die Zukunft zu sprechen. Vielleicht würde er endlich seine provisorische Unterkunft überm Stall aufgeben und ganz zu ihr ziehen.

»Wenn der Bebauungsplan erst mal weg ist, kann ich meine Pachtwiesen behalten. Über den Winter ein paar Zimmer umbauen und dann in den Sommerferien Reiterferien für Kinder anbieten.«

Aber Kai war anders als in den letzten beiden Nächten, er war plötzlich wieder ein Fremder. Ihre Argumente verfingen nicht.

»Bestimmt buddelt die Kripo die alten Filme aus. Von den Schlägereien in Friedrichshain ist ja einiges auf YouTube gestellt, dazu noch die Überwachungskameras der kapitalistischen Hauseigentümer. Denen ist Datenschutz doch egal. Meine Vorstrafen kennen die Bullen sowieso. Dann kriegen sie raus, wem ich meinen kaputten Arm zu verdanken habe. Und der nächste Schritt im Polizistengehirn ist dir ja klar.«

»Kai, nur weil du eine Hausbesetzer-Vergangenheit hast, können sie dir doch jetzt nichts tun.« Ina trat auf ihn zu, legte ihr Gesicht in die Beuge zwischen seinem Hals und seiner Schulter. Sie spürte, wie er zurückzuckte, und wurde wütend vor Hilflosigkeit.

»Lass mich bis morgen nachdenken.« Kai versuchte, sich aus ihrer Umklammerung zu lösen.

»Nicht morgen, jetzt.« Ina verstand, dass ihr Freund, der nach Demonstrationen mehrfach die Zelle kennengelernt hatte, in großer Unruhe war, die Polizei könnte plötzlich hier auftauchen. Aber er sollte nicht wieder in irgendein Aktivisten-Camp abhauen. »Jetzt ist die Zeit, Kai, ehe ein neuer Investor daherkommt. Dieser Schneider reibt sich nach Bergmanns Tod bestimmt die Hände.«

Kai wandte sich mit leidender Geste ab, was sie rasend machte. Am liebsten hätte sie ihn bei den Schultern gepackt und geschüttelt. Er war doch Realist. Er musste doch wissen, dass er seine Chance nur mit ihr hatte. *Mit Ina. Hier auf dem Hof.* Die Worte lagen ihr auf der Zunge, wollten heraus, nur das Wissen, dass sie kurz davor war, einen Streit heraufzubeschwören, die schöne Erinnerung an die vergangenen Nächte zu zerstören, ließ sie schweigen. Sie näherte sich ihm wieder, presste sich an ihn, spürte, wie er sich verhärtete. Da konnte sie sich nicht mehr bremsen.

»Jetzt ist die Zeit für eine Versammlung im Gemeindesaal. Auch Unentschlossene und Gegner werden kommen. Wir können alle überzeugen. Schluss mit diesem Thermen-Projekt, das unser Dorf bedroht. Warum lässt du mich hängen?«

Sie blickte in Kais starre braune Augen und versuchte, den wegstrebenden Mann festzuhalten. Aber Kai drückte sie von sich, ging zur Tür, zerstörte ihre kleine Hoffnung, jetzt mit ihm die Zukunft zu planen.

»Ich dachte, du bist endlich erwachsen«, sagte sie enttäuscht. Dann schrie sie ihn an: »Hau ab, du hoffnungsloser Spinner!«

Er verließ den Raum, ohne ein Wort zu sagen.

40

Der Himmel hatte sich verdüstert und am Horizont grollte es, als Linda Haas-Bergmann die letzten Meter zu ihrem Haus lief. Viele Gedanken, die alle mit *wenn* oder *aber* begannen, und eine schlaflose Nacht hatte es gegeben, bis Linda sich aus Florenz in ihre Potsdamer Wohnung zurückwagte. Ihr war unbehaglich, aber sie musste ihr Vorhaben durchführen. Erste Regentropfen trafen sie, als sie die Haustür aufschloss.

Sie betrat den Eingangsbereich. Lars und sie hatten im letzten Jahr eine Wand ziehen und einen zweiten Zugang bauen lassen. Sie schloss ihre Wohnung auf. Es herrschte eine Stille, die ihr Angst machte. Der in der Ferne geschmiedete Plan schien auf einmal gefährlich.

Ohne ihre Jacke abzulegen, ging sie ins Schlafzimmer, öffnete ihre Wäschekommode, tastete nach dem Tagebuch und … Erschreckt zog sie die Luft ein. Ihr Alptraum bewahrheitete sich. Hatte sie das Tagebuch woanders hingelegt? Sie durchwühlte ihre Unterwäsche, warf alles auf den Boden, zog andere Schubkästen auf, schüttete den Inhalt mehrerer Taschen aus, sah im Nachttisch nach, auch im Badezimmer, wo sie manchmal in der Wanne etwas las, eilte dann ins Wohnzimmer, überflog die Buchrücken im Regal. Nichts. Panik überfiel sie. Ganz ruhig, sagte sie sich, ging in die Küche, trank ein paar Schluck Mineralwasser, um Mund und Kehle anzufeuchten.

Die Standuhr im Wohnzimmer begann zu schlagen, Linda zuckte zusammen. Dabei kannte sie den Gong. Lars und sie hatten die antike Uhr zu Studentenzeiten in Kreuzberg gekauft und aufarbeiten lassen. Tränen schossen ihr in die Augen, als sie daran dachte, wie sie sich das Geld von ihren schmalen Einkünften zusammengespart hatten. Jetzt schien ihr das Schlagen der Uhr wie eine Beschwörung alter Zeiten, und an die wollte sie nun wirklich nicht denken.

Plötzlich heulte ein Sturm auf, ein greller Blitz beleuchtete das Zimmer, die Tür zum Balkon, die sie geöffnet hatte, um die abgestandene Luft herauszulassen, schlug zu. Sie öffnete sie wieder, egal, ob der Regen hereinpeitschte. Sie brauchte frische Luft. Linda kauerte sich mit angezogenen Beinen auf die Couch. Vom Scheinwerfer auf ihrem Balkon angehauchte gelbweiße Regenbahnen fielen auf die Terrasse. Es rauschte.

»Mein Gott«, sagte sie, obgleich sie schon lange kein Mitglied der Kirche mehr war. »Ich muss mein Tagebuch wiederhaben.«

Plötzlich ein Geräusch. Jemand schloss die Haustür auf. Mit angehaltenem Atem lauschte Linda, wie jemand über die Marmorfliesen im Eingangsbereich ging. Schritte, schwer und zielstrebig. Der Schweiß brach ihr aus. Zuschließen, sich einschließen. Aber der Zimmertürschlüssel steckte nicht. Linda wollte sich hinter dem wuchtigen Bücherschrank verstecken, da blieb sie mit der Schuhspitze an einer Teppichkante hängen, stolperte, fiel hin. Es rumste, und sie krabbelte auf allen vieren hinter den Schrank.

Die Schritte näherten sich. Linda hielt den Atem an. Jemand stand unmittelbar vor der Tür. Sie presste die Hand vor den Mund, ihre Zähne gruben sich in die Haut. Jetzt würde man sie beseitigen. Langsam öffnete sich die Tür. Jemand kam auf sie zu.

41

Es war eine Situation, die Wolff beunruhigte. Er war auf dem Weg zum Tatverdächtigen. Er hatte eine Vermutung, aber die Beweise reichten nicht. Vielleicht würde er noch welche finden.

Nach dem Gespräch mit Doris Bahlke über Liebe, Eifersucht, Rache, Vergeltung hatte sich in seinem Gehirn ein Gedanke verfestigt. In den Video-Zusammenschnitten über die Hausbesetzer in Friedrichshain hatte er etwas Bestimmtes wahrgenommen: Ein Gesicht, das ihm entfernt bekannt vorkam, ohne dass er es hätte zuordnen können. Ein Verdacht war entstanden. Von der Rechtsmedizin war Wolff zurück ins Kommissariat gefahren und hatte sich gemeinsam mit Sven noch mal ein ganz bestimmtes Video angesehen und ein paar technische Untersuchungen veranlasst. Anschließend teilte er seinen Verdacht mit und erklärte dem Kollegen, was er vorhabe. Sven schluckte.

»Es gibt zwei Möglichkeiten«, sagte Wolff. »Entweder wir sammeln weiter Indizien und warten ab …«

»Oder wir sind vielleicht auf der falschen Fährte«, hielt der Kollege ungewohnt energisch gegen.

»Vertrau mir«, sagte Wolff, aber eigentlich wollte er sich selbst Mut machen.

Es war mittlerweile Abend, als Wolff seinen Pkw in der Nähe des Bauernhofs von Ina Kowalski abstellte. Sven blieb im Wagen und hielt Kontakt zu zwei Kollegen, die an einer anderen versteckten Stelle parkten.

Drei SMS-Kommandos hatte Wolff mit Sven vereinbart: 1 = Komme allein klar. 2 = Mach dich mit den Kollegen bereit. 3 = Einsatzbefehl.

Er zog seine Pistole aus dem Halfter, während er sich im

Schutz der Bäume dem Hof näherte. Er fröstelte vor Müdigkeit und Unruhe. Wieder und wieder hatte er gegrübelt, ob sein Verdacht standhalten würde, hatte seine geistigen Schachfiguren hin und her geschoben, an Katja gedacht und wie das weitergehen würde mit der Strafanzeige und auch mit ihnen.

Auf dem Hof herrschte Ruhe. Er klopfte an der Hintertür, die zur Küche führte. Niemand öffnete. Er klopfte noch mal. Kein Laut. Vielleicht war Ina Kowalski draußen auf der Wiese. Ihr Auto stand auf dem Hof. Wolff entschloss sich, gleich dorthin zu gehen, wo er hinwollte. Sein Gefühl, dem er immer vertraut hatte, sagte ihm, dass er richtig handelte.

Linda Haas-Bergmann erwachte und wusste nicht, wo sie war. Sie richtete sich auf und bemerkte, dass sie auf dem Sofa in ihrer Wohnung lag, noch in Reisekleidung. Es war Abend und sie musste, nachdem sie zwei Tavor-Tabletten genommen hatte, mehr als sechs Stunden geschlafen haben. Langsam lichtete sich der Nebel des Beruhigungsmittels und sie erinnerte sich an ihre Rückkehr nach Hause. Ihr Entsetzen darüber, dass ihr Tagebuch verschwunden war. Dann war sie von einem vermeintlichen Einbrecher erschreckt worden. Kommissar Wolff hatte einen Schlüssel vom Hausmeister, das sei so üblich bei polizeilichen Ermittlungen. Nebenbei sagte er, dass er ihre Aufzeichnungen zurückbringen wolle.

»Ich brauche es nicht mehr.«

»Wie konnten Sie das Tagebuch einfach mitnehmen?«, schrie Linda den Kommissar an. »Das ist doch meins.«

»Ich suche den Mörder.«

Wolff unterrichtete sie über den Tod ihres Mannes. Ein tiefer Schreck durchfuhr Linda, gemischt mit Ungläubigkeit, Unverständnis. Was blieb, war Angst. Lars ermordet. Würde sie die Nächste sein? Würde ein Verrückter jetzt ihr auflauern und sie ebenfalls erschießen? Die große Abrechnung mit Bergmann-Immobilien?

Wolff klinkte die Tür zum Stall auf, von dessen Hinterseite eine Stiege nach oben zu dem ausgebauten Raum führte, den Kai Nehrkorn nutzte. Er stieg hinauf, stemmte den Arm gegen die Klappe, die zu dem über der Scheune liegenden Raum führte, öffnete sie vorsichtig und spähte hinein. Nichts zu sehen oder zu hören. Wolff legte die Klappentür leise um, erklomm den Dachboden, entsicherte seine Waffe und stellte sich in eine Ecke, um sich einen ersten Überblick zu verschaffen.

Es war düster hier, der Dachboden hatte nur kleine Luken und die Abendsonne war von Wolken verdeckt. Er hörte ein Wiehern und den Hufschlag eines Pferdes. Wolff trat zu einer Luke und sah die Kowalski mit Amigo am Zügel über den Hof gehen. Sie nahm das Zaumzeug ab, legte eine Abschwitzdecke über das Pferd und führte es in den Stall.

Rechtsanwältin Verena Starke taxierte ihr Gegenüber. »Er schleuderte also das Weinglas, traf Sie an der Brust. Es tat weh, Sie machten ein paar schnelle Schritte auf ihn zu, nun kommen Sie schon!«

Katja Eickelbaum trat zögernd auf die Anwältin zu.

»So geht das nicht. Sie schleichen, als wollten Sie ihn beschwichtigen. Sie waren erschrocken und wollten sich verteidigen. Noch mal das Ganze.«

Katja ging mit hängenden Schultern zurück.

»Los jetzt.« Verena seufzte innerlich. Das war keine Haltung einer Judoka. Die Polizistin haderte mit sich, dass sie sich so hatte provozieren lassen. »Notwehr, da ist das Gehirn ausgeschaltet.«

Katja straffte sich, drehte sich zu ihrer fiktiven Gegnerin, atmete tief, sprang auf sie zu. Verena packte blitzschnell ihren rechten Arm, um sie zu provozieren, und hob den freien Arm zum Faustschlag. Das war nicht Judo. Es war die Haltung, die der Typ eingenommen hatte. Katja stellte sich zwischen die Beine Verenas, machte eine Sichel, fegte das Bein ihrer Gegnerin weg und warf sie mit kräftigem Griff an der Schulter zu Boden. Verena fiel mit geübter runder Bewegung auf die Fliesen der Küche.

Wolffs Mutter, die auf der Eckbank saß, eine Videokamera in der Hand, schrie unterdrückt auf.

»Alles gut, bin ja nicht mit dem Kopf auf die Tischplatte geknallt wie ihr Ex.« Verena stand lächelnd auf. »Und jetzt schauen wir uns das Video mal an. Hoffen wir, dass es die Strafverfolgungsbehörde auch überzeugt, dass Sie in Notwehr gehandelt haben.«

Wolff hielt es kaum noch aus. Das erregende Gefühl, auf der richtigen Spur zu sein, vermischte sich mit der Sorge, nicht einschätzen zu können, was passieren würde. Er hatte doch alles: Tat, Motiv, Möglichkeit. Es fehlte nur der Beweis. Vorsichtig lief er durch den ausgebauten Dachboden. Zwei übereinandergelegte Matratzen neben einer umgedrehten Obstkiste bildeten Nehrkorns Schlafstätte. Darauf lag, unordentlich zusammengeschoben, eine karierte Decke. An den Wänden hingen offene Regale, auf denen sich alte Zeitungen stapelten. *Die Revolutionäre 1.-Mai-Demo hat begonnen.* Auf dem Fußboden an der Dachluke lag ein Sitzsack, auf dem Boden verteilt Jeans, T-Shirts, Flugblätter. *Wir bleiben! Freiraum-Aktionstage.*

Routinemäßig fasste Wolff in die Taschen der Kleidungsstücke auf dem Boden. Zwischen zerknitterten Bons, einem Taschenmesser, ein paar Münzen fand er ein zerrissenes und wieder geklebtes Foto. Wolff sah sich das Frauengesicht an und nickte. Ein siegessicherer Blick aus blauen Augen in die Ferne, ein junges, ebenmäßiges Gesicht, eingerahmt von langem, in der Mitte gescheiteltem blonden Haar, das über die nackten Schultern floss. Ein Stück Tattoo war am Schlüsselbein zu sehen. Es war dasselbe Gesicht wie auf dem Video, als sie Nehrkorn, ein paar andere Männer und eben diese Frau aus dem besetzten Haus abführten. Ein technischer Abgleich des Frauengesichts hatte Gewissheit gebracht: Es war das Gesicht aus dem Pass von Milena Vogt.

Wolff drückte auf seinem Handy die Eins und die Zwei, in der Hoffnung, dass Sven verstand: Noch war keine Hilfe nötig, aber die Kollegen sollten bereit sein.

In diesem Augenblick hörte er Schritte.

Ina fühlte sich ein wenig getröstet, wie immer, wenn sie gut mit Amigo gearbeitet hatte. Der Streit mit Kai ließ ihr keine Ruhe und zerriss sie innerlich. Sie liebte ihn mehr als er sie, das hatte sie schon lange gefühlt. Kai kroch hier gern unter, wenn er erschöpft oder verletzt von einer Aktion zurückkam, sammelte neue Kraft, machte sich nützlich, schlief mit ihr so wie wahrscheinlich auch mit anderen Aktivistinnen. Das war's. Der Mann an ihrer Seite würde er nicht werden. Wieder Enttäuschung, wieder Verlust. So wie damals, als Milena zurückkam, ihr eben mal so den Freund ausspannte und ihn nach kurzer Liebelei nicht mehr haben wollte. Die Überlegung, dass sie keinen Mann fesseln konnte, bohrte sich wie ein Splitter in ihr Fleisch.

Linda erhob sich mühsam. Sie fühlte sich von den Beruhigungstabletten immer noch benommen und zugleich unruhig. Jetzt, wo Lars tot war, wäre sie frei. Und zugleich war sie unfrei, ihre Wohnung war ein Gefängnis. Zitternd hatte sie dem Kommissar ihr Rückflugticket nach Berlin gezeigt.

»Okay, Sie sind nicht hier gewesen, als Ihr Mann ermordet wurde«, hatte Wolff gesagt und hinzugefügt: »Aber das entlastet Sie noch nicht völlig. Wenn Sie wieder verreisen, nehme ich Sie fest.«

Linda trat auf ihren Balkon, starrte auf die Havel. Nach Florenz war sie abgereist, um dort neu anzufangen, aber in den Augen des Kommissars war sie abgetaucht, weil sie etwas zu verbergen hatte. Bestimmt hatte er die alte Geschichte mit dem Gas-Tod der jungen Frau in dem entmieteten Haus in Friedrichshain ausgegraben. Wegen fahrlässiger Tötung war sie zu einer Bewährungsstrafe von zwei Jahren verurteilt worden. Nach außen war sie bereits einmal schuld gewesen am Tod eines anderen Menschen. Einmal schuld, immer schuld?

Linda zog ihr Reisekostüm aus und Jeans und T-Shirt an. Sie hatte Angst, dass der Kommissar sie für die eiskalte Auftraggeberin eines Gattenmordes halten würde. Jetzt, da Lars tot war, musste sie alles aufdecken. Sie würde in die Firma fahren, irgendwo dort waren die Unterlagen über dieses Todeshaus in Berlin. Sie musste sich selbst retten.

Linda verließ ihre Wohnung, fuhr mit dem Lift in die Tiefgarage. Als sie gerade in ihr Auto steigen wollte, legte sich eine Hand auf ihre Schulter.

»Wohin, Frau Haas-Bergmann?«

Sie fuhr herum und blickte in das entschlossene Gesicht eines Polizisten.

Sie wollte ihn abschütteln, da kam schon ein zweiter.

»Ich erkläre Ihnen alles«, rief Linda voller Schreck. »Ich war es nicht. Ich muss in die Firma, da liegen Unterlagen … Ich bin nicht schuld am Tod der jungen Frau.«

»Das erzählen Sie lieber dem Kommissar in der Direktion.«

Die beiden Polizisten packten sie am Arm und führten sie hinaus, wo der Einsatzwagen wartete.

Linda begann zu schluchzen. Sie hätte es Wolff selbst erklären sollen, als er ihr ihr Tagebuch zurückbrachte: Ich habe damals die Schuld auf mich genommen. Eine junge Frau starb durch ausströmendes Kohlenmonoxyd in Friedrichshain. Lars wollte das Haus leer bekommen. Ich habe gesagt, dass ich die Schadensanzeige der Mieterin nicht dem Hauswart weitergegeben habe. Ich habe mich verurteilen lassen. Für Lars.

Wolff hörte Schritte, die näher kamen. Jemand stieg hoch. Er stellte sich in eine Ecke und spürte sein schnell klopfendes Herz. Jetzt wurde die Klappe geöffnet, und er sah schwarze, zerzauste Haare.

»Guten Abend, Herr Nehrkorn.«

Der Mann fuhr herum und seine dunklen Augen verengten sich blitzschnell, als er Wolff wahrnahm. Er stieß einen Schnaufer aus und schien einen Augenblick lang flüchten zu wollen. Wolff überlegte, die Waffe zu ziehen, entschied sich jedoch dagegen. Fluchtinstinkt war selbst bei unschuldigen Menschen, die sich verfolgt sahen, nichts Ungewöhnliches. Nehrkorn war unbewaffnet und sein verletzter Arm würde nicht gegen Jiu-Jitsu-Griffe standhalten.

»Suchst du hier deinen Mörder?« Der Aktivist kam auf ihn zu, die Augen zusammengekniffen. »Pech für dich. Ich war mit Ina zusammen, als Bergmann starb. Kannst sie gern fragen.« Er stand breitbeinig, die Fäuste in die Hüfte gestützt. Auf seiner rechten Schulter, die der Träger des ausgeschnittenen Hemdes freiließ, sah Wolff einen Teil einer Tätowierung: … *kann man nicht zähmen.*

Wolff entschloss sich zur Konfrontation. »Leider kann ich Milena nicht mehr fragen. Sie kann dir kein Alibi geben.« Er sah dem Mann direkt in die Augen. Ihm schien, dass sich in dem konzentrierten, harten Blick etwas wie Erschrecken und Angst mischte, aber vielleicht irrte er sich auch.

»Du spinnst ja. Milena gehörte zu uns«, sagte Nehrkorn mit rauer Stimme und trat angriffslustig auf Wolff zu. »Den Baulöwen kannst du nicht mehr verknacken und jetzt suchst du hier Ersatz.«

In diesem Augenblick ertönte eine Frauenstimme.

»Kai, bist du da oben?« Ina Kowalski steckte den Kopf durch die Luke.

Wolff sah, wie sie erschrocken den Atem einzog und schnell hochkletterte.

»Was wollen Sie schon wieder hier?«, presste sie atemlos hervor. »Halten Sie uns für Mörder?«

»Ina, ich möchte jetzt mit Kai sprechen und dann komme ich zu Ihnen. Gehen Sie ins Haus.«

Die Kowalski dachte nicht daran. »Wolln Sie unser Leben kaputtmachen?«, schrie sie. »Der Mörder ist woanders.«

Sie griff einen Schemel und schleuderte ihn in Wolffs Richtung. Er konnte gerade noch ausweichen, und der Schemel polterte auf die Dielen.

Diesen Augenblick nützte Nehrkorn, spurtete an Wolff vorbei, raste zur Stiege, warf sich drauf, rutschte mehrere Stufen ab, fluchte, stöhnte, rappelte sich auf und rannte weiter.

»Kai«, schrie Ina. »Ich helfe dir. Das ist ein furchtbarer Irrtum.«

»Ina beruhigen Sie sich«, rief Wolff, überrascht über ihren Aufruhr.

Er machte ein paar schnelle Schritte auf sie zu, packte sie, um sie zur Stiege zu führen, da biss sie ihm in die Hand. Es tat weh und Wolff hätte ihr am liebsten den Arm verdreht. Er schlang sein Bein um ihres, zog sie aus dem Gleichgewicht und warf sie sich über die Schulter. Sie schrie, hieb mit den Fäusten, trat ins Leere. Vor der Stiege ließ er sie runter.

»Ab ins Haus«, donnerte er, »und wehe, Sie bleiben nicht drinnen.«

Ina stieg hinunter, und Wolff hoffte, dass sie nicht ihrem Freund hinterherrennen würde.

Er drückte die Zwei auf seinem Handy. Kurz überlegte er, ob er auch die Drei drücken sollte, wartete aber noch ab. Wenn sich das Ganze als falsche Spur herausstellte, wäre es unverantwortlich, mehrere Mannschaftswagen anzufordern.

Wolff kletterte die Stiege hinunter in den Stall. Von Nehrkorn keine Spur. Die Pferde waren draußen auf der Wiese. Nur Amigo war in seiner Box, um vom Training auszuruhen.

Rennt übers Feld Richtung Straße, schrieb jetzt Sven.

Abriegeln.

Weit konnte der Mann nicht sein. Ein Fluchtauto hatte er nicht. Hinter dem Bauernhof war dichter Wald, über den See käme er nur mit dem Boot, und der Weg zur einzigen Zufahrtsstraße war gesichert. Sie würden Nehrkorn festnehmen, dann ab mit ihm ins Kommissariat, ein hartes Verhör, und dann würde man ihn einbuchten oder auch gehen lassen.

In diesem Augenblick kam die Meldung: *Rennt zurück.*

Offensichtlich hatte Nehrkorn die Polizisten bemerkt. Wolff sah den Mann am Rand eines Feldes auftauchen und auf den Stall zu rennen.

»Stehen bleiben«, rief einer der Polizisten.

Ein Warnschuss knallte.

Verdammt, dachte Wolff, jetzt gerät der Typ in Panik. Er verschanzte sich schnell auf einem Hängeboden, auf dem Heu lagerte. Da war Nehrkorn schon im Stall. Wolff hörte seinen schweren Atem. Zugleich fing Amigo an zu schnauben und zu wiehern. Wolff versuchte, einen sicheren Schusskanal für seine Pistole zu finden, für alle Fälle. Seine SIG Sauer trug ohne weiteres über sichere acht bis zehn Meter, wenn er ein freies Ziel hatte. Aber im Stall waren überall Pfosten, Bretter, Verschläge. Wolff drückte sich an der Wand entlang auf der Suche nach dem besten Platz. Er hatte keine Lust, mit einem Heuballen durch ein Loch in den Stall zu fallen. Ein knisterndes Geräusch konnte er nicht verhindern.

Da hörte er eine kehlige Stimme. »Hau ab Bulle, sonst geht's dem Zuchtgaul schlecht.«

Nehrkorn stand neben Amigo und hatte ein großes Messer in der Hand. Amigo warf unruhig den Kopf und blähte die Nüstern.

Ina war völlig außer sich. »Kai«, rief sie mehrmals laut, als sie über den Hof rannte. Aber er antwortete nicht und sie sah ihn auch nicht. Stattdessen erblickte sie mehrere Männer, die das Haus umstellt hatten.

»Er ist hier lang«, rief einer.

Sie betrat ihre Küche und ließ sich erschöpft auf die Bank fallen. Sie verstand überhaupt nichts. Was wollte dieser Wolff schon wieder? Sie musste zu Kai. Er war es nicht gewesen. Er hatte die Nacht mit ihr verbracht. Sie würde es gleich dem Kommissar sagen. Sie durften Kai nichts tun. Zusammenstöße mit der Polizei hatte er zur Genüge erlebt. Wie schlimm musste es für ihn sein, wieder verfolgt zu werden. Wenn er durchdrehte, würden sie ihn verhaften.

»Kai, mach dich nicht unglücklich«, sagte Wolff ruhig. »Lass das Pferd in Ruhe und geh raus. Wir können reden.«

»Damit mich deine Bullen-Kollegen festnehmen? Irgend 'ne offene Rechnung findet ihr doch immer.« Nehrkorn lachte hysterisch. »Freier Abzug, sonst geht's dem Gaul schlecht.«

Wolff entschloss sich zu einem Schreckschuss in der Hoffnung, Amigo zu mobilisieren, damit der sich durch Tritte befreite. Aber das Pferd bäumte sich daraufhin panisch auf und trat nur unkontrolliert um sich. Nehrkorn wusste offensichtlich, wie ein Pferd in Angst reagierte, und wich aus.

»Wirf deine Waffe weg, Bulle, hierher zu mir. Sonst wird dieser Gaul nicht mehr rennen.« Der Aktivist strich mit der Messerspitze über den Hals des Pferdes.

Amigos Ohren zeigten ein hektisches Spiel. Wolff versuchte, ruhig zu überlegen, aber die Gedanken überfielen ihn geradezu. Sein Verdacht war nicht schwer genug, um gezielt zu schießen. Ein Warnschuss dicht an Nehrkorn vorbei war zu gefährlich. Vielleicht würde er das vor Angst hin- und hertänzelnde Pferd treffen. Das wäre der Ruin für die Kowalski. Wie hoch war so ein Turniergaul versichert? Würde eine Versicherung überhaupt zahlen, wenn ein in die Enge getriebener Verbrecher ein Pferd als Geisel nahm?

»Mach schon, Bulle, sonst fließt Pferdeblut.«

Wolff sah in das Gesicht des Aktivisten. Er machte einen entschlossenen Eindruck. Wolff warf die Pistole vom Hängeboden nach unten in den Stall. Nehrkorn kam aus der Box und schnappte sich die Waffe.

»Sag deinen Kollegen, dass ich gehen kann. Ich nehme Inas Auto. Freier Abzug, klar?«

Amigos Hufe trommelten gegen den Verschlag. Wolffs Gedanken überschlugen sich. Inas Auto. Sollte er Nehrkorn fahren lassen?

»Keine Tricks. Ich will hören, was du sagst.«

»Okay.« Wolff trat an den Rand des Hängebodens, nahm demonstrativ sein Handy, stellte auf laut, wählte die Nummer von Noack. »Sven, hör zu. Nehrkorn nimmt jetzt den Pkw von Frau Kowalski. Ihr lasst ihn fahren. Hast du verstanden, den Pkw.«

Wolff hörte, dass Sven die Luft einzog. »Verstanden.«

Wolff wusste, was jetzt passierte. Die Kollegen brauchten ein paar Minuten, um einen Peilsender am Unterboden von Inas Auto zu montieren.

»Her mit dem Handy«, rief Nehrkorn.

Wolff versuchte, Zeit zu schinden. »Kai, noch ist nichts passiert. Wenn das Ganze ein großer Irrtum ist, dann klären wir das unter uns. Was war mit Milena?«

Milena Vogt hatte sich von der Aktivistin aus Friedrichshain zur Politikerin entwickelt, die ihre Meinung geändert hatte. Auf einem alten, von Sven ausgegrabenen Polizeivideo war zu sehen, wie Milena als Widerständlerin auf einer 1.-Mai-Demo in Berlin gemeinsam mit Kai Flaschen und Steine gegen Polizisten schleuderte. Festgenommen worden waren sie in einer Wohngemeinschaft, wo sie beide gemeinsam ein Zimmer hatten.

»Hör endlich mit Milena auf, Mistkerl, such ihren Mörder woanders«, schrie Nehrkorn. »Ich will hier weg. Und jetzt her mit dem Handy, sonst knallt es aus deiner Pistole. Was kostet so ein Turniergaul? Überleg mal.«

Er richtete demonstrativ Wolffs Pistole auf das Sprunggelenk des Pferdes. Amigo schabte mit den Zähnen an der Boxenwand.

Wolff warf das Handy nach unten in der Hoffnung, dass der Peilsender jetzt am Auto der Kowalski installiert war. Nehrkorn griff es und verließ den Stall.

Wolff kletterte vom Hängeboden, um durchs Fenster zu beobachten, was geschah. Eine Weile war Stille, offensichtlich hielten sich die Kollegen an die Anweisung, den Mann in den Pkw steigen zu lassen. Aber da hörte er Schüsse. Nehrkorn hatte bemerkt, dass die Polizisten sich an Inas Auto zu schaffen machten. Er fühlte sich umzingelt und rannte zum Stall zurück, die Pistole in der Hand. Amigo hatte sich gedreht, drängte aus der Box heraus und galoppierte den Gang auf und ab. Der Fluchtinstinkt. Aber das Pferd konnte nicht fliehen. Das Stalltor zur Westseite war verschlossen, durch das gegenüberliegende Tor raste Nehrkorn herein, Wolffs Pistole in der Hand, schlug es hinter sich zu und schob krachend den Riegel vor.

Wolffs Atem ging schnell. Hoffentlich hatten die Kollegen draußen die Lage erfasst und Verstärkung angefordert. Nehrkorn wäre jetzt zu einer Kurzschlusshandlung fähig. Wolff suchte Deckung hinter einer Jauchetonne. Der Stall war groß und durch die vielen Boxen unübersichtlich.

»Mach's dir gemütlich, du Scheißkerl!«, hörte er Nehrkorn aus einer entfernten Ecke schreien.

Dann schlug eine Klappe zu.

Wolff wollte in die gegenüberliegende Ecke des Stalls rennen, von der er Nehrkorns Stimme gehört hatte, da rutschte er auf Pferdemist aus und schlug lang hin. Er stöhnte auf vor Schmerz und war einen Augenblick abgelenkt.

Plötzlich hörte er Zischen und Knacken. Ehe er verstand, roch er es. Feuer loderte auf aus der Ecke, in die Nehrkorn geflohen war.

Die Bullen machen alles kaputt, schoss es Ina durch den Kopf. Sie war vor Angst und Ungläubigkeit wie gelähmt. Durchs Küchenfenster sah sie zwei Polizisten, die sich an ihrem Auto zu schaffen machten, sah Kai aus dem Stall rennen, angesichts der Polizei abrupt stoppen, in den Stall zurück rennen, das Tor verrammeln. Was geschah da? Suchten sie Kai wegen Widerstand, Hausfriedensbruch, Sachbeschädigung? Ina kniete auf der Küchenbank, die Stirn aufs Fensterbrett gesunken, und weinte leise vor sich hin.

»Verdammt«, schrie Wolff.

Er wusste, wie rasend schnell Feuer sich in Stroh und Holz verbreitete. Er rappelte sich nach seinem Sturz hoch, ignorierte den Schmerz im Knie, das hinunterrinnende Blut, und hinkte so schnell er konnte Amigo hinterher, um ihn zum Tor zu treiben. Aber das Tier galoppierte auf und ab. Aufhalftern war nicht mehr möglich und ohne Zaumzeug konnte er es nicht packen. Pferde waren Fluchttiere und in Panik nicht zu bremsen. Feuer zündelte jetzt an mehreren Ecken hervor, es zischte und knackte. Wolff rannte hinkend in einen Nebenraum, wo ein Wasserhahn war. Dort sah er die Stiege in den Keller, über die Nehrkorn geflohen war. Vermutlich gab es einen rückseitigen Ausgang ins Freie. Die Klappe war von innen verriegelt.

Schnell drehte er den Hahn auf, füllte Wasser in den Eimer, aber der Druck war schwach, verdammt, es dauerte zu lange. Schon raste Amigo auf ihn zu. Wolff versuchte, Wasser auf das Tier zu schütten, das den Kopf nach hinten warf, die Nüstern voll Panik geweitet. Aber Amigo in seinem Aufruhr blieb nicht stehen, und das meiste Wasser landete auf dem Boden. Wolff riss den nächsten Eimer unter dem Hahn weg und schüttete Wasser auf die Brandherde. Aber kaum war das Feuer an einer Stelle gelöscht, brach es an einer anderen hervor.

Das Pferd muss mit mir raus, war das Einzige, was er denken konnte, sonst ist die Kowalski ruiniert. Seine Schuld, er hatte diese Situation provoziert.

Ina kauerte immer noch auf der Küchenbank, als sie Feuer roch. Alarmiert sprang sie hoch und raste hinaus. Qualm drang durch die Stallfenster nach draußen. Mehrere Polizisten hatten die auf dem Hof liegenden Schläuche angeschlossen und spritzten Wasser in die Fensterhöhlen.

»Amigo ist da drin«, schrie Ina ihnen zu. »Ich muss ihn holen!«

Zwei Männer griffen ihre Arme und hielten sie gewaltsam zurück. Ina schlug um sich wie eine Verzweifelte.

»Amigo«, schrie sie, und »Kai«, bis ihr die Stimme versagte.

»Scheiße, wie lange braucht die Feuerwehr noch?«, hörte sie jemand rufen.

Ina riss sich los und raste zur Rückseite des Stalls. Dort führte die Treppe in den Kellerraum. Die Tür stand offen.

»Kai«, rief sie, »Kai, wo bist du?« Sie taumelte, prallte gegen die Wand und begann fassungslos zu schluchzen.

»Weg vom Stall, aber dalli!« Ein Polizist riss sie unsanft zurück und führte sie mit Gewalt ins Haus. »Drinbleiben, klar?«

»Amigo, zeig, dass du mehr kannst, als übern Parcours rennen.«

Es war egal, was er sagte, Hauptsache er redete mit dem Pferd und sein Ton blieb so ruhig, wie er es mit seinen vom Qualm gereizten Atemwegen noch schaffte. Wolff hustete, griff eine Pferdedecke, tränkte sie, so gut es bei dem spärlichen Druck gelang, mit Wasser und versuchte, die angefeuchtete Decke dem panisch ausschlagenden Tier über Hals und Kopf zu werfen und sich zugleich vor den weiten, unkontrollierten Ausschlägen zu retten. Das Feuer hatte jetzt das Stroh der Boxen erreicht, es zischte und knackte. Wolff wusste, dass Amigo jetzt eine Fluchtgasse brauchte, den gewohnten Stallausweg. Er musste ihn durchs Tor treiben. Aber Nehrkorn hatte den Riegel vorgeschoben, der heiß war.

Ein Strohballen loderte neben dem Tor auf. Wolff nahm einen Spaten und versuchte den brennenden Ballen beiseitezuschieben, schlug wütend auf die Flammen ein. Schweiß lief ihm in die Augen. Der Qualm wurde immer stärker. In wenigen Minuten würde die Scheune lichterloh brennen. Und die Feuerwehr kam nicht. Er fand kein Gerät, um den schweren Riegel zurückzuschieben. Er versuchte einen gezielten Tritt mit dem Schuh, aber der verdammte Riegel sprang nicht zurück.

Wolff raste zu der Wand, an der Zügel hingen, wieder zum Tor, warf den Zügel über den Riegel, zerrte, und gerade, als neben ihm die Flammen aus dem Strohballen züngelten, gab der Verschluss nach. Das Tor sprang auf. Im plötzlichen Windstoß loderten Flammen auf. Ein brennender Schmerz erfasste seinen Arm.

Amigo wieherte panisch und hob die Vorderhufe in die Höhe zu einem schnellen, unkontrollierten Steigen. Wolff sprang zurück, um einem möglichen Überschlag auszuweichen und nicht vom Pferdekörper begraben zu werden, aber Amigo brachte die Vorderhufe wieder zum Boden.

»Amigo, wir sind Freunde«, krächzte Wolff. »Du gehst jetzt mit mir da durch, dann sind wir gerettet.«

Sie musste etwas tun. Sonst könnte sie den Schmerz nicht beherrschen, der sich in ihr breitmachte. Durchs Fenster sah Ina, wie ihr Stall abbrannte. Amigo war drinnen.

Du zerstörst meinen Hof, mein Leben.

Sie ging ins Wohnzimmer, schloss den Schrank auf, in dem die Jagdwaffen ihres Vaters hingen.

Du hast die Nacht mit mir als Alibi gebraucht. Morgens früh, als ich schlief, hast du Bergmann erschossen.

Ina nahm ein Gewehr heraus und verließ das Haus durch die Hintertür.

Wolff konzentrierte sich mit aller Kraft, die er noch hatte, auf seinen Körper. Es war unmöglich, die Pferdedecken unter dem dünnen Wasserstrahl so zu tränken, dass er damit Amigo und sich bedecken konnte. Die Jauchetonne. Mit Wasser verdünnter Mist. Egal, es war Nässe, die er brauchte. Wolff raste zur Tonne, hielt die Luft an, tauchte eine Decke hinein, noch eine, er versuchte, durch den Mund zu atmen, aber der eklige Gestank drang durch und durch. Los, dachte er monoton, los, weiter, jetzt geht's um alles. Er wuchtete dem Pferd eine Decke über Hals und Rücken. Der Panikanfall hatte Amigo erschöpft, er stand still und zitterte. Wolff raste zur Tonne zurück, sie war fast leer. Eine Decke für ihn, er musste würgen, egal, es war die einzige Chance.

Hab dich geliebt, Kai. Dachte, dich zu kennen. Hab nicht geahnt, wozu du fähig bist.

Ina lief über die Wiese, das Gewehr in der Hand. Ihre Beine zitterten so, dass sie nur kleine Schritte machen konnte. Es schüttelte sie bei dem Gedanken, dass sie eben noch Kai retten, ihm ein Alibi geben wollte und geschworen hätte. Sogar auf den Kommissar hätte sie geschossen. Alles für einen Mörder. Sie schluchzte auf.

Den Augenblick, in dem er mit dem Pferd durchs Feuer ging, würde Wolff niemals vergessen. Er kannte nicht die Kommandos, an die Amigo gewöhnt war. Er schnalzte mit der Zunge, packte das Pferd an der Mähne, spürte instinktiv, dass es ihm folgen würde. Er ging voraus, presste die Augen zusammen, hielt die Luft an, spürte einen hellen starken Schmerz am linken Arm, der nicht von der Jauchedecke bedeckt war. Auch seine Jeans fingen Feuer. Er zog Amigo mit sich. Kaum waren sie durch, spürte er spritzendes Wasser. Amigo galoppierte wie wahnsinnig los. Zu wenig Wasser, auch hier. Sein Arm brannte, seine Jeans brannten. Ein Rest seines Bewusstseins ließ ihn an die Wassertonne auf dem Hof denken, er sprang hinein, tauchte unter, kam wieder hoch, klammerte sich am Rand fest, versuchte, tief zu atmen, aber seine Beine knickten weg. Das Letzte, was er hörte, war die Sirene der Feuerwehr. Das Letzte, was er merkte, waren Hände, die unter seine Achseln griffen und ihn herauszogen.

Ina lief mit dem Gewehr in der Hand übers Feld. Niemand bemerkte sie. Jetzt bog das erste Feuerwehrfahrzeug auf den Hof ein.

Dicke Schläuche wurden entrollt und auf den brennenden Stall geleitet.

Ina lief bis zum See, zur Imbissbude. Das Rollo zum Ausschanktresen war heruntergelassen.

»Kai, komm raus!«

Nichts.

»Ich weiß, dass du da drin bist.«

Ihre Verzweiflung steigerte sich, große Unruhe kam dazu. Sie rüttelte an der Tür, vergeblich.

Ina legte das Gewehr an, lud durch und schoss auf das Türschloss. Es gab nicht nach. Sie lud nach, schoss noch mal und noch mal. Sie dachte nicht mehr daran, ob Kai vielleicht hinter der Tür stünde, ob ein Projektil durchs Holz dringen könnte. Sie dachte nichts mehr.

»Sind Sie wahnsinnig?«

Eine Hand riss ihr von hinten das Gewehr weg. Jemand drehte ihr den Arm auf den Rücken und führte sie ab. Sie atmete hechelnd, dann langsamer, dann schrie sie, dann weinte sie und ließ sich abführen.

Sie bekam nicht mehr mit, dass die Polizisten den Imbiss umstellten, die Tür aufbrachen und Kai Nehrkorn festnahmen.

Freitag

42

Als Wolff aufwachte, sah er im Sonnenlicht zwei Frauen neben sich sitzen, eine links vom Bett und eine rechts, eine rothaarig und eine blond. Verwundert wandte er den Kopf hin und her.

»Katja«, sagte er, »Verena. Was macht ihr denn hier?«

Sie redeten beide zugleich drauflos. »Sie haben dich gestern Abend ins Krankenhaus gefahren, nachdem du abgekippt bist«, sagte Katja.

»Mannomann, das hätte schiefgehen können.« Verena grinste ihn an. »Hauptsache, das Pferd ist gerettet.«

Langsam kehrte bei Wolff die Erinnerung zurück. Der brennende Stall, der panisch herumgaloppierende Amigo, der irgendwann in Schockstarre verfiel. Der Gang durchs Feuer ins Freie. Wolff sah, dass sein linker Arm verbunden war.

»Du hast Brandwunden«, sagte Katja.

»Habt ihr Nehrkorn gekriegt?«

»Der steht heute vor dem Haftrichter«, sagte Verena. »Ob er ein Geständnis ablegt oder schweigt, weiß ich nicht.«

Wolff musste husten. Seine Kehle brannte. Katja schenkte aus einer Flasche Wasser ein, die auf dem Nachttisch stand, und wollte Wolff das Glas an die Lippen führen, aber er wehrte ab.

»Mein rechter Arm ist ja heil. Da war diese grässlich stinkende Jauchedecke drüber.« Er schaffte es mühsam, zum Sitzen zu kommen, nahm das Glas und trank es leer. Mund und Kehle waren wie ausgedörrt.

»Du solltest dich jetzt ausruhn«, sagte Katja streng.

»Ich schlafe gleich wie ein Baby, wenn ich weiß, was los ist.«

»Katja hat mit Sven telefoniert«, sagte Verena. »Daher wissen wir, was Sache ist. Ina Kowalski hat die Polizei zu Nehrkorns Versteck geführt. Sie ist völlig aufgelöst mit einem Gewehr hinter ihm her gerannt. Sie wusste, dass er zur Imbissbude am See flüchten würde. Er hilft da manchmal aus und hat einen Schlüssel.«

Die Tür ging auf und eine junge Schwester mit goldblonden Locken trat ein. »Wir müssen jetzt Fieber messen«, sagte sie.

»Nachher«, sagte Wolff. »Ehe mein Besuch mir nicht alles erzählt hat, bin ich zu aufgeregt und habe zweiundvierzig Grad.«

Die Schwester sah ihn verunsichert an. »Wollen wir wenigstens den Puls fühlen?«

Wolff reichte ihr seinen rechten Arm.

»Hundertzwanzig. Ich hole Ihnen ein Beruhigungsmittel.«

»Holen Sie, aber beeilen Sie sich nicht.«

»Wie bist du auf Nehrkorn gekommen, Uwe?«, fragte Katja, kaum dass die Schwester draußen war.

Ein Verdacht entsteht im Kopf, dachte Wolff. »Sven hat einige alte Videos von Hausbesetzungen in Friedrichshain gefunden. Auf einem war eine junge Frau drauf, die mit Nehrkorn abgeführt wurde. Das Gesicht kam mir bekannt vor.«

»Das Gesicht der toten Milena?«, fragte Verena.

»Ja. Tot sah sie natürlich anders aus. Aber ich hatte ihr Passfoto und hab ein paar biometrische Untersuchungen machen lassen. Dazu das Narbenmuster an der Schulter. Doris Bahlke hat einen Teil eines Tattoos rekonstruieren können. Und als Nehrkorn mir im Unterhemd in seinem Dachboden überm Stall gegenüberstand, hab ich fast den vollständigen Spruch lesen können.«

»Wenn sich zwei Menschen denselben Spruch als Tattoo stechen lassen, müssen Sie sich geliebt haben«, sagte Katja.

Wolff nickte. »Es war eine aufwendige Schriftart mit vielen farbigen Pigmenten, hat Doris gesagt.«

Die Schwester trat wieder ein. In der hereinfallenden Sonne leuchtete ihr Haar. Wie ein Rauschegoldengel, dachte Wolff.

»Mein Puls ist immer noch bei hundertzwanzig. Und da bleibt er auch, bis die Frauen mir alles erzählt haben.«

»Da muss ich mit dem Doktor sprechen.« Die Schwester zuckte hilflos die Schultern und legte eine Tablette auf den Nachttisch. »Beruhigungsmittel.«

»Ich nehme es gleich, versprochen«, sagte Wolff.

Die Schwester verließ skeptisch lächelnd das Zimmer.

»Mensch, mir fällt was ein.« Verena schlug sich an die Stirn. »Ich hab den Bergmann gefragt, ob er Feinde habe. Er hat einige kleine Verhältnisse gestanden und gesagt, dass er sich verfolgt fühlt. Das hab ich aufgeschrieben und gedacht, da könnte ich einen Verdacht streuen. Aber etwas hab ich glatt vergessen. Milena hat ihm anvertraut, dass ihr Exfreund ihr nach Alt-Stolzendorf nachgereist ist und sie sich von ihm beobachtet fühlt. Den Namen hat sie wohlweislich nicht genannt, Bergmann sollte nichts von ihrer Hausbesetzer-Vergangenheit erfahren.«

»Nehrkorn hat Bergmann und Milena beobachtet«, sagte Wolff. »Da Milena ihren Drink immer in einer Thermoskanne mit sich rumgetragen hat, war es relativ leicht, ihr ein Mittel reinzumischen, während sie schwimmen war, und dann zu verschwinden. Ins Schwimmbad kommt man leicht, auch ohne Eintritt zu bezahlen. Das Gelände grenzt an den Wald, dort kann man übern Zaun steigen. Milena hatte einen festen Strandkorb.«

»Er hat Milena vergiftet, weil er sie nicht mehr haben konnte, und Bergmann erschossen, weil der sein Feind war?«, fragte Katja.

Wolff nickte. »Milena hat eine große Wandlung durchgemacht. Von der gewaltbereiten Aktivistin zur Umweltschützerin und Politikerin und schließlich zur Freundin des verhassten Investors. Nehrkorn ist dagegen immer derselbe geblieben. Er macht Bergmann für all sein Leid verantwortlich.« Wolff merkte, dass sein Gehirn langsam wieder zu funktionieren begann. »Sein verkrüppelter Arm, seine verlorene Liebe, die Häuser, aus denen er gedrängt wurde. Dann kippt Milena auch noch um und will dem Feind die Baugenehmigung erteilen. Das empfindet Nehrkorn als Verrat. Eine zum Extrem neigende Psyche, dazu die jahrzehntelange Wut auf alle, die etwas besitzen und andere verdrängen, so hat er sich radikalisiert. Er beschließt, Milena zu töten und alles zu vernichten, was an ihre gemeinsame Zeit erinnert.«

»Wusste gar nicht, dass du so psychologisieren kannst«, sagte Katja.

»Dank eines langen Gesprächs mit Doris Bahlke. Es hat mich erst genervt, aber es hat was bewirkt.«

»Dann war Ina nur Mittel zum Zweck?«, fragte Verena.

Wolff nickte. »Nehrkorn hat sich bei ihr eingenistet, um Milena zu beobachten und sie zurückzugewinnen.«

»Die arme Ina«, sagte Katja.

»Ein harter Absturz. Jahrelang schwere Arbeit auf dem Hof, enttäuschte Liebe, immer zurückgesetzt, endlich die Hoffnung, mit Kai ihren Pferdehof zu retten, und dann muss sie erkennen, dass ihre Liebe einem Mann gegolten hat, der im Wahn, Milena zurückzuholen, in ihr Dorf gekommen ist.«

»Ina hatte einen psychischen Zusammenbruch, sie liegt auch in diesem Krankenhaus«, sagte Katja. »Was für ein Glück, dass die Rollläden von der Imbissbude so stabil sind. Sie hat mehrfach geschossen, ohne Nehrkorn zu treffen.« Ihre Stimme wackelte, sie dachte wohl an ihre eigene Situation.

»Das soll sie mal dem Staatsanwalt erzählen«, sagte Verena zweifelnd. »Wenn der feststellt, dass das Projektil leicht hätte durchdringen können, hat sie die Anklage wegen versuchter Tötung am Hals.«

»Gehen Sie zur ihr«, sagte Wolff. »Ina hat noch mehr Hilfe nötig als Katja. Sie hat nicht in Notwehr gehandelt. Die Staatsanwaltschaft wird die Waffe und Inas Standpunkt prüfen, die Schussrichtung und den Winkel …« Er hielt inne. »Verflixt, ich hatte in ihrem Wohnzimmer einen Waffenschrank gesehen, glaube ich.« Wolff war sich nicht mehr sicher. Es war nur ein ganz kurzer Blick aus dem Augenwinkel auf dem Weg zur Küche gewesen. »Ich hab Inas Haus nicht durchsucht. Sie hat zwar Milena gehasst und Bergmann erst recht, aber ich hab's ihr einfach nicht zugetraut.«

»Ina war in einem psychischen Ausnahmezustand«, sagte Verena. »Sie hätte Nehrkorn durch den Rollladen nicht sicher treffen können und sie wollte ihn auch nicht treffen.«

»Bestimmt nimmt der Besitzer ihr jetzt auch noch Amigo weg«, sagte Katja.

»Der Gaul muss erst mal zum Pferdeflüsterer, um seine posttraumatische Belastungsstörung aufzuarbeiten«, sagte Wolff.

In diesem Augenblick läutete Katjas Handy. »Sven«, sagte sie und nahm ab. Sie lauschte, und ihr Gesicht verzog sich schmerzlich. »Die Polizei hat gestern bei Ina die Waffen beschlagnahmt. Eine hat sie mitgenommen, als sie dem Nehrkorn hinterher ist.« Sie hörte weiter dem Bericht ihres Kollegen zu. »Eine andere Waffe ist kürzlich benutzt worden, das Projektil, das die Rechtsmedizin aus Bergmanns Leiche rausgeholt hat, stimmt überein. Übrigens auch mit dem Projektil, das sie in der Garage dieser Lifestyle-Journalistin gefunden haben.«

»Amelie König«, sagte Wolff. »Alte Freundin von Milena und Kai. Er wollte sie einschüchtern, damit sie nicht plaudert.«

»Es werden Fingerabdrücke ausgewertet, vermutlich trug der Täter aber Schutzhandschuhe, hat Sven gesagt.« Katja beendete das Gespräch.

»Das hilft Nehrkorn nicht«, sagte Wolff. »Außer ihm und Ina hatte wohl niemand Zugang zu den Waffen. Er konnte das Gewehr auch nicht entsorgen, weil Ina sonst das Fehlen bemerkt hätte.«

»Selbstjustiz aus übersteigertem Gerechtigkeitssinn.« Verena begann nach Art eines im Gerichtssaal verteidigenden amerikanischen Anwalts herumzulaufen. »Bei Nehrkorn würde ich auf verminderte Schuldfähigkeit plädieren. Schwere Kindheit, sucht Gemeinschaft bei den Autonomen, nimmt den Kampf auf gegen den Kapitalismus, trifft Milena, große Liebe, wird schwer verletzt bei der Besetzung eines Bergmann-Hauses, Milena distanziert sich, tritt in eine bürgerliche Partei ein, besinnt sich auf ihre Wurzeln, geht zurück ins Dorf, kämpft um den Erhalt der Gegend, um die Bürgermeisterwahl zu gewinnen, verfällt dann dem Investor, der sich an sie heranmacht, um sie umzustimmen, will die Baugenehmigung doch erteilen ...«

»Ich glaube, es reicht, wenn Sie Katja und Ina verteidigen«, sagte Wolff.

Katja reichte ihm das Wasserglas und die Beruhigungstablette. »Nimm die endlich, sonst brichst du noch aus dem Krankenhaus aus, um deinen Schlussbericht zu schreiben.«

»Eigentlich ist Kai Nehrkorn ein armer, fehlgeleiteter Mensch.« Als Wolff die Tablette hinunterschluckte, fiel ihm etwas ein. »Fast hätte ich Linda vergessen. Ich bin ja noch mal in ihre Wohnung, um das Tagebuch zurückzubringen, ich dachte, sie sei abgetaucht. Da steht sie auf einmal schlotternd vor mir, hat mich für 'nen Einbrecher gehalten.« Er lachte. »Autsch, tut die Backe weh.«

»Du hast ein paar Blasen, ist Brandsalbe drauf«, sagte Katja. »Und deine linke Augenbraue ist versengt.«

»Vielleicht gibt mir der Chef eine Woche frei, weil mein Anblick nicht so schön ist.«

Katja strich ihm beruhigend über den unverletzten Arm. »Die Kollegen haben Linda in der Tiefgarage ihres Hauses festgenommen wegen Fluchtgefahr. Du hattest angeordnet, dass sie nicht wieder wegfahren soll, bevor die Morde aufgeklärt sind. Die Haas-Bergmann wollte aus dem Büro irgendwelche entlastenden Unterlagen holen, dazu kam's dann nicht mehr. In der Zelle hat sie einen hysterischen Anfall gekriegt, und Sven, lieb wie er ist, ist nachts hin zu ihr und hat sich mit ihr unterhalten.«

»Und?«, fragten Wolff und Verena gleichzeitig.

»Linda Haas-Bergmann ist was fürs Wirtschaftsdezernat. Betrug, Steuerhinterziehung, Bestechung. Aber die Hauptsache: Die Sache mit dem Gas-Tod der Mieterin in Friedrichshain hat sie auf sich genommen, für ihren Mann. Damit seine Weste weiß bleibt.«

»Ach, die Frauen«, sagte Wolff. »Sie sind kompliziert, hab ich mir sagen lassen.«

»Und die Männer sind von Natur aus mutig.« Verena lachte.

»Na ja, hab nur versucht, aus dem brennenden Stall rauszukommen und das Pferd mitzunehmen«, sagte Wolff. »Den Fall gelöst hat Doris Bahlke, als sie mir aus ihrer eigenen Vergangenheit erzählte. Sie hätte ihre eigene Rivalin damals umbringen können.«

Katja nickte nachdenklich. »Erschreckend, wozu man fähig wäre. Ich versteh mich selbst nicht mehr, dass ich so auf meinen Typen losgegangen bin.« Sie nahm ein Papiertuch aus der Nierenschale auf dem Nachttisch und schnäuzte sich heftig.

»Das sagen Sie bloß nicht dem Gericht.« Verena drohte mit dem Zeigefinger. »Das mit der Notwehr kriegen wir schon hin.«

»Übrigens, das Wichtigste«, sagte Katja und senkte ihre Augenlider. »Der Chef gratuliert dir zu deinem Erfolg und gibt nachher 'ne Presseerklärung ab, dass der Mörder von Milena Vogt und Lars Bergmann gefasst ist.«

»Dann hab ich ja gar nichts mehr zu tun.« Wolff ließ sich ins Kissen fallen. Die Brandwunden am Arm schmerzten stärker.

»Du hast Schmerzen«, sagte Katja besorgt.

Wolff schüttelte den Kopf. »Die Schwester kann mir nachher ein Schmerzmittel geben, das freut sie bestimmt.«

»Wir klingeln mal«, sagte Katja. »Dann freut sie sich noch mehr.«

Die Tür öffnete sich und diesmal wurde die junge Schwester von einem Arzt begleitet. Verena und Katja erhoben sich.

»Wie war denn nun eigentlich der Tattoo-Spruch?«, fragte Katja beim Gehen.

»Wilde Herzen kann man nicht zähmen«, sagte Wolff und zwinkerte.